似你所见

何向阳 著

中国书籍出版社
China Book Press

图书在版编目（CIP）数据

似你所见 / 何向阳著 . -- 北京 : 中国书籍出版社 , 2020.12

ISBN 978-7-5068-8291-0

Ⅰ . ①似… Ⅱ . ①何… Ⅲ . ①中国文学—当代文学—文学评论—文集 Ⅳ . ① I206.7-53

中国版本图书馆 CIP 数据核字 (2020) 第 272845 号

似你所见

何向阳 著

图书策划	成晓春　崔付建
责任编辑	尹　浩
责任印制	孙马飞　马　芝
出版发行	中国书籍出版社
地　　址	北京市丰台区三路居路 97 号（邮编：100073）
电　　话	（010）52257143（总编室）（010）52257140（发行部）
电子邮箱	eo@chinabp.com.cn
经　　销	全国新华书店
印　　刷	阳谷毕升印务有限公司
开　　本	650 毫米 ×940 毫米　1/16
字　　数	280 千字
印　　张	20.25
版　　次	2021 年 2 月第 1 版　　2021 年 2 月第 1 次印刷
书　　号	ISBN 978-7-5068-8291-0
定　　价	58.00 元

目录

【辑　一】

【辑　二】

辑一

似 你 所 见

批评的底气

在一个思想活跃、观念开放、媒体丰富、受众广泛的信息化时代，批评有没有底气？有底气的批评如何发挥它的影响力、感染力？批评如何应对思想碰撞、文化交融，形式多样、个性鲜明的文学发展？批评如何获得底气？如何在更新中保持它不衰的生命力？批评的底气从哪里来？是什么支撑了它可以对另一部作品、另一个人、另一种现象、另一起事件进行发言、讨论、对话甚至评判？是每一位批评家都会面对的问题，也是批评必须应对的挑战。

核心

批评有没有一个核心？它是各说各话，还是各个话语之上仍有一个普泛的标准？

不用说，批评的存在，就是在寻求这一个标准，换句话说，它向往一种理想的创造、一种秩序的建立，以此，它要将关于文学，以及文学所携有的一切人、事放置进去，以一对一切，会不会让人觉着批评家如一个个板着面孔、拿着标尺和放大镜，吹毛求疵、精于计量的律师、裁缝或法官，他面对变动不居的大量素材，相互交融又相互碰撞的文化生态，详尽地搜集线索，准确地划剪样式，理性地做出裁决，会不会，这个人将一切生鲜活泼都变得索然寡味？这个误解自然源于对标准的认识。批评所要建立的法则，不是切割，不是削足适履，而是，它渴望通过文字要求于人，它真正想建立的是一种关于人的标准，虽然大多时候，它将这一标准透过艺术、手法、伦理、道德、价值、人格等加以谈论。

批评是关于人的。它的对人生的表达，借助了另一个文本、另一位作家、另一种现象或另一起事件，是的，它有方向，必须清晰地评判，它有立论，必须明白地确认。但是，无论证判还是确认，它都有一个绝不含糊的、内在的标准。

这是关于人的。

这个关于人的理想，是它一切言说的价值核心。

然而，这样说还是空泛。

以人为中心。在言语的操作平面，批评的底气还来源于历代批评家共同建立的体系，批评作为人类文化的一部分，它在每一世代都担当着重建道义的责任。

创新

批评要不断创新，仿佛已经不是问题。

怎么创新，在哪些方面改进，是今天要考虑进一步解决的问题。

首先是形式，新时期三十年来，文体与形式的创新波及文学创作的各个方面，诗歌领先，很早就呈现出集团性的趋势，小说紧随，三十年来的革新从未间断，还有散文，20世纪90年代之后，吸纳了历史、哲学、文化、人类学、社会学、心理学甚至身体学、生物学各门类学科的营养，在宏大叙事中亦找到了个人话语建构的巨大空间。遗憾的是，批评比起它言说的对象来，仍然面目单一。

事实是，一方面，批评家不断强调批评亦是一种创造，其生命体验、人生经验的投入不亚于写作一部长篇，它的知识贮备可能还胜于一部长篇，但另一方面，它给人的印象却距创造有些远，没有人物，没有事件，没有情节的起承转合，没有命运的推波助澜，单靠说理支撑文字的魅力，批评已经被置于“先天不足”的情境里，假如这“理”的说法还毫无可爱可言，又如何在信息时代知识的多样选择里硬拽着读者认可你的道理呢？道理之呈现，如果只是一味简陋直白、粗服素面、不事梳洗，并还沉湎乐道于此“本色”“朴素”与“率真”，那么，这正确的道理真有不被人待见和接受的危险。所以，形式不是内容，但扔了形式的内容，可能造成内容的无法呈现。所以，探索丰富的、多样的、为读者喜闻乐见的形式，以理服人，以情动人才不致是一句概念。

其次是学识，中国古代文论思想、西方文艺理论思潮从两大方面结构或限定了我们的文学研究专业话语体系，既有优秀传统文化可以继承，又有世界优秀文明可以借鉴，以此背景发言，应该说，我们已有浓厚的底气。但是两种体系也在另一方面圈囿着我们，构成我们言说的局限。如果只是单纯地演绎理念，只是在生动鲜活的研究对象中寻找某一种、某一派理论而使之与它对应起来，则无异于削足适履，久而久之，批评成了一种注释、一种理论与创作间毫无生机的文字传递。所以，我们肯定传统文化与西方文论的滋养，二者可以传承和拿来，但同时可以肯定的是，二者都不能替代自己。以“我”为主，为“我”所用，我欣赏这个“我”字。犹如传统、外来一切理论与我们有着血缘的、知识的联系，但“他”毕竟不是“我”自己。“我”从哪里来？一部分是传统的血脉，还有一部分是自己的骨肉。“我”在哪里？什么是“我”的学识？哪些学识可以标上独有的“我”字？以“我”作为起点？是“我”的创造？学识中的“识”字，知识之外，更有识见。“识见”从哪里来？没有别的捷径，只有借助个人身体力行、投入其中的实践。

还有意识的创新，归根结底，如果意识不到创新的重要与必须，而仍然以无意识的文字滑行来处理繁复的文学材料，那么，下一步它牺牲掉的就不只是批评的魅力，可能还包括批评本身。我们每个人产生的观点都接受着时间的淘洗，批评更是接受着时间的掂量与检验。如果只是将判断力停留在下意识的阶段，停留于注释，一加一等于二，停留于好、中、坏，优、缺、劣的单一、苍白、贫乏的思维模式，无疑是将批评置于无人喝彩直至无人理睬的绝境，这种“自杀”行为的直接后果，是批评可能再也无法作用于人的意识，而不仅仅是抱怨置于太多“光怪陆离”知识语境中的作为是非求证的批评的被冷落抛弃。批评可以清高到认定后者只是季节变化而导致的枝叶枯索，那么，前者，动摇的确是批评存在的根基。什么样的意识才能叫作创新？怎么做才叫意识的创新？首先是不懈怠于这个世界物质与精神的所有已知，不满足自己已经拥有而应用熟练的知识、方法与手艺，不懒惰于常规的思考、结论和语言，明白于世上没有一种唯一不变的方法和解释静止地等待在丰富多样、变动不居的生活与文字面前，没有这一种臆想中君临一切、不动声色、高高在上的批评，批评是动起

来的，它满腔热情，携带活力。好的批评怎能没有火气，因为它从不妥协，爱憎分明；好的批评深层怎能不温润如水，因为它的不安的内里是纯正的惜护和深沉的爱情。

太多的工作需要梳理，特别是在意识层面。比如大众化的问题，批评的精英传统与经典言说隐藏着对大众性批评的拒斥，这一意识定势，同时造成了批评受众的萎缩与更多阵地的丧失。批评的大众化，表面上看好似只是语言的改进，事实上却是一种深层意识问题的外化反映。

修身

批评是不是一种修身？对前人文化的继承与学习，对外来文化的拿来与借鉴，对今天文化的品评与判断，对理想文化的创建与确立，当然包括批评家借助文字对自我心灵的探索与讨论，中国传统文论向来关注人品、文品的“统一”，“性灵说”“童心说”的产生，虽指向创作，也暗含了产生这思想的思想者本人。生命与作品相通，文学，是人格的投影。歌德曾说，“……关键在于是什么样的人，才能做出什么样的作品”。从喷泉里出来的是水，从血管里出来的是血。人格的高下，决定了文学的品位，这已为无数作家的创作实绩所证明。批评，是针对着文学的品位讲话的，它的形式、气质、风范，它是公正还是偏狭，是厚道还是刻薄，是从容还是卑琐，都直截了当，一目了然。文字，是看不见的人格的结晶体，是意识、道德、思想、伦理偌大海洋上的一角冰山。德与言，人与文的这种对位关系，在批评中，较其他文体都更直接、真实和具体。

批评，是一件坦诚的工作，要求工作者必须诚实，不自欺，不欺人。

批评，是一件无私的工作，要求工作者淡泊名利，还要求以此为业的人具备才情同时更要具备牺牲精神。

批评，也是一种幕后的工作，要求做此工作的人必须具有高尚的人格。

批评，还是一种“成人”，是以真理与善美为目的的文字达到的精神与思想的“成人”。

批评，更是一项“灵魂工程”，在介入他人灵魂工程搭建和修补过程中，自己的灵魂工程建设也在分内。

批评，正是这样一种修身。

一次，张抗抗接受记者采访，她提出了一个非常有价值的命题——作家自身的人格历练。她说，作家应首先是自己灵魂的工程师，在表现生活的同时，不断冶炼、锻造、完善自我的品德心性。我想，这句话也是对我们——以别人的灵魂工程作为研究对象的批评家——的一种提醒。负责好自己的灵魂，是一个以深入人生、研究人性、提升人格为业的批评家作为一个人的最基本的责任。而批评，针对他人的创造发言时，同时也接受着来自同一个标准的考量和检验。

批评的构成

与所有文字一样，批评，是一种人生的表达，所以它一样有沧桑、棱角、温度与斑驳，有呐喊号叫，有金戈铁马，有杜鹃啼血，有荒野呼告，是内心的“一个我”与“另一个我”的朗声对答，是求证，是博弈，也是激赏、伤怀与同情，总之，人生中有的五味它都具备，是字里行间存放下的一些线索和路径，是正在进行着的两个人生的叠印或碰撞，像探案小说中的悬念，它有方向，但不轻易断言，它是对话，是对于坐在对面的另一个“人生”的关切与尊重。

解惑

批评是一种解惑。在它对对象物的注解的同时，有一个预设的言谈对象，这个对象表面上看是他人，其实他人不过是批评家“另一个我”的影子，就是说，它解的首先是批评家自己的疑惑。所谓将悬念放在文字里，并非有意设计或者卖关子，而是批评本身就是求证的文本，结论并不是事先存在的，批评家必得通过证据一步步将它揭示出来，积累证据的过程充满玄机，而且相当刺激，有峰回路转的乐趣，我不止一次说批评一旦深入，犹如考古，你不知道这一铲下去会发掘出什么样的东西，那些层叠垒积的土，朴实憨厚，却藏龙卧虎，以艰巨性的劳作去向未可知的挑战，当那未可知的宝物一点点从深埋的土层中暴露出来，那种喜出望外难以形容。这可能是爱好批评的真正动机。它的对智力的开掘构成了以此为业并乐此不疲的人的心理基础。

我

20 世纪 80 年代关于批评有过一场影响广泛的争论，“我所评论的就是我”的观点展示了评论家主体意识的觉醒，就是说，评论者本人，不是某种已成定局的意念的传声筒，更不是他（她）所描写、诉说的对象的意念转换的某种工具，不是的，长期被掩蔽于这两者之后的评论者的“我”，不仅是没有形象的，而且长期以来也被人默认为一种类似“天外来音”式的不代表某个“个体的人”的普泛语言，随着时间的汰洗，我不认为此种语言会真正留存。我们的理论文化传统在近代之后有所迁移，从原先的相对液态化的流动的思想，比如从《诗品》到“性灵说”“童心说”而走到了相当固体化的逻辑性的判语层面，“西学东渐”的科学性优先的现代化历史进程，它的规范性或格式化要求，使思想的空间在成型的理论中被删简了，或者说，在言之凿凿的理论自信里面，其实省略了最为可贵的来自个人的经验，当人们都整齐划一地使用一种语言——被认定为科学的、理性的、客观的、规范的话语时，那么便不可能不使人怀疑这一种语言下面的带有巨大能量与权力的划一的思维方式，如果每一个个体的评论家所运用的思维方式都这么整齐划一，那么便不能不警觉于这一种方式背后的进攻性、侵略性、剥夺性或者统摄性。

批评的最高境界仍然是一种对话，哪怕它讲出的是公认的真实或者是少数的真理，这涉及评论者的态度，文字在脱离了论者之后仍然带着言说者的气息，它的形式，它的气质，它的风范，它是雍容的还是卑琐的，是清正的还是狡黠的，是厚道的还是刻薄的，白纸黑字，无法涂抹。所谓炼字，到最后仍然是人的冶炼。人与文的这种直接关系，在批评文字中，较其他文体都坦白真实，那种直线的来去，那种非虚拟的表达，是非有赤子之心不可为的。批评，是一件坦诚的工作，它要求工作者必须诚实，不欺人亦不自欺。能够做到于此的，通常不是志得意满的公正，而是真正说出“我”要说的话的人的谦逊，这个个人人性价值的强调在于，多年以后你不会为你曾说过的话脸红，因为那是你个人的独有发见，不是人云亦云。时间终会认证，如果每个作批评的人都能讲出真话，道出真情，那么文字世界的真理或许会更多一些，它的图景一定也会因为真实而更多元灿烂。

内敛

说到批评家的品格，便不能不深究于批评的文风。长期不变的“三段论法”养就了我们评判的本能，拿到一件作品审视一个作家评说一种文化，我们从来习惯于用好的、坏的、不足的、可改进的诸如此类的方法打发着一个个生动鲜活的对象，说是打发，一点不过分，批评家本人的不融入于对象，不设身处地地贴近对象，其结果直接造成批评文体的长时间的固化，先说优点，再是缺陷，最后是努力方向。思维的单一，语言的贫血，加之文体的从来无变化，使得偏激等同于创新，此种简单化的进取反而会使人耳目一新，以为创新便是如此直接粗暴，当然大喝一声的价值不容否定，毕竟文化上积重难返的乱麻有时需要某种快刀了断，但是内在的建构并不只是一声棒喝便可完工，批评家不是破坏者，它需要的是耐心细致，甚至常常是不为人喝彩的搭建。造塔总比毁弃难，岂止是难，还有精神上可以预知的寂寞，已经当惯了振臂一呼应者云集的启蒙英雄的批评家们，是否还具备面对空无一人的观众席的勇气呢？只是当他（她）没有把自己设定为一个全部真理在握的领袖或主角时，才可能平等地对待任何来临的命运和也许终生的幕后工作。不止一次，我以文字表达着对内敛式的作家的敬意，同时，我认定一个真正热爱文学、评说文学的批评者也应是内敛的，内敛是沉思的前提，而沉思则是抵达真相的前提。

经验

经验，对于批评的介入并没有引起相应的重视。正像我们不以为文字最终讨论的是“人”，而不只是“理”。以理作为重心的批评，往往屈从于先验，而以人为起点的批评，看重的是人生感悟相交换时的心心相印。作文，用作动词，其实是做文，做文，再往深里问，是做人。中国文化思想史中的人与文从不分离，它的人、文互动造就了中国文化中的道德意识与人文精神，文独立于人而存在，有这样的特例么？我们在谈论文字时完全不去考虑创造这文字的人的背景，而使那谈论只悬在空中？经验是何等宝贵的东西，它较理性更坚韧、更不可割除，而文字只是作为人的诸多经验的集结，它是成型的晶体，你可以暂时不计因果不顾其余地谈论这块水晶，但是成因总归是你最终回避不掉的东西。经验的存在，是人理性论点的最好打磨石，归根结底，文是人的一面镜子，如果不是很细微精确，也大致可见出轮廓，这一见解已是不争事实。时间检验着这种对位、暗合或者轮回，于时间的深处几成定律的东西，似乎不可更改。然而做人的“做”字，我本心并不喜欢，总归有吃力、费心、劳神、勉强甚至强制之意，不那么自然天成；还有，文与人之间的种种驳杂繁复，好像也非一个“做”字了得，其中与劳顿磨折一起的快乐即使富丽如中文的哪一个字词都无法概括。所以期待于己的文字是一种融解，是一种并不急于定型的液体的经验。

文体

终于说到了形式，批评形式的建设不仅滞后，而且几乎没有文体的变化。新时期二三十年来，文体的实验与革新几乎波及文学的各方面，诗歌的实验作为先声，紧接着小说演绎出了更为丰赡的经验，戏剧则从来不甘落后，它的全息性带给它文字平面无法达到的多维空间的氧气，还有散文，20 世纪 90 年代之后开始大踏步地赶超，从内里到形式都有颠覆式的创造，可是曾经为诸种文学样式的出现鼓与呼的批评却仍板着几十年不变的冷面，一方面阅读的快感丧失大半，一方面批评家的才力智慧也得不到应有的体现。批评，变作了没有魅力的文字，它外表简陋粗糙到人们不愿细看。形式不全是内容，但形式绝对是内容的一部分，从某种意义上讲，形式是精神的外化表现，我不是形式唯上论者，但是我小心着自己的文字变得懒惰，我诚心实践着文体所承载的人生的丰富，它是多变的，它不拒绝鲜活。

成人

成人，最初，是儒家的概念。与“圣人”“君子”一样，“成人”，述而不作的孔子仍然没有给出定义。只讲“见利思义，见危受命，久要不忘平生之言”。触动我的是这个语词不同于圣人、君子的一种境界，这是一种与“做人”不同的境界，其中的浑然天成，不同于“做人”的勉力为之。成人，是一个名词，也可解释为一个动词，境界之外，它代表的修炼自觉自愿。对应于圣人、君子的高度，它在具备广度的同时，还拥有其他人格范式所不及的长度，标识，提示着修炼的不可绕过。

写作，何尝不是一种“成人”。批评文字，以真理与善美为目的的文字，何尝不是一种精神与思想的“成人”。在无论个案解说现象阐述还是人类精神发展的探索途中，我们押上的这一份，不止青春。从这种意义上说，要感谢那些给予批评营养的作家，他们同时是以人性的美的向度与丰赡赋予文字生命的作家，是他们，完成了文学对批评家人生、人性、人格的教育，使双方懂得文字的生命只能依靠创造它的人的生命之琼浆不懈地浇灌。

“成人”是一种绝美的历程，犹如历险、每一步，都不能跃过。

祭司

1934 年，胡适写了一篇《说儒》的论文，长达五万言，此中他提出一个很让儒学研究界吃惊的观点，这一观点到半个多世纪后的今天看，仍然惊人。他认为儒在孔子之前早已存在而且起码有几百年历史了，儒其实指的是“殷代的遗民”中一个特别的阶层，即殷民族中主持宗教的教士，在公元前殷人被周人征服后，他们仍在文化上保持着固有的礼仪或者宗教祭典，仍穿戴原有的衣冠，仍以治丧、相礼、教学为业，而以这种方式不仅保存了他们相对发达的文化，并将之自然渗透到当时的政治中去。这是孔子以殷人自认的原因么？胡适说到的文化反征服斗争不知怎么会在全球化的今天触动于我，此时此刻，我仍愿引用他的一段话解说感念，他说，“在这场斗争中，那战败的殷商遗民，却能通过他们的教士阶级，保存一个宗教和文化整体；这正和犹太人通过他们的祭师，在罗马帝国之内，保存了他们的犹太教一样。由于他们在文化上的优越性，这些殷商遗民反而逐渐征服了——至少是感化了一部分，他们原来的征服者”。祭师，或说祭司，就是这样一种意义的实践者，职业的功能渐渐长成了人格的自觉。他的存在，不仅在传承文化，更在创造神祇和保护信仰，正如殷人中的传教士——儒——在三千年多前所做的。

治当代文学的曹文轩先生在他一部关于 20 世纪文学现象的研究论著的后记中感慨于专业的难度，讲到它的时过境迁与花容失色。然而他还是选择它，之于这个变动不居的对象他认定一种无私精神的支持，那是检验激情生命的冷峻沉着的一面。我读之感慨万千。我也是选择当代文学作为专业方向的一分子，当时间的大潮向前推进，思想的大潮向后退去之时，我们终是那要被甩掉的部分，终会有一些新的对象被谈论，也终会有一些谈论新对象的新的人。

这正是一切文字的命运。

那么，就将一切视作传承，像一代代人已经做的。我们仍在做。

长篇小说创作要回归常识

随着时代前进步伐的加快，只提供一个完整故事的长篇小说已无法赢得读者。他们越来越想在其中读到关于人生、人性、价值、精神等更多的内容，同时也想在阅览他人的人生时享受文学带来的丰富意趣和别致韵味。

但无论标准怎样设置，有些基本的要素亘古不变。当代长篇小说恰恰应回归到创作的常识。许多时候，问题多出在大家熟视无睹的地方。

关于生活积累

任何文学体裁的创作都避不开生活积累，长篇小说更因其体量的宏大而使这个问题尤为凸显。诗歌、散文乃至中短篇小说大多只截取人生的一个侧面、一个阶段、一个场景、一时心绪，而长篇小说动用的几乎是作家所有的生活经验——对人的观察，对人生的把握，对人性的体悟，它几乎动用了作家的全部“家当”。

在一部长篇小说中，读者轻易地看到了作家的一切，如他的经验，他的过去，他的心理，他的思绪，他的人格，他的完整的世界观，皆一览无遗地摆在读者面前。这就是为什么多数优秀的长篇小说会有一种与作家本人密切相关的身世感。

读《红楼梦》，从另一个角度而言，是通过《红楼梦》读曹雪芹，读他那个时代那个家族的幻化与破灭，经由曹雪芹，我们读到了他为我们展现的清代的贵族与民间。但是在写作中，这个链条是反过来的，是曹雪芹读到了清代的社会人文，是他通过自己设定的一个自我身在其中的大家族将整个时代拓片式地反映出来，这个最后的拓片放在我们面前，就是现在的《红楼梦》。

列夫·托尔斯泰的《复活》也是这样，它的身世感呈现在主人公聂赫留朵夫的面影中，这是托尔斯泰哲思的面影，他曾经的放纵与最终的忏悔，经由起初的被侮辱者、最后的启蒙者、女神般的玛丝洛娃的形象得以完成。《复活》是托尔斯泰为那个时代的俄罗斯贵族找到的一条精神自新之路，也是托尔斯泰式的宗教自省之路，在聂赫留朵夫身上，读者不仅看到了托尔斯泰本人，还通过他看到了那个时代的俄罗斯知识分子群体。而这个群体的文化人格也是当时社会心理的某种投影。

关于人物塑造

文学即人学。人的学问，集中在由人物为中心辐射开的事件里，并最终归结于这个人物种种人际的发生上。人是文学回避不了的主题与主体，所以，人们才习惯于称一部长篇小说的主要人物为“主人公”。

写得成功的人物都有其原型，这一点，有必要提到作家柳青。他为了“梁生宝”这个人物，而能在皇甫村住下来，与农民王家斌同吃同住，了解他的思想性情，观察他的生活细节，从而生动地刻画出了共和国新一代农民的鲜活形象。这种察人、观人的功夫，这种对于长篇写作的真诚，值得尊敬。

当然，长篇小说对人物的处理因人而异，有的作家小说中出现的是性格不同，但却能找出同一个性渊源的“数个人”。巴尔扎克的《欧也尼·葛朗台》《夏倍上校》和《邦斯舅舅》，人物各异，但拢在一起，呈现了光怪陆离的资本世界人的吝啬、贪婪与无情；而另一些作家的数年数部长篇作品可能在持续地写着“一个人”，托尔斯泰的《战争与和平》中的列文、《复活》中的聂赫留朵夫等，都是一个人——作家自我映像象的化身。托尔斯泰把自己精神的各个侧面放在这个人物身上。

具体的创作多种多样，对于人物的刻画手法千变万化，但是有一点是共同的，就是长篇小说中的“这一个”与作家内在的人格精神紧密相连，这就是为什么说要写好一个“人物”，必得把自己想象并锤炼成那样一个“人”。

关于结构搭建

结构是长篇小说整体的艺术表达。它是长篇小说作家最能发挥自我创新性，也是最能体现其主观能动性的方面。

一个好的结构，犹如一个完美的框架，可将生活素材与人物原型的空间扩展到无限，使之在文字叙述的有限舞台上长袖善舞；而一个不那么合适的结构，往往会将最好的素材与人物浪费，使他们缩手缩脚、四肢麻木。

我国古代长篇的章回体结构，讲究起承转合，贴着人物走，而到了最能吸引你的时候，又戛然而止，言“且听下回分解”，很懂得阅读心理。悬念参与叙事向前的推动，尽管是几十万字，读起来也不觉枯燥。

但随着新文化运动的兴起，对于结构的创造是必需的，要让每位作家个体都秉承章回体，就如让每位有个性的作家削足适履一样，对于讲究主体创造的新的长篇小说的创作，结构的千姿百态验证了长篇小说艺术的繁荣。

以往言及长篇，总是从内容、思想、表意的层面来论说它的优劣，时时忽略它对内容、思想的表达方式。而在某种意义上，对于一个特定事物的表达之重要性，有时甚至会影响到思想内容本质的呈现。也就是说，内容是“意”，如果表达不好，小说会“害意”，会向着与你初衷相悖的方向推动。

周大新的《湖光山色》写农村的新变化，全书用“乾”“坤”两部结构，并以“金”“木”“水”“火”“土”来统领各章，与它所要表现的乡土文化取得了精神上的和谐。

孙惠芬有部没有得到应有重视的长篇《上塘书》。它的结构汲取了社会学、文化人类学的学科营养，以“上塘的地理”“上塘的政治”“上塘的交通”以至上塘的“通讯”“教育”“贸易”“文化”“婚姻”“历史”九章结构16万字的长篇小说，立传式的叙事将上塘村的全貌严整又诙谐地展现在人们的面前。

这些作家都试图在结构样式上对于传统有所突破，某种程度上也在信息量异常丰富的时代激发了读者对于乡土记述文本的阅读兴致。

关于语言表达

语言是小说的核心。以往普遍认为它不过是表述故事与人物的方式而已，但事实上语言乃长篇小说的钻石，离开了它，人物、事件、命运将无从谈起，而作家要表达的意绪、思想、精神更是无所附丽。

一部长篇小说，会有许多说话的人，但是在这所有说话人之上还有一个总体的说话人——叙事人，这个人的语调掌控着其他人说话的语式、语感，这个人的语言奠基了整部小说的语言面貌。语言决定着长篇小说的运动，正如视觉语言——画面决定着电影的运动一样，文学语言在最深层主宰着整部小说的命运。所以，一部小说的语言好不好，读上十几页就能略知一二，就能断定这部小说的质地是精良还是简陋。

比如读卡夫卡的《审判》，第一句话便是“一定是有人造了约瑟夫 · K. 的谣，因为他根本没有什么过错，却在一天早上给逮捕了”。尽管是译文，但充分传达出了小说的情境，一下子将人带进卡夫卡式的荒诞中去。

还以周大新的《湖光山色》为例，小说开头一句就是“暖暖那时最大的愿望，是挣到一万元钱”。开门见山地交代了在城市打工的农村女孩暖暖的身世、处境、经济状况以及生活理想，为小说以后对暖暖命运的书写埋下伏笔。

而贾平凹的《秦腔》，开篇一句是：“要我说，我最喜欢的女人还是白雪。”这不是叙事人的口气，而是小说中人物引生的话，但是读下去，你会发觉叙事人与引生是一个人，这第一句话，揭示了引生的性格、思想。打眼看去，说这话的人有些痴，性格上有些与别人不一样的东西，而这正是作家想通过语言达到的目的。

所以，小说的语言不同于我们生活中运用的语言，它的意蕴更加多义，它要在现实世界之外建造一个虚拟世界，以盛下这个世界的各色人物。这个世界不是物质现有世界照相式的复制，又不与现实世界毫无关系，这种微妙的表达绝对只能通过小说语言去实现。同时，小说语言也是一个作家区别于另一个作家的标志，语言不仅把读者带入叙事人所营造的状态里，而且，它只把读者带入“这一个”叙事人的状态里。

生活经验与艺术表达之于长篇小说是如此重要，原因在于读者想从长篇小说中读到生活提供给了人们而人们还未充分认识的东西。这些东西，一定深藏在长篇小说作家的认识和思想里，这是对以小说为业的作家的要求，也是阅读的目的，即把他认识的一切，包括关于生活、人性的种种，那真正的珍珠，拿过来。当然，拿出珍珠的过程漫长而艰辛，只有跳入深水而又泳技高强的人，才能最终完满地“得逞”。

2011 年 2 月于北京

现实题材文学创作的逻辑起点与最终归宿

从1918年5月鲁迅在《新青年》杂志发表短篇小说《狂人日记》算起，中国新文学历史已逾百年。这个一百年，就文学作品尤其是长篇小说而言，现实题材创作一直代表着中国新文学的最高成就。无论是自有白话小说以来的新文化运动的百年文学，还是新中国成立以来近 70 年的文学，包括改革开放以来 40 年的文学，就其发展看，现实题材创作一直真实记载着中国现代化进程中的社会变革和中国人民为实现中华民族伟大复兴的不懈奋斗，同时也切实反映出中国作家对社会发展的热切关注和当代文学在艺术上的革新进步。

这一百年，是一部民族的大书。其中的章节，无论苦难还是辉煌，中国文学的发展脉搏始终与时代的发展同频共振。一代代作家不仅为世界讲述着中国正在发生的精彩故事，更为世界文明与人类文化的发展贡献着深刻的思考和独特的创造。这些都为我们站在中国新文学百年之后的新起点上，发展新时代中国特色社会主义文学提供了重要参照。

新时代的大幕已经开启。今天，我们比历史上任何时期都更接近、更有信心和能力实现中华民族伟大复兴的目标。自 1840

年以来历经磨难的中华民族，迎来了从站起来、富起来到强起来的历史性飞跃。新时代为现实题材创作提供了巨大的空间，而文学是否已经感应到这个新时代的来临？是否有迎接和表现新时代的自信和准备？作家能否敏锐反映中华民族正经历着的伟大发展进程和中国人民生活日新月异的深刻变化？我们的艺术方法能否准确而有力地呈现这个热气腾腾、充满生机的新时代，表达出人们的情感与思考？我们的理论家能否对新时代进行深度把握，并以新的理论创造回应这一新时代？我们的文学、艺术和理论能否在历史提供的千载难逢的机遇中，以不负时代的创造为世界贡献具有中国特色的新文学、新艺术、新文化、新文明？可以说，新时代每一个作家、艺术家、理论家都将面对这样的拷问。

现状把脉：
现实题材创作与时代发展大潮之间存在不协调、不合拍的问题

需要承认的是，面对新时代人民对于美好生活的更高要求，当前的现实题材创作与时代发展大潮之间仍然存在一定的差距。

现实题材创作不同程度上存在着观念滞后和思想僵化的问题。部分现实题材创作仍然停留在对现实生活照相式、不加剪裁的机械照搬，停留在新闻素材的自然呈现，而非作者主体介入后对于客观社会生活的能动反映上。这使得现实题材创作滑向自然主义写作，不能真实反映人民生产生活的生动现状和人民喜怒哀乐等复杂情感。同时也由于一部分创作者对现实题材创作还存在误解，回避或放弃现实关注，偏向于写作技艺上的单独用力，使创作渐渐偏离现实生活，或者出现对现实生活聚焦不准甚至扭曲

的现象。

现实题材创作不同程度上存在着理论上的模糊认识和生活窄化倾向。有人认为现实题材创作就是问题式写作，从而以偏概全，只见树木不见森林，创作上先入为主，撇开真实的现实状况，而始终以有色眼镜看待生活。有人只见光明不见曲折，一味拔高，悖逆真正的现实主义精神，使现实题材创作流于浮泛、浅薄，失去打动人心的思想内涵与艺术魅力。

现实题材创作不同程度上存在矮化人物塑造的现象。出于对以往文学中"高大全"式人物的矫枉过正，现在的一些创作偏向对于平民生活、边缘人物的塑造。平民形象的塑造的确能够更加真切地看待现实生活的运行规律，问题在于平民形象的塑造中多见人物生存状况的描述，少有人物的创造性气质和超拔性格的描摹。这使得文学中人物的英雄气概和理想人格表现不够。作家如果对人类的理想人格失去了写作自信，现实题材文学则很难给出代表一代人的真正的"人格"。

现实题材创作不同程度上存在着创新不足和艺术手法老化的现象。或混淆现实题材与现实主义两个概念，或长期以来对现实主义的理解过于狭隘，无视现实主义的发展性、广阔性和再生性，导致现实题材作品显得面目老旧、风格单一、魅力不足，叙事上的粗糙和艺术上的懒惰，极大阻碍了现实题材创作的内在创新。

近年来，我国长篇小说出版量呈逐年上升态势，可用"井喷"来形容，满足了不同层面读者的文化需求。但同时也应该清醒地认识到，量的增长只是繁荣的一个方面，质的提高才是文艺的本质要求。面向新时代，如何克服阻碍现实题材创作的种种倾向，在理论上给予正确的引导和有效的推动，理论家、评论家要做的工作还很多。“欲知大道，必先为史。”今天我们站在一个全新的起点上，有必要进行一番梳理，以汲取经验，认清来路。

经验借鉴：
鲁迅、茅盾、赵树理、孙犁、柳青的创作实践表明，好的作家始终敏锐地把握时代进程，始终与人民情感深度共振

1918 年 5 月鲁迅发表《狂人日记》，以第一部现代意义白话小说问世为标志，拉开了新文化运动文学实践的大幕。同时期作家茅盾评价它是“前无古人的文艺作品”，并在 1935 年出版的《中国新文学大系·小说一集》导言里称“鲁迅的《狂人日记》在《新青年》上出现的时候，也还没有第二个同样惹人注意的作家，更找不出同样成功的第二篇创作小说”。这足见鲁迅小说的开创性。

时隔百年再读这部小说，可看出其价值绝不只是表现在艺术形式的独一无二，还在于作品对现实的倾情关注。《狂人日记》将现实与艺术完美地结合，表达了那一代人对当时中国社会的忧思。回望鲁迅的《呐喊》《彷徨》，无不是针对现实而写就的，无不呈现出一个作家对于现实的深度关怀。

《故乡》，写“我”与闰土从两小无猜到形同陌路，也正像茅盾所言，“是悲哀那人与人中间的不了解，隔膜。造成这不了解的原因是历史遗传的阶级观念”。《阿 Q 正传》生动描绘了旧式农民的两重性格及国民的“精神胜利法”。《祝福》更是写出了女性在“父权”“夫权”的桎梏下对于自我灵魂无所依归的恐惧。《孔乙己》和《孤独者》写出了旧式文人、新知识分子的无路可走与精神沉沦。鲁迅的“开创性”价值，正在于他对现实的介入

之深。

从鲁迅的小说中，至少可以抽出三个线头：

一是对农民问题的思索。《故乡》《药》《阿Q正传》呈现了闰土、华老栓和阿Q们的生活与精神双重贫瘠的世界。他们的形象已然跃出了浙东市镇的乡土，成为当时中国农民的一种写照。

二是对知识分子问题的开掘。《狂人日记》《孔乙己》《白光》《在酒楼上》《孤独者》呈现了新旧知识分子寻找精神出路的心路历程与精神危机。无论是狂人、孔乙己，还是吕纬甫、魏连殳，他们对人生意义的追寻之苦和对自我价值的覆灭之痛，都令人看到旧中国改造进程中灵魂重塑的不易。

三是对女性问题的关切。《祝福》《离婚》《伤逝》揭示了祥林嫂、爱姑、子君等女性在当时环境中自我身份确认与自我价值实现的艰难。无论是生于乡村还是出身城市，无论是目不识丁还是识得书文，无论性格懦弱还是泼辣大胆，在“父权”“夫权”的文化语境中，她们有着殊途同归的命运。

三个线头，开启了中国新文学对于农民的首次现代意义的书写，以及对于知识分子精神问题和女性自我发展问题的严肃拷问。而无论是农民问题、知识分子问题还是女性问题，都是当时社会转型期中国人面临的重要现实。这些小说所提出的问题具备了“历史教科书”般的社会学价值，呈现出一个作家对“人的现代化”发展的深度思索。鲁迅自述“我的取材，多来自病态的社会的不幸的人们，意在揭出病苦，引起疗救的注意”的“为人生”的文学信念的伟大实践，显示出一个杰出作家对于社会现实和时代变化的敏锐把握，更为后来者观察现实提供了典范。

1936年至1961年，茅盾发表评论、纪念鲁迅的文章将近30篇。

在茅盾本人的文学实践中，不仅可以看到从农民到民族资本家形象的跨越，而且可以看到孙舞阳（《蚀》）、梅行素（《虹》）、张素素（《子夜》）等新女性的形象，她们与祥林嫂、爱姑、子君有着不同的风貌。“新人”形象的诞生，是时代对于作家创作提出的新要求，同时也见证了文学与时代携手同行的进程。

在反映现实的深度与广度上，鲁迅、茅盾的作品风格不一，但不约而同地对时代的发展历程有着敏锐的反映。而在对时代的文学表现力上，鲁迅在创作方法方面的创新，提供着重要的启示。正如茅盾在《读〈呐喊〉》中所激赏的，“十多篇小说几乎一篇有一篇新形式”，并称鲁迅为“创造‘新形式’的先锋”。的确，《呐喊》中的作品，篇篇指向现实、言说现实。鲁迅的文学观是“为人生”的，但他的文学表达从来不是单一乏味、故步自封的。他“放开度量”，大胆而无畏地“拿来”象征主义、表现主义和印象主义等现代创作手法，在语言上力求革新，在人物塑造上更是将“我”也“烧进去”，使其现实题材创作呈现出高迈的境界与独异的风格。这种以“新的形”“新的色”来写出“自己的世界”的创新性，为我们思考现实题材创作的多种可能性树立了榜样。事实证明，这种艺术的独创非但没有掩盖现实的光芒，反而让我们在历经百年之后还能震撼于文学介入现实的思想力度。如何在直面现实的同时保持对于艺术的敬畏，鲁迅贡献了一个作家的所思所为。

当然，艺术不只有从外部“拿来”，更有对内在的“传承”。鲁迅之后体察农民最为深切的作家，应该是赵树理。

赵树理的笔下，虽然还有二诸葛、福贵、三仙姑、小飞蛾这些人物，延续着闰土、阿Q、祥林嫂、爱姑们的命运，但更多地出现了小二黑、小芹、铁锁以及“老槐树下的‘小字辈’”这样的“新的人”。农民中“新人”形象的出现，使中国新文学从对“个人”的关注跳跃到对于“人民”的塑造。正如有人所言，“这里的‘人民’不再是‘五四’时期需要被启蒙的大众，而是历史的、能动的主体”。这一主体的发现，与《在延安文艺座谈会上的讲话》把人民放在文艺创作的主体地位上的指导与引领密切相关，同时也与一个生于农村、了解农民、热爱农民，发自内心对农民利益关心，愿意以才智和热情书写农民并供农民阅读的作家的自觉意识不无关联。

那个时代，因为有赵树理的文学实践，我们今天才能相对完整地看到20世纪30年代到60年代太行山区人民的生活情景，了解当时晋东南和晋北百姓的生产劳动、生活习惯、婚丧嫁娶、心理嬗变，并在小二黑、孟祥英、李有才、田寡妇、潘永福这些具体的农民身上看到人民的成长和人民的向往。赵树理的小说，堪称新民主主义革命时期中国农村社会发展的一面镜子。但是这面镜子不是生硬地反映，而是力求照出人的生长性，更确切地说是农民的人格成长。

比如，《小二黑结婚》中的青年为争取婚姻自主而喊出“送到哪里也不犯法！我不怕他！”比如，《福贵》中的农民在经历了“由人变成鬼”和“由鬼变成人”之后，发出的那声对族长的响亮质问：“我不要你包赔我什么，只要你说，我是什么人！”这里对“我”和“人”的双重追问，振聋发聩，意味着旧的世界在人的心理上已经崩塌了、终结了，在小二黑身上再也看不到闰土们的懦弱，在福贵身上再也看不到阿Q的奴性，而是一个个已然“站起来”了的农民形象。人的成长、人的解放、人的觉醒，尤其是社会最底部、最多数农民的精神觉醒，让我们看到了以激情烛照现实、以进取歌唱新生的解放区文学现实主义创作中的理想主义气象。这种气象不是理想化的拔高，而是作家对现实农民状况的真实反映。

而且，赵树理的写作，是基于他对农民精神成长的深度理解，写作过程满怀喜悦。有评价说，他是“一个在创作、思想、生活方面都有准备的作者，一位在成名之前已经相当成熟了的作家”，他受之无愧。周扬 1946 年 8 月在《论赵树理的创作》中写道：“赵树理是中国文学史上第一个以农民的语言、农民的思想，写农民生活的作家。”1962 年 8 月中国作家协会在大连召开的“农村题材短篇小说座谈会”上，他再次评价道：“中国作家中真正熟悉农民，熟悉农村的，没有一个能超过赵树理。”

一个出身乡土的作家，何以能成为写中国农村的“铁笔”“圣手”？何以能在 1947 年 8 月被陈荒煤命名为“赵树理方向”？何以能被他同时代的评论家周扬称赞为“人民艺术家”？何以能被同时代的作家孙犁评价为“是应大时代的需要产生的，是应运而生的时势造英雄”？我想这一切都绝非偶然。答案当然还在作家本人。

赵树理曾言他与农村的关系是“母子一样的”，还说“离得时间久了，就有些牵肠挂肚，坐卧不宁，眼不明，手不灵，老怕说的写的离开了农民的心气儿”。他言及作家与生活的关系时说：“要真正深入生活，做局外人是不行的。只有当了局中人，才能说是过来人，才能写好作品。”1947 年，在晋察鲁豫边区文艺工作座谈会上，赵树理在发言时论述了创作和农民的关系，“要和农民成为一家人，当客人是不行的”。在《谈“久”——下乡的一点体会》中，他讲到与群众“共事”的好处，“久则亲”“久

则全”“久则通”“久则约”。这种将根基深扎在农民中的自觉意识和坚韧实践，不仅使其个人的“问题小说”实现着艺术上接连不断的突破，而且为现实题材创作的深化打下了牢固的基础。

也正是这种“心气儿”，这种做“局中人”和“一家人”的创作态度，决定了赵树理的语言选择与艺术风格。形式的文化“传承”与“局中人”“一家人”的自认是一致的。形式从来不只是形式，更是内容的外化和显现。茅盾称之是“生动朴素的大众化的表现方式”和“‘万古长新’的民间形式”。究其原因就是作家永远不可能脱离那样一种根本而存在，“他是人民中的一员而不是旁观者”。

正因为是时代的“局中人”，赵树理才可能在中国农民走上彻底翻身的道路、中国社会发生深刻的变革时，能够“站在人民的立场”，同时“不讳饰农民的落后性”，并极力张扬他们在克服落后性时发挥出的“创造的才能”。正因为是“一家人”，他才可能做到落笔之时想着那些潜在的农民读者，文字上“没有浮泛的堆砌，没有纤巧的雕琢，朴质而醇厚”。而艺术的秘密、技巧的获得从来都不复杂，如茅盾所说，赵树理“生活在人民中，工作在人民中，而且是向人民学习，善于吸收人民的生动素朴而富于形象化的语言之精华”。

“民族形式”的走向背后，蕴含着一个作家对于自己民族高度的文化自信。而赵树理对农民口语、大众化形式的选择，透露出其对翻身农民的信心、热爱与真诚。这使得他能一直与人民站在一起，以人民的进步为进步，以人民的悲欢为悲欢，从人民的实践生活和文化语言中汲取丰富的营养，以美的发现与美的创造奉献给人民。

与赵树理同时代的作家孙犁，同样是人民的文学的实践者。他说过：“《山地回忆》里的女孩子，是很多山地女孩子的化身。当然，我写她们的时候，用得多是彩笔，热情地把她们推向阳光照射之下，春风吹拂之中。”而在《关于〈荷花淀〉的写作》自述中，孙犁讲到比起冀中区人民在抗日战争中的重大贡献，自己的作品只是“一鳞半爪”。他写道：“《荷花淀》所写的，就是这一时代，我的家乡，家家户户的平常故事。它不是传奇故事，我是按照生活的顺序写下来的，事先并没有什么情节安排。”他还写道：“我在延安的窑洞里一盏油灯下，用自制的墨水和草纸写成这篇小说。我离开家乡、父母、妻子，已经八年了。我很想他们。也很想念冀中……我写出了自己的感情，就是写出了所有离家抗日战士的感情，所有送走自己儿子、丈夫的人们的感情。”

这种发自内心、连“我”也写进去的有“情”文学，所获得的传达于当时、传信于后世的生命力，从何而来？我想是作家与人民情感的深度共振。没有这种共振，新文学画廊里怎么可能出现让人过目不忘的“水生女人”、秀梅、妞儿、浅花，还有吴召儿、小胜儿、双眉、春儿？

新中国成立后，孙犁在小说《铁木前传》中对乡村女性的书写达到了极致。他写九儿：“九儿的脸，被炉火烘照着，手里的小锤，丁当地响在铁砧上。这声音，听来是熟悉的……在她的幼年，她就曾经帮助父亲，为无数的战士们的马匹，打制过铁掌和嚼环。现在，当这清脆的锤声，又在她的耳边响起的时候，她可以联想：在她的童年，在战争的岁月里，在平原纵横的道路上，响起的大队战马的铿锵的蹄声里，也曾包含着一个少女最初向国家献出的，金石一般的忠贞的心意！”而写大家眼中看似有些“落后的”小

满儿，他的笔触也是满含深情：“炎夏的夜晚，她像萤火虫儿一样四处飘荡着……常常有到沙岗上来觅食的狐狸，在她身边跑过，常常有小虫子扑到她的脸上，爬到她的身上……在冬天，狂暴的风，鼓舞着她的奔流的感情，雪片飘落在她的脸上，就像是飘落在烧热烧红的铁片上。”

从“她们”——这些新农村女性的文学形象队列中，我们看到祥林嫂、爱姑们已经退场了，看到了曾处于中国社会最底层的农村女性的“新人”诞生，同时也看到了“没有妇女的酵素就不可能有伟大的社会变革。社会的进步可以用女性（丑的也包括在内）的社会地位来精确地衡量……”（马克思语）的形象化表达，当然更看到了一代人民作家所倾情传达出的真实而可喜的时代发展和民族进步。

一个民族的历史，从来都是由这个民族一代人接着一代人铸就的。人民，从来都不是概念，不是抽象的符号，而是一个个有血有肉、有情有义的个体的人。这些具体的人，在所处时代的某些时刻打动作家，才有了所谓的“文学人物”。而这些文学典型又以艺术的方式打动着阅读到“他（她）们”的人。这就是文学生命力的奥秘所在。而在“真实的人（原型人）——作家（创作者）——文学人物（典型人）——阅读的人（接受者）”的全面培育与艺术循环中，最重要的一项是作家自我人格的铸造。文学是人格的投影，这是每位作家都不可回避的“炼心术”。

而心在哪里，标志着一个作家一切艺术与言说的起点。当年作家柳青为了这颗“心”的归属，辞去县委副书记职务，在皇甫村一住就是 14 年，写出了《创业史》。重读 1972 年柳青写的《建议改变陕北的土地经营方针》，很难想象，写出《创业史》的作家会在“坡地—梁地—谷地”“果树—桑树—粮食”上事无巨细地投入思考。他通过对法国南部地中海沿岸加龙河下游葡萄产区和美国西海岸加利福尼亚苹果产区的考察，得出的结论是“陕北地区的气候、土壤和地形是天然的最理想的苹果产区”。他还从十八世纪的英国说起，勾画出农业结构调整后延安、绥德、榆林的风貌，并畅想着在这些地方修筑水电站，“为了便于管理和使用，可修三至五个大型水电站”，以及铁路，“先修最重要的一两条线与华北和关中相通，再修次重要的两条，还需修境内支线”。特别是他提到希望这个地区的经济尽可能得到充分发展，跟这个地区的光荣历史相辉映，至今读来还令人动容。柳青的梦想，今天都已经实现了。

这篇文字，在文学史上无法与他的《种谷记》《铜墙铁壁》《创业史》比肩，也远没有《一九五五年秋天在皇甫村》在读者中影响广泛，但它打开了通向作家创作奥秘的一个甬道。柳青之所以能写出《创业史》，不仅在于他住在农村、深爱农民，还在于他对于农民的福祉有着真切的憧憬。这个出发点，通向着为给集体买稻种，从渭河下游坐几百里火车，却舍不得花两角钱住店的蛤蟆滩的小伙子，也连通着“王家斌—柳青—梁生宝”这三个“人”共同跳动的、灼热的心。

柳青这颗爱人民的“初心”，正如孙犁在《文学和生活的路》中所言：“要想使我们的作品有艺术性，就是说真正想成为一个艺术家，必须保持一种单纯的心，所谓‘赤子之心’。有这种心就是诗人，把这种心丢了，就是妄人，说谎话的人。保持这种心地，可以听到天籁地籁的声音。”

未来期待：
以隽永的美、永恒的情、浩荡的气，
聚焦新时代波澜壮阔的行进历程

回望来路，是为了更好地前行。中国特色社会主义进入新时代，中国的发展已站在一个更高层级的历史方位上。作为时代精神的书写者和人类灵魂的铸造者，广大作家艺术家也同样站在一个更高层级的文化起点上。要充分认识到新时代之于中华民族迎来从站起来、富起来到强起来的历史性飞跃的意义，要充分认识到科学社会主义在中国的成功及在21世纪的中国所焕发出的强大生机之于马克思主义、之于世界社会主义实践的意义，要充分认识到中国特色社会主义道路、理论、制度、文化建设及对现代化途径的探索为世界贡献了全新的选择和方案，要充分认识到中国日益在世界舞台发挥作用的同时社会主要矛盾已经转化为人民日益增长的美好生活需要和不平衡、不充分的发展之间的矛盾。

这关乎一个作家艺术家能否成功地处理好由无数日常生活和当下经验组成的诸多“现状”之上的那个更宏阔、更丰沛且更有力量的“现实”，并以审美的目光将所观察到的事物加以有机整合。

这关乎一个作家艺术家能否在创作中超越杯水风波、一己得失，像前辈所有经典作家那样“不是琐碎地积累”，而是即便在“儿女情、家务事、悲欢离合”的“一些零碎的生活现象上，一些日常生活的细节上”也能“看出生活的本质”（孙犁《文艺学习》）。

这关乎一个作家艺术家能否从群众中汲取智慧、坚强、乐观和力量，并及时校正自己的偏见，以更“细致专业”而非“粗糙业余”的、以“艺术的”而非“技术的”表达，记录这个时代人民对美好生活的向往，提升这个时代人民的审美品格。

这关乎一个作家艺术家是否真正获得了“从当前时代的深处把人类情感中最崇高和最神圣的东西即最隐深的秘密揭露出来”的能力。

经典之所以能够成为经典，其中必然含有隽永的美、永恒的情、浩荡的气。经典通过主题内蕴、人物塑造、情感建构、意境营造、语言修辞等，容纳了深刻流动的心灵世界和鲜活丰满的本真生命，包含了历史、文化、人性的内涵，具有思想的穿透力、审美的洞察力、形式的创造力，因此才能成为不会过时的作品。

那么，美、情、气、力，又从何来？还是从那颗以人民为中心的“心”中来，从与人民将心比心、心心相印的“心”中来。古往今来，文学艺术史上凡是能叫得响、传得开、留得住的文艺精品，无不具有这样的理想品格。

“凡作传世之文者，必先有可传世之心。”文艺之途从来就是人生之途。每一个时代的作家艺术家最大的挑战、最大的财富，正是他所处的时代。当代中国正经历着激动人心的深刻变革，正进行着令世界瞩目的伟大实践，风云际会、英雄辈出的新时代，为文学艺术的创造提供了强大的动力和广阔的空间。时代是出卷人，一张张壮丽卷轴已经铺开，等着作家艺术家们落笔的答案。

2018 年 2 月 21 日于北京

辑 二

似　你　所　见

社会变革中的女性声音

——“中国当代著名女作家大系”（小说卷）总序

进入21世纪以来，中国社会发生了巨大变化，作为目睹社会进步的中国作家，未曾缺席于对社会变革的记录，而在中国社会前进历程的忠实的录记者中，中国当代女作家已成为一种不容忽视的力量。于新时期蹒跚起步、于新世纪日益成熟的当代女作家，无论其社会观察的视野、人性探索的深度，还是对人类文化的传承与借鉴，对艺术风格与艺术手法的积淀和历练，就整体风貌而言，都较20世纪初、中期女作家写作有极大的进步。文学史将会对这一代、几代女作家的写作成就做出高分值的评估。作为中国改革开放的受益者的当代女作家，正以她们敏锐的洞察和细腻的书写，投入中国突飞猛进的现代化进程中，并为后人提供着研究和勘察这一时代变化的精神档案。

20世纪末年，我曾以《夏娃备案：1999》对1999年的由女作家写作的以女性作为主人公的12部小说加以梳理，对20世纪、21世纪的世纪更迭之年，中国女作家经由写作提出的一些与自身、与人类相关的问题，给出了寻勘身心发展的道路，其对于性别心理与社会发展的深入思考，不仅丰富了文学的承载量，更提供了人类认知自我的新经验，比如铁凝《永远有多远》传递给我们母性教育的传统乃至本能，王安忆《剃度》展示了特立独行的时代女性的决绝个性，方方《在我的开始是我的结束》让我们看到的是女性在亲密关系中寻求自我的渴望或是在他者身上印证自我的失败；分歧的，共生的，冲突的，裂变的，未成型的，已板结的，需解冻的，身体的，心灵的，灵魂的，我们从她们的文学中得到的东西植根于一个国度一个时代却终将超越对一个国度一个时代的了解。

哲人曾言，女性的进步是社会进步的一面镜子。足见女性在社会中的重要地位。文化亦然。女性的文化进步是社会文化进步的投影，其实两者更是深层互动的，女性对于文化、身份、性别、社会的思考，已成为推动整体社会向前运动的力量。

这种力量的成因源于中国女性在 20 世纪经历的三次解放。新文化运动，使中国妇女从封建性的“三从四德”中解放出来，这次思想解放的意义大于经济独立的意义，使男女平等平权的思想深入人心，于此，如丁玲、冰心、林徽因、萧红等中国女作家写出了她们年轻时期的代表作。其中，丁玲的《莎菲女士的日记》、萧红的《生死场》，影响深远。1949 年，新中国成立，宪法规定男女平等，中国妇女的地位与作用发生了巨大变化，经济上的独立，使其摆脱了对男性的依附，而在各领域取得进步与成就。女作家得益于这一社会风气之先，丁玲、杨沫、茹志鹃等作家均有佳作推出，中国女作家的写作开始受到国外研究者的重视。1978 年，中国实行改革开放，思想上的解放使作家焕发出极大的创造力，女作家作为思想活跃、敏感的一个群体，在思考社会问题的

同时，更注重对性别文化的勘探。张洁《爱，是不能忘记的》、宗璞《三生石》等作品代表了这一时期的探索。三次思想文化上的洗礼和社会发展的互动，使得中国文学在1978年之后迎来了迅速发展的黄金时代。

中国自20世纪70年代末改革开放以来，这一时期的文学被称为“新时期文学”，新时期文学近四十年来，女作家写作发展迅速，可以说，就是从这个新时期开始，中国女作家集体发声，并以其强劲的写作，呈现出时代女性对于社会发展的文化“干预”。巾帼不让须眉，这种独有的文化现象引人瞩目，以至在新世纪成熟壮大，被一些文化研究者称之为“她世纪”。20世纪80年代，女作家的性别觉醒与文化自觉开始较早，她们在关注外部世界变革的同时，开始关注内心、关注精神。张洁《爱，是不能忘记的》、张抗抗的《隐形伴侣》写社会问题，但却是女性立场上对于情感的深度审视与叩问。张辛欣《在同一地平线上》，关注精神上的两性平等与女性自我价值的实现，以及女性知识分子在爱情与自我之间试图寻找到一个两全的存在空间。刘索拉《你别无选择》，反思男性文化传统，也对传统女性化写作提出了颠覆性的质疑。刘西鸿《你不可改变我》《花儿为什么这样红，为什么这样红》的女性书写，将“我”与“你”即女性与男性的一系列性别问题提出来，并均做出了来自女性个人的答案——你别无选择！你不可改变我！其勇敢的姿态更是对历史框定的女性顺从与懦弱的文化性格的诘问与反叛。

20世纪八九十年代，叶文玲、池莉、赵玫、范小青、裘山山等佳作频出，其在多个文体间的跨越更打磨了小说的锋芒；90年代始，林白、陈染、海男等期望通过身体将视点拉回到性别关注上来。这种写作在历史、个人、身体、社会、情感间跳跃，呈现出女性写作的犹豫和艰难的自我调整。而从 20 世纪 80 年代《对一个精神病患者的调查》、90 年代《羽蛇》到 21 世纪《炼狱之花》《天鹅》，30 年跨度始终坚守女性精神自我的深度写作的徐小斌引人注目。新一代女作家，注重隐藏在身体性后面的社会文化，不那么尖锐，更倾向温暖、幽默、智性的表达，但她们心底仍然保留着一个完整的女性空间，如徐坤的《厨房》、迟子建《世界上所有的夜晚》、潘向黎《白水青菜》、魏微《大老郑的女人》、盛可以《手术》、叶弥《小男人》等，都体现了以女性文化视角介入历史现实的丰富性的追求。

新世纪伊始，女作家写作成果斐然，杨绛等老一代作家也有新作推出。张抗抗的《把灯光调亮》在坚守其新时期开端之作《北极光》的浪漫主义理想底色的同时，强化了传统知性写作的典雅；叶广芩以《梦也何曾到谢桥》《黄金台》为代表的被我称之为“后视镜”式的写作，在对传统文化与现代化的可持续性发展的探索方面可谓独树一帜；方方的《水随天去》等探讨经济不平衡发展对于纯真爱情的挤压；蒋韵的《心爱的树》《完美的旅行》《行走的年代》试图在对“已逝”岁月的追踪中确立传统价值的独立性；林白的《长江为何如此远》和《妇女闲聊录》提供给了我们回溯历史与观察现实的与众不同的角度；孙惠芬的《歇马山庄的两个女人》等系列作品将观察点定位于“出走”与“还乡”两大母题，使其作品在现实性的叙事之上平添了哲学的意蕴；葛水平的《喊山》《地气》承续了中华山川地气中深藏的诗意之美，其利落的行文中苍凉的味道耐人寻味；邵丽的《明惠的圣诞》擅长聚焦纷繁复杂的社会环境中日常生活中的个人体验与情感微澜；金仁顺的《云雀》《桃花》等植根饮食男女，其心思缜密又声色不动的叙事兼具温润与冷冽两种魅力；乔叶的《走到开封去》等承续了她个人创作的对"慢"的探求，审视的目光于小事情间不经意扫过，却如探照灯一般揭示出最深处的幽怨和最原始的黑暗；鲁敏的写作确如"取景器"，隐秘的、细微的、节制的、带有缠绕感甚或是残缺的生活，成就了她小说的"气象与光泽"，《思无邪》《逝者的恩泽》虽均写日常生活中的不如意处，但却在极简主义式的写作中透出干净与温暖；付秀莹的《爱情到处流传》《六月半》篇篇出手不凡，以感伤与坚韧并存的从容气度体认着中华美学的精髓，并使诗化小说通过个人的写作向前推进了一步；滕肖澜的《美丽的日子》等笔触在沪上弄堂里小人物的日常生活间腾挪有致，有柴米油盐的实在，也有细碎世俗中的温情；阿袁的《长门赋》《鱼肠剑》等让我们看到了人性的丰富驳杂，其小说的精神分析与反讽意味承接了现代写作的传统。

以上列举的只是活跃于文坛的当代女作家群体的一小部分。无论是社会发展还是写作环境，当代女作家们都身处一个创造力得以充分发挥的时代。1977 年以来，作为中国文学长篇小说最高奖的茅盾文学奖，评出 9 届，有 40 余部长篇小说正式获奖，女作家占 8 部，所占比例为五分之一。1995 年以来，作为除长篇小说以外的其他门类的文学作品的最高奖鲁迅文学奖，已评 6 届，共有 200 多人获奖，女作家超过 40 人次，所占比例为五分之一。1980 年以来，全国优秀儿童文学奖，评出 10 届，获奖者中，女作家在小说、童话、幼儿文学（绘本）等均有收获。20 世纪七八十年代始评的全国少数民族文学创作"骏马奖"获奖者中多次见到少数民族女作家的身影。而由中国当代文学研究会属下的中国女性文学研究会设立的中国女性文学奖，有效推动了中国女性文学的创作与理论探索。获奖只是专业荣誉，更广泛的社会承认，还包括作家文学作品的读者拥有度、文学作品的文化艺术衍生品以及国外研究与译介，在此不一一列举。总之，女作家无论创作还是思想，都表现出不让须眉的强劲实力，她们通过文学所表达的对于社会人生诸多问题的思考，在整体上已然超越了文学史上她们前辈的书写。

这就是我们今天编选中国当代著名女作家大系的原因。当今世界正发生着日新月异的变化，置身于这样一个时代是作家们的幸运，作为中国社会变革的见证者，同时也是人类社会发展的一个重要组成部分的女作家，她们的录记、思考与贡献，我们不能忘记。

2017 年 10 月 12 日于北京

一种文体与一百年的民族记忆

——“百年中篇小说名家经典”总序

自20世纪初确切地说1918年4月鲁迅《狂人日记》为标志的第一部白话文小说的诞生，新文学迄今已走过了百年的历史，百年的历史相对于古老的中国而言算不上悠久，但20世纪初到21世纪初的这个一百年的文化思想的变化却是翻天覆地的，而记载这翻天覆地之巨变的，文学功莫大焉。作为一个民族的情感、思想、心灵的录记，从小处说起的小说，可能比之任何别的文体，或者其他样式的主观叙述与历史追忆，都更真切真实。将这一百年的经典小说挑选出来，放在一起，或可看到一个民族的心性的发展，而那可能被时间与事件遮盖的深层的民族心灵的密码，在这样一种系统的阅读中，也会清晰地得到揭示。

所需的仍是那份耐心。如鲁迅在近百年前对阿Q的抽茧剥丝，萧红对生死场的深观内视，这样的作家的耐心，成就了我们今天的回顾与判断，使我们——作为这一古老民族的每一个体，都能找到那个线头，并警觉于我们的某种性格缺陷同时也不忘我们辉煌的来路和伟大的祖先。

来路是如此重要，以至小说除了是个人技艺的展示之外，更大一部分是它的社会大众的灵魂的素描。如果没有鲁迅，仍在阿Q中生活也不同程度带有阿Q相的我们，可能会失去或推迟认识自己的另一面的机会，当然，如果没有鲁迅之后的一代代作家对人的观察和省思，我们生活其中而不自知的日子也许更少苦恼但终是离麻木更近，是这些作家们把先知到的写下来给我们看，提示我们这是一种人生，但也还有另一种人生，不一样的，可以去尝试，可以去追寻，这是小说的更重要的功能，是一个文学家个人通过文字传达、建构并最终必然参与的民族思想再造的部分。

我们从这优秀者中先选取百位。他们的目光是不同的，但都是独特的。一百年，一百位作家，每位作家出版一部代表作品。百人百部百年，是今天的我们对于百年前开始的新文化运动的一份特别的纪念。

而之所以选取中篇小说这样一种文体，也是出于这个原因。

中篇小说的文体，只是一种称谓，其篇幅介于长篇小说和短篇小说之间，长篇的体积更大，短篇好似又不足以支撑，而介于两者之间的中篇小说兼具长篇的社会学容量与短篇的技艺表达，虽然这种文体的命名只是在20世纪七八十年代才明确出现，但三四十年间发展迅速，其中的优秀作品在不同时期或年份涵盖长、短篇而代表了小说甚至文学的高峰，比如路遥的《人生》、张承志《北方的河》、莫言《透明的红萝卜》、韩少功《爸爸爸》、王安忆《小鲍庄》、铁凝《永远有多远》，等等，不胜枚举。我曾在一篇言及年度小说的序文中，讲到一个观点，小说是留给后来者的“考古学”，它面对的不是土层和古物，但发掘的工作更显艰巨，因为它面对的是一个民族的精神最深层的奥秘，作家这个田野考察者，交给我们的他的个人的报告，不啻是一份份关于民族心灵潜行的记录，而有一天，把这些“报告”收集起来的我们，会发现，它是一份长长的报告，在报告的封面上应写着，“一个民族的精神考古”。

一百年的时长在人类历史上不过白驹过隙，何况是刚刚挣得名分的中篇小说文体——国际通用的小说，只有长、短之分，并无中篇的命名，而新文化运动伊始至20世纪70年代早期，中篇小说的概念都未得到强化。需要说明的是，这给今天我们的编选带来困难，所以在选取新文学的现代部分和当代部分的上半部时，我们采取了篇幅较短篇稍长又不足长篇的小说，譬如鲁迅的《祝福》《孤独者》，它们的篇幅长度虽不及《阿Q正传》，但较之鲁迅自己的其他小说已是长的了。其他的现代时期作家的小说选取同理。所以在编选中我也曾想，命名“百年中篇小说名家经典”是否足以囊括，或者不如叫作“百年百人百部小说”，但如此称谓又是对短篇小说的掩埋和对长篇小说的漠视，还是点出“中篇”为好。命名之事，本是予实之名，世间之事，也是先有实，后有名，文学亦然。较之它所提供的人性含量而言，对之命名的是否妥帖则已显得不那么重要了。

值此新文化运动一百年之际，向这一百年来通过文学的表达探索民族深层精神的中国作家们致敬。因有你们的记述，这一百年留下的痕迹会有所不同。

感谢河南文艺出版社，感动我的还有他们的敬业和坚持。在出版业不免利润驱动的今天，他们的眼光和气魄也有所不同。

2017年5月29日于郑州

呐喊中的彷徨

——鲁迅小说管窥

从“阿Q不独是姓名籍贯有些渺茫”开始，直到他“觉得全身仿佛微尘似的迸散了”，阿Q的故事似乎可以收场，未庄的看客们似乎也得到了他们之所见。然而需要提醒的是，在故事之前的第一章，那“序”中第一句——“我要给阿Q做正传”。正传中之阿Q，区别于内、外、别传，鲁迅先生之“正”意，恰在于这一个虽独有，却是普泛的，在你、我、他身上活着，如民族的基因之一种，是需要自省与警觉的，然而多年之无觉，造就了故事里的阿Q，同时也成型了那个后来者点出的“精神胜利法”。

重读《阿Q正传》，不独“精神胜利法”，我仍读出了近百年前鲁迅先生关注到的“奴性”，发见“奴性”是了不起的，更了不起的是发掘到“奴性”之“两面性”，之于主子，他是奴才，之于更弱于他的人，他又换了“主子”的面孔，这种人格之两重性，在阿Q身上不是很明显吗？鲁迅先生的点穴，意在规避，更旨在发出一声“呐喊”，这呐喊多数是发散的，以引国人注意，而究竟，也是“连自己都烧进去的”。

所以，才有彷徨。

《祝福》作为《彷徨》辑中的首篇，是有“我”的。“我便一个人剩在书房里”“第二天我起得很迟”“我就站住”“我很悚然”，这个“我”作为叙事人，是一个男性形象，也许是可以和鲁迅先生互换的。祥林嫂的故事也自始至终是在“被看”的情境下展开的。“被看”之被动性仿佛确定了祥林嫂一生的命运，她的生活是在他人眼光下完成的，她一辈子也没有逃脱“被看”的命运，以致成为她的一种性格，鲁迅将他人眼光下的中国乡村女性乃至中国传统女性的这个“宿命”写得力透纸背。祥林嫂在生时的“被看”还不难理解，鲁迅先生更写出传统礼教下使得“她”认定自己在死后仍要置于某种被关注被绳系被审判之“看”，如此，这个上天入地均心无安定的女性连死都不敢。但终是死在了“祝福”之夜，连绵不断的爆竹声，置鲁镇于“懒散而舒适”的繁响拥抱中，“我”呢，亦不例外，“从白天以至初夜的疑虑，全给祝福的空气一扫而空了，只觉得天地圣众歆享了牲醴和香烟，都醉醺醺的在空中蹒跚……”鲁镇人与未庄人并无区别，这貌似“无限的幸福”仍是鲁迅先生一直追究的灵魂的麻木。

《孤独者》也是以“我”打头的，只不过对面坐的是S城的魏连殳。之于魏连殳这个“同我们都异样的”仿佛是外国人的历史教员，给人印象最深的该是在祖母入殓时的不落一滴泪到众人将散时的失声长号，“像一匹受伤的狼，当深夜在狂野中嗥叫，惨伤里夹杂着愤怒和悲哀”。“我”是听了这无望的嗥叫的人，“我”也是劝他不要“亲手造了独头茧，将自己裹在里面”的人，也是眼见他为了“还得活几天”几乎求乞的人，更是了解了他“愿意我好好地活下去的已经没有了”的心理的人。做了不愿意做的差事，吐着心口怨逆的血，有着“我已经躬行我先前所憎恶，所反对的一切，拒斥我先前所崇仰，所主张的一切了。我已经真的失败，——然而我胜利了”的警醒和分裂，魏连殳的结局自然可以想见，违愿的发迹，使得这个人彻底地孤独，在热闹里，直至在身后亲人们的议论里，“安静地躺着”“口角间仿佛含着冰冷的微笑”。作为见证者之“我”，在小说结尾处，挣扎地挣脱，“像一匹受伤的狼”嗥叫在深夜的狂野，惨伤，愤怒，悲哀，终究为坦然地行走所代替。

几天之后，《伤逝》完稿，续写了子君的葬式，这是一个男人对于女人的忏悔，又未尝不能视作是一个知识者对于他之同道的忏悔，或者也是同道作为镜子照出的“我”的悲哀，子君未尝不是魏连殳的“变身”，而“我”也由观者进化为亲证，如若说魏连殳之于“我”仍是一个他者的话，那么子君之于“我”，则是“我”“在不远的将来，便要看见辉煌的曙色的”理想女性之化身，是另一个“我自己”，是“我”的“灵魂自我”。整部小说是在涓生的手记——“我”的自述中完成的，犹如祥林嫂的“被看”，子君的形象是在“被诉说”中成型的，与《祝福》不同的是，这一个女性是城市觉醒的知识女性，是他在要“开一条新的路”中遇到的同道，于此这个“我”作为观察者不如更作为亲证者的存在，对于子君的逝去之命运而自我无力的愧疚是深重而真切的，那是——“人必生活着，爱才有所附丽。世界上并非没有为了奋斗者而开的活路；我也还未忘却翅子的扇动，虽然比先前已经颓唐得多……”“北京的冬天”道明了故事的发生地，这一次不是未庄、鲁镇，也不是S城，但无论是庄、镇、城或是都会，那条命运的细线并没有因地域的转换改变而松绑，“我想到她的死……”，同时也“看见我是一个卑怯者”。相对于“我”面对祥林嫂的“地域”之有无的疑问时的支吾与吞吐，《伤逝》中言，“我愿意真有所谓鬼魂，真有所谓地狱”，而“我将在孽风和毒焰中拥抱子君，乞她宽容，或者使她快意……”的句子写来，已有《野草》风味。

这里所辑鲁迅四部小说均写到了“死”。阿Q之死，祥林嫂之死，魏连殳之死，子君之死，无论“我”作为叙事人、旁观者、亲历者、亲证者，作者都抱着“送葬”的决心，“葬在遗忘中”，之于这个旧的世界，鲁迅先生的目光是冷的，但这冷目光指向的不是终点，终点不在于此，它或在——“我要向着新的生活跨进第一步去，我要将真实深深地藏在心的创伤中，默默地前行”……

这是鲁迅。如果只有呐喊，不是鲁迅，鲁迅，更有呐喊中的彷徨。他的视野里一直有“我”，是省思的。

这是鲁迅。

我曾在以往的文、语中多次言说，从鲁迅小说中其实可以抽出中国社会问题的许多线团的线头，比如农民问题、女性问题、知识分子问题和婚恋问题，于此，我选了这四部小说，从这四个“线头”中我们或可抽出些丝来，来续接和继承20世纪初最早的一位知识分子作家的灵魂研究。

此为记。

2017年5月24日于郑州

一位作家的忠诚

——徐光耀的人与文

徐光耀先生在《昨夜西风凋碧树》一书的后记中，开头就写了这样一句话："回顾我的一生，有两件大事，打在心灵上的烙印最深，给我生活、思想、行动的影响也至巨，成了我永难磨灭的两大'情结'。这便是：抗日战争和'反右派运动'。"

抗日战争，我们读过他年轻时写的《平原烈火》，这部书出版于 1950 年，徐光耀先生时年 25 岁；反右运动，我们读了他年长时写的《昨夜西风凋碧树》，这部书出版于 2000 年，徐先生时年 75 岁；中间相隔 50 年，半个世纪，从年轻到年长，这两部书和他的许多作品一起见证了徐光耀先生作为一个共产党人的信仰、信念和作为一个作家的正直、忠诚，见证了作家徐光耀先生所秉承的鲁迅、巴金等中国作家"说真话"的文学传统，当然也见证了共和国第一代知识分子、共和国培养起来的第一代作家的文学风骨，同时，也见证了共和国的光明、辉煌亦不乏曲折、坎坷的历史和历程。

而将徐光耀先生的抗日战争与反右运动这两大"心结"结合

为一的，则是当代文学史上的传世之作《小兵张嘎》。《小兵张嘎》写于20世纪50年代末，发表于60年代初，而对于我们60年代出生的一代人来讲，“嘎子”与其说是我们儿时的偶像，不如说是伴随我们成长的少年伙伴，在读《小兵张嘎》小说之前，《小兵张嘎》的电影我已记不得看了多少遍了。后来，当我初次在一份资料中看到《小兵张嘎》诞生的故事时，我大吃一惊，再后来，出于研究的需要，我找到了徐光耀先生在1993年11月17日于自拔斋写的《我和〈小兵张嘎〉》一文，还有张圣康发表于1995年第5期《长城》杂志上的《〈小兵张嘎〉是如何诞生的》——这些资料距今也已20年了。两文再读，我深为震动。如果不是这两篇文章的披露，我绝想不到那个快活、机智、乐观、勇敢、天真、淳朴的“嘎子”，是诞生在徐光耀先生人生最低谷、最困窘的时期，是在他“继续反省、等候处理”、无处申诉表白也难求人同情理解的满腔愁绪与枯坐反思里，如此的精神折磨和心烦气躁，被“挂起来”的莫名痛苦里，一个正值盛年、血气方刚却倍遭误解的作家，却不放弃手中之笔。最令我敬仰的是，这握紧了的手中之笔下，诞生的形象是如此鲜活、纯洁、健壮、有力。我们在作品中看到的不是一片凄凉、病态、独语或萎靡，而是那个活灵活现、血肉丰满、“嘎里嘎气”、天真可爱的小英雄。

1957年秋，“反右”白热化，徐光耀先生被列为丁玲“十二门徒”之一，外部是批判、揭发、训斥，周围是阴暗、泥泞、潮湿，然而就是在这样的环境下，徐光耀先生凭着他对人民的爱和忠诚，写着北方的平原、青纱帐，写着白杨树、平顶房，写着白洋淀的芦苇，写着嘎子与玉英撑船走在淀水中的开阔而从容的大自然，写着淀水“蓝得跟深秋的天空似的，朝下一望，清澄见底”，写着丛丛密密的荇草，“在水流里悠悠荡漾，就像松林给风儿吹着一般”，写着淀水中的鲤鱼、鲫鱼、鲇鱼、花鲫和黄固鱼，它们成群搭伙，“仿佛赶着去参加什么宴会”。

这是一种什么样的气质、心胸、人格和襟怀？正如铁凝在《苍生不老，碧树长青》一文中所写，“他用他的笔让嘎子活了，而被他创造的嘎子也让他活了下去。他们在一个非常时刻相互成全了彼此”。也像徐光耀先生自己所说，“我的孩子，我的救命恩人，你终于来了”。

“嘎子”的到来意义非凡，是创造了历史的人民的挚爱支撑了他的写作，所以之于形象塑造与写作环境的研究，我更看重徐光耀先生在回忆录中所讲的思想动机，他写他的救亡图存的同志，“昨天还并肩言笑，挽臂高歌，今儿一颗子弹飞来，便成永诀，这虽司空见惯，却又痛裂肝肠。事后回想，他们不为升官，不为发财，枕砖头，吃小米，在强敌面前，昂首挺胸，迸溅鲜血。傲然迈过一堆堆尸体，往来穿行于枪林弹雨之中”；他写他身边的战友，在暗夜行军时与他的约定，“不管哪个先死，后死的一定要为他写篇悼文，以昭告后人而寄托我们的友谊和哀思”；他写我们挺过来了，胜利了，“那需要写文悼念以光大其事的人，又有多少啊，真是成千带万，指不胜屈。再一想，他们奋战一生，洒尽热血，图到了什么，又落下了什么呢？简直什么也没有。有些人，甚至连葬在何处都不知道！……但是，他们还是留下了，留下的是为民族自由、阶级翻身、人类解放的伟大实践，和那令鬼神感泣的崇高精神。这精神，是中华民族生存的支柱，前进的脊梁，是辉耀千古的民族骄傲。作为他们的同辈和战友，我是有责任把他们写出来的”。正是这对先烈的缅怀，使“那些与自己

最亲密、最熟悉的死者”在心中复活，“那些黄泉白骨，就又幻化出往日的音容笑貌，勃勃英姿，那爱国主义、革命英雄主义的巨大声音，就会呼吼起来，震撼着你的神经，唤醒你的良知，使你坐立不安，彻夜难眠，倘不把他们的精神风采化在纸上，就对不起自己的良心。于是，写作欲望就难于阻止了”。“自拔斋”之由来，我不甚明白，但我知道，“嘎子”的到来之于徐光耀先生的意义，是“嘎子”教他清醒和警醒，教他“自拔”于一己的悲欢，是最基层、最朴实、最无私的人民给了他生活下去并写好他们的动力。

“呱唧，呱唧，呱唧——”嘎子一路疾跑过来，带给了作家兴奋、欢笑、激动、疯魔般的写作体验，带给他“灵感的美妙与奔放”，带给他“精神的超越与解脱”，带给他创造的快乐，纸上的“嘎子”带领着作家共同经历着喜怒哀乐、生死歌哭，经历着创造的美好、真情和崇高，战火纷飞年代里的万丈豪情荡涤着现实生活中作家所受的困惑、委屈，“嘎子”引领着作家的笔，抛却了一己的利害得失，而进入悲欢交织的创造的佳境。深入生活、扎根人民，是时代对于我们作家的要求，而深入生活的最基层，扎根人民的内心，则一直是徐光耀先生对于自己创作的追求。

从 13 岁的“嘎子”身上，徐光耀先生找回了他参军成为一名小八路时的“13 岁”，这种“精神自传式”的写作，这种叠印与共鸣，颇值得创作心理学作为一个课题进行深入研究。正是这种叠印与共鸣，使作家的精神完成复苏、得以升华，或者说，正是当时当刻的徐光耀，将 3 年的苦与爱，通过一个“人”的创生而得以倾诉，从而使“张嘎”成为共和国的文学创作中富有生命力与感染力的生动的文学形象。

徐光耀先生是我父辈一代的人，是走过坎坷但信仰坚定、胸怀坦荡的作家，这样的作家之所以能写出有筋骨、有道德、有温度的人，正是因为他本人有筋骨、有道德、有温度，而一个作家的筋骨、道德与温度从何而来？我以为，来源于对人民的深沉的热爱和对人民所创造的历史的信任，正是这种爱和信，使徐光耀先生作为一个作家能始终与人民站在一起；正是这种爱和信，成就了徐光耀先生作为一个作家必备的“赤子之心”。

在此，作为一个文学界晚辈，我向持守信仰与忠诚的共和国的第一代作家表示崇高的敬意。今年，正值中国人民抗日战争胜利 70 周年，也正值徐光耀先生 90 大寿，在此，祝徐光耀先生身笔两健，晚年幸福。

2015 年 6 月

人民的力量

——《星火燎原》读后

今年正值《星火燎原》出版50周年，解放军出版社请各界座谈以为纪念。座谈会上，我想起了伴随着少年时代的课本中的阅读，想起了去年在中国井冈山干部学院学习时图书馆里的阅读——整个图书馆坐落在半山坡上，窗外的树叶伸手可触。我清晰地记得下午深秋的阳光从山上静静地走过，绿树掩映的深山里埋着的是中国工农红军的忠骨英灵。那时手上的这部书有着灼人的温度。这次得到20卷的《星火燎原》全集，对一些原来没有深读的文字再读之后，感念非常。

《星火燎原》是认识20世纪中国的一部恢宏巨著。它由参与了20世纪中国的最伟大事件的人根据亲身经历写成，它的以血肉组成的不寻常的文字，是历史的真实记录，也是文学的人学还原，这种史、诗的双重性，构成了《星火燎原》这部巨著的一个重要特征，它为我们了解20世纪中国革命的渊源、中国人民的诉求、中华人民共和国的诞生提供了重要、真实的依据。这些天来，我沉浸于历史文本的阅读中，感受着由20世纪而来的穿越时间的无穷的力量，这力量是艰苦岁月中的信仰的赤诚，是人在最穷困最危难的时刻仍能想国家之所想，急民族之所急的胸怀的宽广。

而还有一种力量，被我以前的阅读所忽略。

第2卷中，《“千家饭”》的作者是吴先恩，曾任北京军区副司令员，文中他写1931年红军战士保卫麦收战役，前线战士缺粮，部队派他去后方借粮，老百姓一碗一碗节省出来的饭，倒在桶里给前方战士吃。其中他写到了一个细节，村里的一个女孩子端了一碗面条，这碗面原是给女孩子生病的妈妈吃的，但是妈妈嘱咐她捎过来给战士们带上。这个细节没有一点文学的渲染，仅是朴实而原始的记录，却有着感人的力量。

还有《女电话兵》，作者彭珍时任红江县妇女游击队长，文中她记述了1934年7月川陕根据地的一支女电话兵的工作。其中有一个叫张富智的女兵，去查线时被俘，受尽酷刑，但她与同伴说：“我们都是共青团员，就是死了，也不能背叛党。”最后，她们智胜了敌人，还带回了四名投诚的壮丁。这句话，即使穿越76年到今天，仍然掷地有声。

同是第2卷，冯增敏的《红色娘子军》写了1930年16岁的作者本人“拿起枪来、当红军去，和男人并肩作战”的经历，写到了海南女性背起真枪、长发剪短、扔了耳环的“改装”过程，有的人说，“这以后还怎么见男人呵”，有的人则说，“这回可真像男人了”。这些记录如此鲜活生动、不可复制地再现了作为女性参加革命的艰难历程，真切而动人。

第5卷中，赵仲池的《一位女战士》描写了女战士李林的故事。李林是厦门人，抛弃了北平的大学生活，来到抗日前线。一

次掩护战友突围的战役，独有她没有回来。后来才知，李林受伤后，为了不当俘虏，在敌人走近她时用最后一粒子弹开枪自杀。

第 10 卷中，郭宝俊的《女向导》写了 1948 年辽沈战役攻打锦州城，军械科为前方运送炮弹，深夜找老乡带路，村子里只有一个 30 岁左右的妇女、一个只会哭叫的娃娃、一个病卧不起的老奶奶，这个 30 岁的妇女自告奋勇，为 15 辆大车带路。在黑寂寂的原野上，有时一个勇敢的女性就决定了一场战争的输赢。这是人心所向呵。

江云鹏《红军妈妈》写打过长江去的部队在赣东北红色政权所在地弋阳县境的李庄，部队住在一白发老妈妈家。老妈妈用火烘烤战士的湿衣，用针挑作者历经 130 里行军脚上磨出的血泡，还将以前当红军牺牲的儿子的布鞋送给战士，身为战士的作者就是穿了这双青布帮、白布衣、鞋底红丝线纳着“红军万岁”的鞋，踏着红军走过的路，打到了天涯海角，打出了穷人的江山。

这几篇文字，篇幅都不长，却字字珠玑，写的都是战争中的女性，有战士，有群众，但都是那么打动人心。20 世纪的中国革命，中国女性的付出与贡献是书写不尽的，历史往往记述大的事件，但是大的事件却往往由诸多小的细节结构而成，较之战略与战术的军事运用，历史学家们往往注重前者，但是文学家却往往注重后者。后者，是人心所向，是一场战役、一次战斗、一次战争的最终取胜的保证。

可贵的是，《星火燎原》为我们呈现了它，呈现了我们的共和国诞生的基础——最广大的人民群众。我相信，这一点，正是毛泽东同志当年为这部书亲笔题写“星火燎原”四个字的用意和初衷。

有谁在意城市的血脉？

——冯骥才《俗世奇人》片谈

我 2001 年有感于冯骥才先生的《手下留情》——用现在话说是非虚构作品——记述天津改造中老街“抢救”的——中的一个真爱历史文化的知识分子的心性与血性，著文《有谁研究过城市的魂灵》，同声相和于他的在天津估衣街等街道上的心急如焚与奔走呼号，那些标识着天津卫发展的一页史册，终是翻了过去。

想一想，历史的进程就是如此，好在有文字可以录记和存留。

这部《俗世奇人》，我也是将之视作一份历史人物的存像的，如冯骥才序中所言，“天津卫本是水陆码头，居民五方杂处，性格迥然相异。然燕赵故地，血气刚烈；水咸土碱，风习强悍”。收入《俗世奇人》集中的正是这些市井民间的各色人等。作者讲是在《神鞭》《三寸金莲》之外还有些人物让他意犹未尽，欲罢不能，那些跃然纸上的性格与形象，成就了这部笔记体式的小说。我私下里却以为，它们，也是从另一个层面——人的，而非物的——讲述了曾经的活的历史。这一份录记，我同样珍视非常。

谁仍在意着城市的血脉？当城市的风景大面积地代替了乡

村，我们的乡村人物从纸上渐次退场的当口，城市或说是新城的人物还没有出场之际，一座历史老城的曾经风流也随着历史的折页而淹没了，“抢救”的意义，之于冯骥才的写作，较之这座城的改造途中的面貌，他作为一个作家的奔走，是同样重要的。如果没有一个作家的写作，可能“他们”就真的被历史湮没掉了，以后不会有人记得他们，而附着于“他们”——这些前辈身上的一座城市的文化个性或做人品性，也不可能被作为一种新城文化生成中的参照。而文化的切断，人文的断流，不会使我们文化的洪流更强韧只会使之更瘦弱。或者说，如果没有历史的可参照，文化也不成其文化，历史也不成其历史了。从这个意义上看，《俗世奇人》的每个篇幅虽小，但雄心却是接通了地脉和血脉的。

《苏七块》，写一位苏姓大夫的医道，非七块银圆不行医，以致到了不近人情的地步，一次牌桌，车夫来求医，没钱，不给治，正打牌的华大夫看不惯，悄悄出去将钱给了车夫，车夫把七块大洋码在台子上，苏七块手到病除。但打牌散场之际，苏大夫将华大夫叫住，从怀里掏出七块大洋还给他，不是不给治，是怕坏了规矩啊。这不，既治了病，又维护了规矩，苏大夫的心里可不跟明镜似的。

《刷子李》，从绰号就知有手艺，这位营造厂的师傅，绝活在于粉刷时能做到一滴不漏，其标志性行头是一干活便是黑衣黑裤黑布鞋，房子粉刷完了，一身黑衣上没有一个白点。曹小三学徒第一天就被师傅震到了，什么是本事，本事就是不自欺方能不欺人。

还有《张大力》的洒脱，在“凡举起此石锁者赏银百两”面前使了大力证明了自家的武功，又在“唯张大力举起来不算”面前保住了心性，那种绝不纠缠、“哈哈大笑，扬长而去”的洒脱里有着津人的幽默和磊落。

《泥人张》寥寥数语，说的不单是泥人张的手艺，而是泥人张支撑了手艺的性格，面对海张五那厢的挑衅，泥人张不温不火，随手用鞋底的泥巴捏出一脸狂气的海张五，而面对海张五的进一步的不屑，泥人张将海张五的泥像成批生产了一二百个，挂了“贱卖”的招牌，却使得海张五花了大价钱买断，还给天津码头添了一个逗乐段子，这种斗智斗勇的趣事也只有老天津卫人能做得到，什么都放在明面上，明面上的事理和体面，你不维护，自有人让你维护。

《神医王十二》的“神”在于游走于中西医之间，又能现代医，又能传统治，而手到病除的绝活全在“灵光一闪”，就地取材。

当然凭手艺吃饭的还有，比如冯骥才书中绝不回避的另类边缘人物，《小达子》就是一个代表，“其貌不扬，短脖短腿，灰眼灰皮”，“站着赛个影子，走路赛一道烟儿”，就是这个“眼刁手疾”的小偷，也写得惟妙惟肖，而且他还在得手之后再度失手，让他失手的人正是教他一度得手的人，一个怀表的得与失，教他“头一遭尝到挨偷后的感觉”，到底是技不如人，哪条道上都有高人呵。《小达子》在流畅行文中展示的小达子的怅然和恍然，使得这个原本让人有几分可气可恨的人增添了几分可爱、有趣。

还有《燕子李三》，专偷富豪大户，每偷一物，还画一只燕子做记号，这位民间高人与天津直隶总督荣禄老爷的斗法也甚是精彩，让人看得眼花缭乱又目瞪口呆，而对于“官印”的不屑于拿，不但显了李三爷的性情，还大大调戏了总督大人。正如外人笑道：“那破东西只有你当宝贝，谁要那个！”哈哈，这才是天津卫人

的为人作风。

一座城市，是有其养成的血脉的，这种血脉，成全着这座城市。但大多数时候，这种血脉是看不见，摸不着的，它不像是城市交通枢纽或是下水管道，或是高楼大厦、亭台楼阁，这种血脉常常隐在民间，默默成就着一座城的气味、气息、气场，而一座城，也因有这种气味、气息、气场才成为这一座城，而不是那一座城。

燕赵故地，其血气，其风习，我们在对于史书的阅读中得悉一二，然当代幸有冯骥才先生的书写得以承续，让我们看到并记住，还有这一些同类，在我们身边、近处，曾作如是想，曾经这样做，也曾这样洒脱地生活过。

2017 年 9 月 15 日于北京

写出人的精气神

——重读贾大山

作家贾大山生前没有出版过一本自己的小说集，这在今天的文坛看来有些不可思议。当然，这与他的英年早逝有关，更与他的谦逊淡泊相系，这是一个自甘寂寞、埋头写作的作家，是一个能守住自己的人。但若由此认定贾大山就是一个调和冲淡的作家，却是极大地误读了他。在贾大山身上，当面对个人的名利时，他淡泊达观，什么都可以让出来，并不在意一己的得失，但一旦面对文字与人物共同构建的文学世界时，他却积极入世，决不以中庸调和妥协含糊为文做人，这是他从不放弃的底线，在这个底线之上，他又是宅心仁厚的兄长，总是善解人意，留有余地，其怒目金刚的品格，落在字面上，又多是绵里藏针。

这就是时隔30多年之后重读贾大山的小说，仍觉其有深意在的原因。比如《取经》，这部发表于1977年《河北文学》，当年即被《人民文学》转载，并获首届全国优秀短篇小说奖的作品，可看作是贾大山的代表作，但若仅从获奖的意义来认证它的价值，可能仍会有低估之嫌。小说写的是20世纪70年代末以粉

碎“四人帮”为标志的“文革”结束，农村重新投入社会主义现代化建设的一幕。农田基本建设现场大会上，李黑牛介绍经验，而引出王清智的脸红，王清智为什么脸红，而引出张国河的介绍、赵满喜的介绍，小说以小标题的形式层层推进，不仅布局构思上令人耳目一新，而且行文自然，娓娓道来，其白描手法可见作家对中华文化朴素内蕴传承的功力，而这些艺术形式之外，最让人震动的是小说试图表达的一个核心，王清智反思道，今天咱向李庄学习的经验，正是去年李庄向咱学习的经验，人家所坚持的，正是我们所扔掉的。这是什么原因呢？当然，“四人帮”干扰破坏是主要原因。可是，李庄呢，不是处在同样的干扰破坏之下吗？老王继续找结论，或者是作家帮他找原因，第一层，“我这个人善于务虚，人家黑牛善于务实”；第二层，也就是这部小说的结尾，老王的结论又向着新的层面拓进，这就是那两句念出的诗文——“要学参天白杨树，不做墙头毛毛草”。不要小看了这个结论，如果说，第一层的原因还只是实与虚的性格原因使然，那么，白杨树与毛毛草之喻，则早已进入了人格探究的层面。当历史环境、政策水平诸种都由于某种局限而限制了生产力或者经济的发展时，我们的人格精神是否也在萎靡、矮化，更大地成为我们民族进一步前进的障碍呢。这，才是老贾在这部小说中想望透露并提醒我们的东西。他在对“随风倒”的人物做评判的同时，更意在寻找人的精气神。

这种对于人格建设的觉悟，在他的诸多小说中都能得到印证。《花市》里写到的那个县城卖花的姑娘，“不过二十一二岁，生得细眉细眼，爱笑，薄薄的嘴唇很会谈生意”，就是这样一个娇小的女孩子，其身体里却蕴藏着极大的能量。小说围绕着一盆令箭荷花，先是老大爷与姑娘讨价还价，两人从15块谈到10块，又议价12块，而半路杀出个年轻干部，他看上了这盆花，要以12块成交，并与老大爷争了起来，如果只是价格之争倒也罢了，关键是这年轻干部竟然意图动用行政手段，他问老大爷是哪个村的，村支书是谁。小说写到这里，有这样一段文字，“这一回，人们没有笑，乡下人自有乡下人的经验，他们望着年轻干部的脸色，猜测着他的身份、来历”，继而纷纷劝老大爷将这盆花让给年轻干部，“只当是学雷锋哩”，年轻干部趁势交过来了钱，但是卖花的姑娘不干了，她“冷冷地盯着他”，这时，老大爷为维护自己的尊严愿出高价买花，年轻干部也不停地加价，“姑娘好像生了很大的气，瞪了老头一眼说，‘你干一天活，挣几个钱，充什么大肚汉子呢！十五不要，十四不要，十二也不要了，看在你来得早，凭你那票子新鲜，依你，十块钱搬走吧！记住，原产墨西哥，免得叫人再拿扇子拍你！’”短短的对话，将一个不认钱也不认权的仗义正直的女孩子，刻画得活灵活现，而小说结尾，当那位企图仗势欺人的年轻干部用扇子指着姑娘的脸说不出来话时，姑娘的反应也甚是干脆，“我叫蒋小玉，南关的，我们支书叫蒋大河，还问我们治保主任是谁吗？”

写作到了这一步，已不仅是展现社会万象、世情百态，而是在刻画人物时将一种聪明智慧、高尚纯洁的品质书写了出来，而这种可贵的品质，也正是现代人对于“富贵不能淫，威武不能屈”的中华文化人格的传承。小说发表于1981年，写于十一届三中全会之后，人们积极投身于改革的事业中，而改革，不仅仅是物质水平的提高，对于精神人格的重铸与提升，还是人的现代化，同样是社会主义现代化的题中之旨，是社会主义现代化的目的所在。由此，我们看出了一个作家出自本能的爱国护民之心，同时，也展现了一个作家在新时期改革开放之初对于中国未来现代化发展的自觉责任。《花市》这部小说曾选入人民教育出版社九年义务教材的初中一年级语文课本，我想，它的用意，并不只在于对于人物描写与人物对话的语文教学，而在于对于一个看似柔弱的女孩子身上所蕴藏着的巨大人格能量的挖掘。这种“立人”的书写，这种对于正直人格的弘扬，即使这部作品的发表与我们已相隔33年，它也仍然具有强烈的现实意义。

“她笑微微地站在百花丛中，也像一枝花，像一枝挺秀淡雅的兰花吧？”《花市》里的这个女孩子，其实是中国文学中的许多具有正直品性的女性形象的浓缩。中国现当代文学史中，不乏这样的人格形象，远的不说，同为河北作家的孙犁，其笔下的乡村女性便是果敢而可爱的，无论是春儿、九儿、浅花还是小满儿，她们没有那么多的条条框框、期期艾艾，虽身处边缘，却丝毫不影响她们的宽广的胸襟，她们平日里相夫教子，过着老百姓寻常的日子，但是大义大节当前，她们绝不含糊。因为有这样的共同点，所以，孙犁曾言，“小说爱看贾大山，平淡之中有奇观”。我曾想，贾大山的小说再平实不过了，很接地气，好像和“奇观”之类挨不上边，现在想来，这个“奇观”可能正是指贾大山作品中的这个核心。我们如若无视了贾大山小说中人物的精气神，那么，我们可能真的是错过了真正的贾大山。

说到女性形象中的文化人格，《劳姐》也是这一谱系中的一个。小说从1975年清理农村超支欠款，老杜负责董家湾写起，董大娘劳姐的女儿家有困难一时还不起，劳姐设法去找老杜说明，没承想老杜面对面时却装作自己不是老杜，但是劳姐仍抱有信任，她说，“我虽没有见过老杜，可我听说过老杜。当年县大队里有老杜，土地平分有老杜，办社也有老杜。共产党起事，扎根立苗就有老杜。只要我摸着老杜，把情况说明了，看哪个小子再敢欺侮我！”党就是老百姓的靠山。这是对于党员干部怎样的信任！然而，老杜的行为辜负了这个信任，劳姐伤心地哭了，她刨了枣树，卖了麦子还了款；但在有人贴大字报整老杜的黑材料时，劳姐却将枣树与麦子一事隐藏了起来，保护老杜，绝不对老杜落井下石。当外孙女事后问姥姥你怎么撒谎时，劳姐的一席话让人动容，“我虽没有摸着老杜，可我听人说过老杜。当年县大队里有老杜，土地平分有老杜，办社也有老杜。共产党起事，扎根立苗就有老杜。他不好，兴老百姓骂他，不兴他们苦害他……”而当十年浩劫结束，老杜又恢复了工作并想借住劳姐家完成对董家湾的蹲点时，劳姐却以“不认识”给拒绝了。小说的结尾意味深长，老杜说，“现在不留我们不怕，好在是和平环境嘛。”于此，小说一波三折，但又非常简单，它并没有把党群关系这样一个道理说得深奥无比，而的确是为我们呈现出了一个恪守中道、立身周正的劳姐形象，这个可敬可爱的老百姓，她对于党的信念，她的善良厚道，都正是我们人民最优秀的品质的体现。但是作家并不止笔，贾大山的笔锋在此透出了他的犀利，“在她心目中，老杜是党的人，是老百姓不能缺少的领导人；可是，在老杜的心目中，她占据着怎样一个位置呢？”贾大山小说中的这个提醒，写于 1979 年，但放在今天仍有它非凡的现实意义。

这样的老百姓，这样的人的精气神，在贾大山的小说中还有很多，如《年头岁尾》中的大栓娘、《中秋节》中的媳妇淑贞、《小果》中的姑娘小果、《干姐》中的于淑兰，当然还有《赵三勤》

中的赵小乱、《拴虎》里的拴虎，还有莲池老人、老曹等。贾大山写人物，倾注的深情与爱意，字里行间，溢于言表，这当然与他的弘德扬善的文学信念有关，同时，也是他置身的自鲁迅始的新文学“立人”传统所共同造就的。但贾大山之所以成为贾大山，成为作家中的“这一个”，他的写人又不只是单纯地写人，深读之后，你会发现，他作品中寄寓的人民性是朴实而深刻的。而这个人民性，他总通过具体的对比写出来，因而避免了某种口号之虞。《取经》是对“随风倒”的人物的讽喻；《花市》中的卖花姑娘更是不畏不惧，坚持正义；《劳姐》中的劳姐对老杜的态度，则提示了老百姓的不可欺；《拴虎》中以对贫穷代表社会主义一说的清理，而从一位老师的眼光观察拴虎的成长，说出了“贫穷的孩子不嫌贫，也并不爱贫吧”的道理。当然，这个人民性，是关切于人民利益的，《劳姐》中说得很明白，当违背了人民利益而只为了完成某项并不完善的条文政策时，是会伤害人民的心的；《年头岁尾》中，有一个正面的例子，如若满足人民的意愿而为人民着想为人民谋福利，人民是永远会在心里惦记着的，确如欢欢喜喜磨着豆腐的大栓娘和王有福，他们说，“活该他们打不倒”，正是这个道理。

无尽的长旅

——张炜《你在高原》意象阐述

张炜的多卷本长河小说《你在高原》问世，在作家出版社的精装本布质封面上，印有凹版“Endless Wanderings”的字样，直译是“无边的游荡”，也正是《你在高原》第十部的书名，意译是“你在高原”，恰是整部书主人公的精神意象之体现。但我深读之后，却愿用“无尽的长旅”为总题，Endless Wanderings，在我心中，那是一场与人生同长的灵魂寻索真美的无尽之旅。

掩卷深思，我想起了1992年初秋张炜在八里洼写下的那部长文《融入野地》，他在文中寻问：“一个知识分子的精神源自何方？它的本源？很久以来，一层层纸页将这个本来浅显的问题给覆盖了。当然，我不会否认渍透了心汁的书林也孕育了某种精神。可我还是发现了那种悲天的情怀来自大自然，来自一个广漠的世界。也许在任何一个时世里都有这样的哀叹——我们缺少知识分子。它的标志不仅是学历和行当上的造就，因为最重要的依据是一个灵魂的性质。真正的‘知’应该达于‘灵’。”我认为，这部《你在高原》毕20年之功以450万字的答卷回答了20年前

的那个询问。

当然，450 万字只是一个长度，只是证明了写作者的认真与诚恳，而教我深为感念的是它以这样一个壮观的体量承载了一个更为强壮的精神，这是一种文学向上的精神，是文字中人物指示的走上人类精神的高原的精神。“高原”在这部书中，绝不只是一个地理概念，虽然主人公恰是一个与山脉矿石打交道的地质学者，这部书中也无数次地写到地理、矿脉、野兽、植物、自然，但是于此之上，它另有一个高处，在精神领域这是不可流失、不可夺走的高原，这是人类精神向更高更大空间探索的高原，这是身处平原的人向往和信仰的更壮美更辽阔的空间。我想我们的文学存在的理由，正是致力于开拓这一空间，使生活中人与这一精神的天地加以接通，完成交流，达到升华。高原、平原、泥沼三个概念，类聚于三种不同地理的人群，在这部长卷中得到了具体的展现，但是张炜的展现仍是有向度的，他在紧握文学中的批判精神的同时，更接通了文学创生终极理想的信念，这是一种站在时代深处呼唤精神高原的信息。某种意义上，平原、泥沼是我们生活的常态，但是因有高原在，我们的精神才不致坠入虚空与黑暗。所以，放弃了对“高原”的追索，那就意味着放弃了文学的基本精神。

在这个意义上，我以为张炜的《你在高原》继承了 19 世纪长篇小说的伟大文学传统。什么是 19 世纪文学的伟大传统，我以为是它的深刻的人文主义精神，就是对人类的心灵构筑感兴趣，对人类的精神成长负责任，我不知能不能称之为人类于精神之上追索真与美的高原的精神。比如巴尔扎克的《人间喜剧》，探讨金钱、资本下人性的种种变异，作家对人类的心灵结构极具好奇；

比如托尔斯泰的《战争与和平》，研究战争、罪恶、权欲给人类精神成长带来的停顿与倒退；比如罗曼·罗兰的《约翰·克利斯朵夫》，其意在肯定人于现实之上有着不可征服不可摧毁的艺术精神。到了20世纪初，普鲁斯特以长卷《追忆似水年华》书写文学的记忆对时间流逝、现实变幻、爱情背叛、艺术失意的穿越，安德烈·莫洛亚认为，1890年至1950年之间，没有比之更值得纪念的长篇杰作了，因为“人的精神重又被安置在天地的中心”。等等，不胜枚举。张炜的《你在高原》无疑在精神的序列上，延续了这一专注于人类精神进步的伟大的文学传统。

精神与传统必将有所附丽。主人公宁伽的刻画，在中国现当代知识分子文学形象史上亦称得上意味深长。20世纪“五四”起始的知识分子写作，多有以知识分子为对象的小说问世，如鲁迅的《在酒楼上》、巴金的《寒夜》、钱锺书的《围城》、王蒙的《活动变人形》、贾平凹的《废都》，但百年文学的知识分子形象谱系检索起来，并不足以提供给予百年中国现代化进程发展递进相合拍的、鲜明代表中国知识分子精神向度的知识分子文学形象，我曾撰文称之为不对位的人与“人”，是说知识分子的文学形象的塑造与现实中的中国知识分子形象有着缺失与反差现象，比如可以找出鲁迅，但是文学中却找不到鲁迅般的代表中国知识分子精神的人物形象。这一点较之世界文学而言不能不说有些滞后，后者，我们可以找到浮士德之于歌德、堂·吉诃德之于塞万提斯，但是我们的文学中好像拿不出一个整合了中华民族优秀品质而又能够呈现中国现当代社会文化发展的精神潜质的知识分子的鲜明形象，这不能不说是一种文学的遗憾。当然，这并不是说张炜的人物宁伽就足以代言中国当代知识分子的精神向度，但是，

张炜的书写值得深思。以往我们文学中的智识者多为杂色的人，而张炜为我们呈现了一个淳朴的人、纯洁的人、正直的人，作家为我们展示了这个人的成长的一切，他的毫无保留、绝不自私，他的愤怒，他的爱恋，他的往事，他的今天，他的现实生存之境，更重要的是，他的在这一切之上仍然守住的那一份作为知识分子的信念与尊严。正是因为宁伽的存在，这部书作为20世纪50年代出生的一代人的精神肖像史的意义才得以确立与展开。

张炜是兼具诗人与哲人气质的小说家，新时期以来，他自《古船》至《九月寓言》《柏慧》《外省书》《能不忆蜀葵》《丑行与浪漫》《刺猬歌》等长篇写作，直至这部《你在高原》，细读起来，会感到它们是一个作家对于20世纪到21世纪社会文化转型长时间思考的有机整体，这种精神式的写作，不仅构建了一个作家独特的艺术王国，而且成为中国现代化进程的不朽见证。同时，30年来，张炜的冥思与玄想并重、忧患与浪漫同行的写作，成就了他成为百科全书式作家的可能。

有人说，张炜是长于思想短于形象的作家，我倒不怎么认同。张炜的思想并不高蹈，它始终贴着大地内部跳跃的心脏，从中我们可以读出自然的丰盛、传统的韧性、现实的疼痛、灵魂的赤诚，从中还可以读出雨果的人道、托尔斯泰的温润、里尔克的敏感、卡夫卡的惊悚，当然还有蒲松龄于平原枯槁、夜色荒凉中对生命的不离不弃和对爱情火热、激越的想象。但是这诸多之中，始终有一个张炜存在，恰如张炜所言，“人需要一个遥远的光点，像渺渺星斗。我走向它，节衣缩食，收心敛性……就为了精神上的成长，让诚实和朴素、让那份好德行，永远也不要离我，让勇敢和正义变得愈加具体和清晰”。我想，这就是写作者存在的价值，这也是人在野地与高原、在万千生灵之间存在的意义。

英国诗人彭斯曾作《我心怀念高原》，传唱之今。文学终是要有向上的精神的。就是在面对恶的时候，这种向上的力量仍会引人不致堕落到黑暗与无信中去。这就是张炜向着高原不倦行旅的意义。Endless Wanderings，是与生命同长的精神追索的无尽之旅。深爱文学的人，都在这无尽的攀越里。

双生之爱

——铁凝笔下的少女

铁凝1982年以《没有纽扣的红衬衫》引起文坛瞩目，那时她还是一个不满25岁的青年女作家，而经由她的笔，一个16岁的少女安然的形象不仅走入读者与观众（小说被拍摄成电影《街上流行红裙子》）的内心，而且，以“这一个”少女形象开始，开启了铁凝小说对于女性的观察和思考。

《没有纽扣的红衬衫》中的安然是在“我”（姐姐安静）的“看”中完成形象塑造的，在“我”的眼里，她“无所顾忌”地大笑，“不懂得什么是掩饰”，“爱和人辩论，爱穿夹克衫，爱放鞭炮，爱大声地笑”，她是一“地道的女孩儿”，却有着“男孩子的秉性”，她“喜欢快节奏的音乐”，喜欢足球赛、冷饮、短篇小说和集邮，对于亲人有时会突然说，“我早就知道你们都拿我当男孩子看，其实我是个女的，女的！”她会因为不公平而和老师抬杠，同样因为看不惯也和姐姐翻脸，她的原则性很强，眼里揉不得沙子，面对姐姐为了她煞费苦心地与班主任拉关系——送电影票或是改诗发表，她都是直言快语，正是这个直言快语而不会遮掩，安然才屡屡评不上三好学生；真到她因救了自家的火灾而躺进医院，姐姐问她，她也是实话相告，她的救火动机就是想让好看的姐姐嫁人时是漂漂亮亮的新娘子。就是这样一个女孩子，让我们看到了人的成长，同时也看到了成长中不曾磨损掉的人的多么可贵的品质，那种不世故、不妥协的正直，正是铁凝小说中一直坚持的。这可能就是那件“红衬衫”的寓意，但它是没有纽扣的，它并不中规中矩，却有其原则，自成方圆。

安静（叙述者）和安然（被叙述人），在小说中是一对亲姐妹，两人性格迥异，一个安静如淑女，一个活跃如男孩，她们各有缺点，又都有对方所没有的优点，可以相互补充，彼此欣赏。这种将女性分身的一种写法在后来的《麦秸垛》中我们再次看到。《麦秸垛》20000字，字数不算多，可能以现在的中篇体量要求在字数上还有些不达标，之所以将它放在这里是因为它的含量的丰盈已大大越过了短篇小说，小说写端村，不仅写了知青生活，更写这个村庄的男女老少，而在这个村庄生态的基础上再写知青，与我们看到的其他知青小说有所不同。小说中主写女知青杨青与陆野明的两情相悦，但源于性格和所受教育，杨青在面对陆野明的爱的表达时表现得沉稳矜持，她“懂分寸，想驾驭”，陆野明也默认她是对的，这是一个“能使他激动，也能使他安静”的女性；如若不是另一女知青沈小凤的出现，杨、陆两人的爱情会以一种平稳的态势向前发展。但是不同于杨青式的矜持的另一种性格的沈小凤出现了，她泼辣大胆，敢爱敢恨，表白也是直来直去，在众人面前也不掩饰对陆野明的喜欢，由于沈小凤的出现，杨青从一个“剧中人”同时变成了一个“剧作者”，杨青的沉默的爱情遭遇来自爱的炽烈的挑战，杨青为了保卫这尚未开花就面临凋

敝的爱情，变成了一个默默的捍卫者和心有余而力不足的监督者，第一次乡村电影散场时，先是沈、陆两人站在麦秸垛前，而杨青适时出现在将要投入爱河的沈、陆两人面前，中止了两人关系的进一步发展；而第二次电影散场也是小说终结处，却是：

> 天黑了，杨青提了马扎，一个人急急地往村东走。
>
> 电影散场了，杨青提了马扎，一个人急急地往回走。
>
> 她不愿碰见人，不愿碰见麦秸垛。

此时杨青的心理发生了变化，小说中写，“杨青内心很烦乱。有时她突然觉得，那紧逼者本应是自己；有时却又觉得，她应该是个宽容者。只有宽容才是她和沈小凤的最大区别，那才是对陆野明爱的最高形式。她惧怕他们亲近，又企望他们亲近；她提心吊胆地害怕发生什么，又无时不在等待着发生什么”。而“也许，发生点什么才是对沈小凤最好的报复。杨青终于捋清了自己的心绪”这一笔真正是写透了爱中无奈之人的复杂而矛盾的内心。

《麦秸垛》这部小说，杨青与沈小凤的各自性格是耐人寻味的，在爱情面前，一个持重，一个活泼，一个“懂分寸，想驾驭”，一个“蛮不讲理的叫嚷、不加掩饰的调笑”，显然在陆野明心中，最终胜出的是后一位，沈小凤“雪白的脖颈，亚麻色的辫梢，推搡人时那带着蛮劲儿的胳膊，都使他不愿去想，但又不能忘却……她不同于杨青”。

男人眼中的女性我们暂不去论，作为女作家的铁凝的确写出了爱的理性与感性的“双生”，只是它们分裂于杨、沈两人身上，一时让陆野明无所适从。铁凝是怀着善意和悲悯看着这“双生之爱”的，她试图解开这个爱中之“谜”。所以在后来的写作中，我们读到《永远有多远》时，便再次体悟到一位作家对这个“谜底”的追寻与揭示。而这时已是距1982年十七年后的1999年了。

《永远有多远》中的白大省是应写入中国当代文学史的一个人物典型。她是北京胡同里快活多话、大大咧咧、有点缺心少肺的女孩子中的一个。叙述者慨叹，“她那长大之后仍然傻里傻气的纯洁和正派，常常让我觉着是这世道仅有的剩余”。“这个人几乎在谦让着所有的人。”九号院的赵奶奶说，“这孩子仁义着呐”！纯洁也好，仁义也好，传统风尚在白大省身上是天然的，善是天然的善，真是天然的真，没有丝毫刻意和伪饰。然而，她的内心要求与外在表现之间却相隔关山，一个十岁女孩已经自觉地以一种外在于她个人内心需要的命令来规范与绳系自己，以自我的牺牲来成全那个冥冥中主宰她人生方向的理智，这个女孩在两种律令——个人本能与群性要求之间——倍受煎熬，对比于她，最终夺走“大春”的西单小六好像要单纯得多，这是胡同里早熟而风情的女孩，十九岁的她土豆皮色的皮肤光滑细腻，散发出新鲜锯末般的暖洋洋的清甜，她的眼睛半眯，她的辫子松垮，两鬓纷飞出几缕柔软的碎头发，脚趾被风仙花汁染成杏黄。而白大省在爱情上屡屡败北，对于郭宏的爱情却被利用；与关朋羽的恋爱，出其不意冒出的小玢，以猝不及防的速度抢走了属于表姐的“新娘”身份；与夏欣，白大省输给的已不是哪一个具体的人，而是她爱的人对她性格的不适，以致她冲着那背影高喊：“你走吧，你再也找不到像我这么好的人了！”实际上，从人格上讲，白大省的精神发育较变动不居的社会而言，一直处于孩童的纯洁阶段，她诚实、真挚，小说里有一个反复出现的细节，“过生日”，她给三位恋人都开过形式不同的生日party，她是一个千方百计想给对方快乐的人，却没有人能受到了这高温，烛光过后，仍然没有人真正关心过“她的焦虑，她的累，她那从十岁就开始了的想要被认可的心愿”，过生日这样一种示爱形式本身，带有着双重色彩，她还是一幅无可救药的孩子心态，将她的所爱也放在孩子的位置，两种心态在成人爱情中都是相当致命。面对归来的郭宏“你纯，你好，你宽厚善良”的示弱逻辑与母爱要求，白大省怨愤而绝望，声嘶地说：我现在成为的这种“好人”从来就不是我想成为的那种人！然而，那个示弱者回答：你以为你还能变成另外一种人么？永远也不可能。因为白大省善良，是“好人”，是仁义的化身，所以她“躲”得过一对无家可归的父女的央告，也躲不过十岁就已种在她心里的仁义，她又哪里躲得过赤裸裸的善良和无可救药的童真。女人确实是变成的，虽然她疑虑焦灼，但她还是本性难移。这部小说，我们看到“双生”的增长性。一方面，白大省与西单小六构成了性格两极的一对，正如我们看到的安静与安然、杨青与沈小凤，她们很像是一个乐章中的高音与低音，相克相生，缺一不可；另一方面，《永远有多远》还为我们刻画出了白大省的角色与白大省的自我的“双生”，这两个矛盾体存在于一个少女的体内，影响或者说是控制着这一个“她”的成长与走向。

铁凝小说的丰富性在此可见一斑。我曾私下对铁凝说，您特别擅长写少女。少女形象，在铁凝的小说中，也一步步突破着早年“香雪”式的纯度，而变得更为圆润丰满。在这样一种“少女形象”的成长过程中，可贵的是铁凝对在少女身上存在的两种性格向度，一直抱有一种善意的体察。这就是我所说的“双生之爱”。

我有时想，也许正是通过对少女的观测而达到的对于人性的深入，才成就了今天的不同凡响的作家铁凝。

2017 年 12 月 10 日

原乡与异乡之间的人

——周大新中篇小说谈片

我曾在一篇《印象周大新》的评论中谈到这样一个观点，大意是，如果只把周大新作为一个擅长写地域的作家的话，那真的是“矮化”了他。虽然他的大多数作品都有一个具体的故乡，但他的笔触的确是那个“故乡”的放大。

那个观点是这样表述的：“在写到人的时候，他关注的焦点始终不是地方性，而是这个地方的人何以如此，人何以如此，人性何以如此，人类可不可以不如此，不如此的人类又如何前行？围绕人的人性的诸多纠缠与问号，在他心底的分量远远大于一个具体的故乡。”也就是说从故乡出发，大新想去的地方是一个也叫作“故乡”但又不确定是哪里的地方。那个目的地，我们姑且称之为“心乡”。而在抵达“心乡”之前，大新小说中的人物一直徘徊在“原乡”与“异乡”之间。

如果说得更简洁的话，他笔下的踟蹰于故乡间的人物，大致可分为两种。

一种，如《香魂女》中的郜二嫂和环环，两人虽处两代，而部二嫂为了有智障的儿子能娶上环环做媳妇还略施计谋，将环环的所爱金海支到城里零售店，让信贷员去环环家催还款迫使环环答应了五爷的做媒，她曾是一个心肠多么硬的人呐，但在她与任实忠相好而不意被环环撞见，环环一直为她保守秘密，终有一天她不解地问时所听到的回答是，“娘，我懂得，你这辈子心里也苦”。那泪水里化解了生活的繁难，同时更将有着相似命运的女人的两颗心拉得更近，原来，她与她，都是“原乡人”啊，她们同着一种命运，在这种命运中她们因相互理解而惺惺相惜。这就是部二嫂说出“一辈子太长了”的心理原因，她沉沦于此，她不愿沉沦于此，所以要放一条“生路”给环环——这个与她同病相怜的女人。水边抱在一起的两个女人，在“原乡”中找回了原初的善良。我时常想，如果世界只有“原乡人”该多好，但是也许那就不成其为世界。世界是多元的。

世界必然还有另一种人：“异乡人”。

《向上的台阶》书写了这样一种人。怀宝 12 岁，爷爷去世前的遗训就是要做官。写字不重要，做官才重要。做官便会使家族免于欺负。这种观念根深蒂固。从柳镇出发，从廖老七的一丈四尺蓝士林布出发，从放弃初恋的爱情出发，从放弃真爱的婚姻出发，怀宝在向上的台阶上从镇长做到县长再做到专员，几乎每一步都以牺牲别人为代价，作为“向上”的祭品中有他心爱的女人，有他助手一样的兄弟，只要是阻挡在“向上”的台阶上的，他一概“铲除”，在“铲除”他们的同时，他也一点点失去了作为“原乡人”的天性，他将自家的与时俱来的善良放在祭品的位置，从而使自己在利益的快速道上奔驰而去，在“异乡”的路上越走越远，终至不归。

引人深思的是大新笔下的“原乡人”多为女性，也许她们仍保留着母性的善良，而作为男人——怀宝及其父廖老七，他们的心机与心计全在对于“原乡”的打碎，而在打碎的地方建造一个以利益为驱动的“异乡”。如果熟悉大新的作品，我们可以在他的诸多长篇中看到这两种人的面影。而大新，站在他（她）们中间，悲悯地看着他（们），无论是他（她）们的失去、挣扎或得到，他都一视同仁地收取，他有劝勉，他有方向，他知道自己要往哪里去。正是这些，使他站在原乡人与异乡人之间，成为兄弟姐妹们的同行。

2017 年 12 月 27 日于北京

犹在镜中

——徐小斌小说中的女性

时隔 32 年再读《对一个精神病患者的调查》，仍然惊叹于徐小斌天才的叙事能力。这部小说 30 年前曾被她本人改编为电影《弧光》上映，在获得国际电影奖同时，也深受国内业界的好评。

《对一个精神病患者的调查》的故事发生在北京，小说里直写女主人公原供职于宣武区小桥胡同，30 年沧海桑田，如今宣武区已并入西城，我们只能从文字中领略它的过去。但其实小斌要写的并不是时代的变迁，而时代风云变幻下附着于人身上的人性才可能引起她足够的兴趣。一写到人，她的笔随意走，有着不动声色的冷，同时也获得了龙飞凤舞的灼热。这部小说写了众多人物，但实际上所有的人物都围绕着三个主人公进出。小说是从景焕的讲梦开始的，这个被打上被害妄想型偏执狂兼有关系妄想症的“精神病患者”，正对着“那口蓝色的结了冰的小湖”，讲她梦中无数次出现于冰湖上的“8”字，她的对面站着的是负责她病理的大夫柳锴，他肩负着同是女友的医生谢霓的交代给他的与景焕恋爱而深入患者心理找出病因的任务，但在这场不亚于“玩火”的复杂关系中，柳锴无可救药地爱上了景焕——这个有着“非凡的心灵感应”的人，这个依赖他、信任他，而又常常念念有词于“在那个世界里，你会忘了一切甚至忘了你自己。你忘了你自己，才感到自己是自由的”活在精神世界的纯粹的人。

无疑，这样的人是与“这个世界”格格不入的。“这样的人”敏感、多疑、善感，在自尊与自卑间徘徊不定，“这样的人”总在“工蚁”与“人”之间划界限，并强调作为人的优越性，“这样的人”要做完善的人，而“完善的人”的理想每每与相对“不完善的现实”发生抵牾时，“她”会以舍弃现实为代价，而追着“精神”之“光”而去。这就不难解释作为现实构成的一部分的柳锴，深受其吸引的原因，当然也正如世界是多面的，柳锴的另一吸引力在理性而世故的谢霓那里，他（她）们构成着“医生”的“共同体”，某种时刻要共同面对景焕样的“精神病人”。

这样的两性关系让我想起《红楼梦》中的宝、黛和宝、钗关系。也许这种恒久的人生情感之选也不会终结于现代。

《双鱼星座》与之不同。卜零不同于景焕，她在爱情关系中不像景焕处于被动的地位，卜零在性别关系中貌似掌握着主动权，她有着相对稳定的工作——在电视台写剧本，正如有着相对成熟的婚姻，但同时她在感情上又心有所属，如此，卜在丈夫韦和情人石之间，体味着中年情感的诸多况味，而与后者的爱情多发生在心内，如感应般，这场恋爱多教她触景生情、泪流不语，当然最后有些玉石俱焚的意思，在拟想中，卜完成了对三者（还包括让她失掉工作和尊严的老板）的“谋杀”，那句在“情人”面前的“快 40 的人是不是就不是人了”的反诘，和要去实施反抗方案前对镜梳头的决绝的神气，都写出了另一个女子在景焕的“精神”之光之上的力道。这是一个修炼成“巫”的女人，她与这个世界的“不凑合”在于，她的心中盛有一个更加完美的世界，这后一个世界，是她敢于对这个不够完美的世界扔下白手套的原因。

如此。

镜子，是两部小说都出现的道具，说是意象也不为过。它反衬着两个世界。在《对一个精神病患者的调查》中，它就是一个盛满记忆与预言的大“冰湖”，而在《双鱼星座》中，它更是屡屡出现，映照着对镜者本人。与巫师对话时，它是一个“水晶球”；与石相处时，它是“偌大的一个湖面”；有时它又是“反光镜”，“不知多久了，卜零总是习惯地坐在正对反光镜的那一面，在镜里端详自己的面容。镜里呈现的淑女般的面孔往往会使她产生莫名其妙的联想”。这种对向内寻找自身另一个被遮蔽的“我”的揭示，也许“镜子”是一并不自觉却再恰切不过的工具。以至在另一世界的代表——貌似掌握她生计大权的老板眼里，它是：“这个女人的脸仍像过去一样妩媚，但那丰富的表情却已荡然无存。没有一根线条能够泄露她的内心秘密。就是过去那双可以一览无余地看到她内心世界的眼睛，现在也不过像一面玻璃镜那样镶嵌在脸上，从里面折射出的正是对镜者本人。”两部作品，两个女性，一个是被别人视作精神病人的正常人，她的思想已远远超出常人的理解，但她的思想却是有逻辑的、理性的；另一个是所有人眼中的正常人，还是优越于常人的人，但她内心的渴求却带有病理心理学的意味，她的内在的“我”是无序、狂想的，甚至有着深层的分裂。也许，在这个意义上，镜子，是人类所需要的。

神、巫之间，人的多面，完成了这个充满魅力的世界。文学，也因有徐小斌式的书写，而变得丰富旖旎。

2017 年 12 月 29 日于北京

恺撒王国的欲望迷宫

——评李佩甫长篇小说《等等灵魂》

“人的本性中确实禀有王国欲，而这正是王国问题最令人惊骇和最令人担忧的所在。人不停地寻找自己的王国，然后终其一生建造这个王国，并施行自己的统治，到头来人也被铸成了它的奴隶。对此，人不仅无所觉察，反而欣欣然，自觉荣耀之至……在这条去路上，人完全枉费自己期冀共相性的一片热情，人始终误把世界统一和人类有限的统一等同于自己的王国统一。”[①]别尔嘉耶夫的人格主义论述未必教人全部认同，其对自由与奴役的人性发现却使人震动。也许我们人格中都有一个沉睡的甜蜜的奴隶，只是他在等待放出来的时机。但是任秋风开始想做的人是——恺撒，他渴望征服，渴望战役，渴望献出能量以平息身体，渴望有一个亲手建造的王国证明自己。他的前提是脱了军装进入城市的这晚突然由于妻子的变故而无家可归、两手空空，在偌大的城市找不到立锥之地，他的紧握的钢拳甚至找不到目标和敌人，所

① [俄]尼古拉·别尔嘉耶夫：《人的奴役与自由》第44页，徐黎明译，贵州人民出版社，1994年版。

以与其说他情感上一败涂地，不如说他精神上一无所有。他必须创建一个大厦来盛放他的“游魂”。

故事由此开章。那个被关的“潘多拉”也终于等到了放出来的时机。

如果将任秋风的动机单纯解释为复仇则失之浮浅，他只是出于占领城市的欲望，他的目的不在于打败对手一解心结，他的目的在于一个模糊而又强大的指引，他要在这个自己只剩两手空拳的城市找回尊严，所以任秋风的出发点是精神的，刚开始他并不知道他具体的敌人正是给他戴绿帽子的那个，虽然中间的较量他的确体验到了复仇的一丝快感，但他心中的更大假想敌是整个城市，而要占据城市的高地，经济是20世纪八九十年代中国最短最轻捷的路径，商场无疑是城市经济的前沿碉堡，这便是任秋风的人格线头。他的胸膛里起初跳动着的确实是一颗将士的心脏。所以这部小说所写不在道德，甚至不是童叟无欺的商业道德，它另有深意。果然，商业资本如一个巨大的场，很快将其卷入其中，“王国”的诱惑变作了主人公更大的心理动力，商战中节节取胜的任秋风已经不满足于在一个城市称“王”了，他的目光扫向全国，扫向全球，他已经完全为帝国意志所支配，他要建立一个“帝国”，他要成为这个商业“帝国”的最高首领。作品有一细节，把广告做到了天上，立体广告模式大功告成，从天上俯瞰下来的是密集的消费人群，人们抢着广告，心甘情愿地按着广告的指引进行生活，大众在这样一个资本构成的巨大意识形态里轻解“武装”，他们的“潘多拉”的盒子也一一打开，整个城市变成了消费的广场，整个广场变成了欲望的海洋。作品还有一细节，已在资本运作中取得绝对优势且在身份、地位上已成为这个时代品牌标识的任秋风，坐在君临城市的商城高层建筑的第一把交椅上，把面前那只巨大的地球仪标出的城与国的疆界上插满旗帜，那是他将用连锁形式开辟的“帝国”疆域。这里，小说写出了“广告”以铺天盖地的形式对人意识的侵入，“连锁”以左右逢源的形式对人生活的掠夺，对于这个资本的本性，作者出笔冷峻，写得既妖冶妩媚，又不动声色。如果只止于商业运行带动的资本意识形态对人生活表层的浸染，这部书便不过是一个热闹、好看并具一定现实批判色彩的畅销小说，如果没有佩甫的深问于人，没有“于热中看到寒，于广漠中看到深渊”的探询，作品的主人公的故事也就是一场时运不济的命运悲剧，他以没有任何经营理论的准备与铁的经济规律仓促决战，虽占尽先机却输得很惨，那么，这个“帝王”也只是一个失败的时代弄潮儿、一个不成功的早期改革家、一个引人同情并为之喟叹惋惜的角色，如果没有佩甫的深问。从这层意义上来看，如果说遍布红旗的地球仪的道具有些笨拙的话，那么，有两个与任秋风相关的细部怕不会轻易从我们的阅读记忆中被删除。一是他与原商场女劳模李尚枝的对话，“我要借借你的荣誉”，他以对劳模的下岗与许诺完成着新商场主宰者的权力形象，那一个标准的军礼，恰恰浮雕出一个统治者的面影，将士就是在这时成为恺撒的，这是一个心铁血冷的人，但正是这样的人又极其孱弱，以致需要不断地麻醉自我，这就是他与来应聘的众多女营业员的权色交换，“你把我们都当成‘药’了”，已经大权在握的“帝国”老板竟以占有女人来饮鸩止渴医治失眠。这个细部作者同样一笔带过，但是我们着实看到了这个四处征战的人已经病入膏肓。这个一心要争“世界第一”的人，这个潜意识里要把商业的红旗插遍全球“解放全世界”的人，这个雄心勃勃“不想当将军就不

是好士兵”的士兵，不拿不占不贪，平日只吃方便面，工作到了身体虚脱的地步，为什么得到的仍是大厦将倾、四面楚歌呢？他疑惑、不甘，他所寻求的“意义”最终没有给他答案，而且最终连这追寻的人也与这个他一手缔造的“恺撒王国”失去了联系。

恺撒注定是一个失败者，帝国意志之上的王国从来是昙花一现，强力意志的沟壑永远无法填满，因为强力意志的价值取向是占有性的，而占有本身则秉承“王—奴”原则。正如小说中一个职工说，“我不是来当奴隶的”，任秋风的回答是，那么脱了你的制服走人。像当年雄心万丈、同样被帝国思想强力意志支配的拿破仑一样，表面上看，他输给了战线过长，但伏笔早已埋下，征服，占有，这才是任秋风的真正的“滑铁卢”。

尽管如此，我仍认为任秋风不失风度，他起初秉承的还是价值哲学，他最终本人也是帝国思想的受害者，他这个“君王”也只是巨大的经济轮盘中的一个棋奴，更准确地说，他是他的意志之奴，他被这个庞大的强力意志裹挟地忘记了人性，这个商业“帝国”从根基上就是架空的，只要外部一点点的加力，譬如那个记者的一篇报道，就可以轰然倒塌。无论如何，任秋风的奋斗中有着不能涂改的荣誉成分，他只是在寻求意义的过程中遭遇“失我”。他还不失为一个半截子英雄。

如果只论成败，作品不过只是一部命运交响曲。如果不是在道德与成败之上对人性紧追不舍，佩甫也不会显出其以往功力的沉重。对应或续接任秋风这个战败者的，是江雪的“成功人士”形象。我以为这是这部书最具深度的一个人物，这是作者人性尺度的延长。如果理解任秋风是从他对普通女人的接触来看，那么，认识一个女人则可以从她所接触的特殊男性来解读。小说写了四个细节。一是江雪在茶室与日本商人井口说的那个杜撰来的血统与遗孤的故事。二是她与任秋风讲自己不惜卷入丑闻的对话，她说“站在黑暗中的人，是没人看的，想看也看不到。只有站在高处，站在灯光下的人，才是让人看的。目标越大，看的人越多。我不怕看”。三是她与一直的商家对手邹志刚的黑井茶社的对话，她背叛了对之信任有加、委以重任的任秋风，一边编造着与局长的亲戚关系一边认可着邹志刚“合二为一，一荣俱荣，一损俱损，同进同退”的灵肉交易。四是她对齐康民的感情算计，找一个爱自己的人垫底，作为养伤和最后的退守之地。这个女人，事事争强永不言败，算盘打得细到了感情上。与任秋风的军人出身所受教育不同，这是一个一开始就信奉利益哲学的商人，为了能做人上人，她不惜出卖朋友，蒙骗商家，以致抛弃情人，交出灵魂。如果说任秋风只是价值哲学与强力意志合并出的“失我”的话，那么，江雪则是利益哲学至上的“非我”存在，这个非我王国不存在是非好坏，只存在利益，只要于“我”有益，就是“是”，于“我”无益，必是“非”，是非完全可以颠倒重来，是与非的转化间，以前的恩情也完全可以一脚踢开。秉承这种哲学的人没有传统，小说恰好写到她是一个孤儿，也没有底线，她可以在任秋风视为不齿的“下三路”里游刃有余，因为手段就是目的，为了目的，她可以动用任何手段，包括押上曾经苦难的灵魂。“恺撒”正是在这个时候变成了“撒旦”的。撒旦在“恺撒王国”覆没的地方继续攫取，只是由原来的权力到了现在的欲望，撒旦不徇私情，在她感知到那艘自己也参与打造的“巨型商界航母”快要如泰坦尼克号般沉没的时候，她果断地抽出股份以魔鬼的交易完成了从“金色阳光”副总到万花总经理的华丽转身，她是不会与任

秋风一起往冰冷的大海里相拥而跳的；撒旦更不讲友情，她进谗言把一同毕业一同创业的同学陶小桃挤兑得辞职；撒旦没有廉耻，她坐在任秋风怀里被任妻也是她的同学上官撞见时，竟能面不改色地拉着任秋风的手又在键盘上敲了几个字后与上官打着招呼从容不迫地离开。如果说任秋风是还有尚存于心的一些人性的愧疚与善良、只是我们时代病房中走出的有着严重内在症患、被帝国意志冲昏了头脑的受害者，那么，江雪则已是利益至上、其他免谈、更无包袱、人格衰竭的“经济人”了。

小说像一根链条，也像一场循环。从“恺撒王国”到“撒旦王国”，从“神”到“兽”，权力与金钱完成着置换。而人们，往往对权力的专制充满警惕，却对金钱的统治表现迟钝。殊不知，金钱或可能是更加隐匿也更强大的暴力，它的无限攫取与开采也会加深异化，泯灭精神。它是资本社会以隐形方式间接作用于人且被修饰得很好的暴君。江雪这个单向度的经济人就是一个个案，她能够翻云覆雨将商场低价收购，摇身一变地用大坑里的“东方神水”赚钱，她能够住在五百平方的别墅里抽出一根摩尔烟继续她的生意与交易，但是她无法拒绝此世的诱惑，她深陷其中，她也是那个庞大的欲望找到的一个甜蜜的奴隶。这个迷宫当然不止于十二间房，它需要人付出的奴役是全部的人性。所以，江雪会把另一个王国——齐康民的“精神王国”存放在这迷宫深处的骨灰盒里，像是祭奠她永逝的青春与过去，现世的她，仍然心冷似铁，打拼一切，直到人性悖异，天良丧尽。那个被她赶走的小保姆回头看到的是这样一个女人，在三楼的阳台上，在烟雾中，很瘦很孤独，一张薄纸似的，透着鬼魅。什么都有的江雪，仍然掩饰不住自己的一脸凄惶。这时的她，一个有产者，一个钱奴，一方面纸上王国即银行收支簿上的数额不断递增，一方面心灵已穷到了只剩下空空荡荡的硬壳，这个不相信神话也不相信人的“恺撒王国”与“撒旦王国”的混合物，这个只信利用不信真情且仅以交易作为人生唯一原则的爱情遗孀，已经深入迷宫不能自拔，真正成了这一时代的精神孤儿。

对资本权力的警觉，使20世纪由鲁迅一代知识者建立的文学启蒙在此深化。对物质的无限攫取所占据的我们生命的空间，已经将精神挤到了逼仄的地步。也许那句印第安人“别走太快，等一等灵魂”的古语，是对我们这个加速的经济消费世界的一个提醒。

“恺撒”与“撒旦”，佩甫写了我们时代的两种病态人格，这两种人格常常也是我们人性中所携带的病毒，只不过在任秋风与江雪身上发作得更猛烈、明显罢了。人的与生俱来的专横与占有，和它作为人的隶属与依附，正是我们人需要时时平衡的本性。小说揭示了一种居于个体人之上的力量，那只“看不见的手”，或许来自外部经济，或许来自内心欲望的那个更大的操盘手，它所施加于人的催眠术，于此中人性的挣扎、城池的沦陷有了铺垫展开的可能。同时，小说揭开了四种世界作为我们走向空茫的人格镜像。任秋风“恺撒王国”的强悍任性，江雪“撒旦王国”的冰冷无情，齐康民“精神王国”的脆弱与坠落，那么，还有一个王国在哪里？是逃出欲望迷宫而赴边区教书的上官云霓始终信仰并步步践行的“自由王国”。这个王国与“恺撒王国”风景迥异。前者是一架高速运转的、吞吐着货物和金钱的机器，一艘高效率的、绝对听指挥的战舰，王者所下的每一道指令都会迅速传达到每一个神经末梢的世界。但是上官云霓的这个王国里没有统治者和奴隶，只有创造者与自由人。这是一个“云霓”的世界。它的在，取决于人的信。正如上官云霓流着热泪一字一顿对着背叛她的人说出的话：

“我，一个弱女子，站在这里，要跟这个世界打一个赌。要跟我的人生，打一个赌！我相信，这个世界上有最美好、最纯洁的东西。我相信人类有最真挚、最纯粹的爱情。哪怕全世界的人都不信了，我也信。不然，我们还活什么？”

这是整部小说最为华彩的句子！这是一个女子向强力意志与欲望世界扔过去的决斗的白手套！这句话使得这部著作超越了单纯的病相报告。上官云霓的存在，接通了百年前鲁迅一代提出的“立人”思想。

文学何尝不是在人心中建立这样的信，何尝不是借人心与这个还不算完满的世界打的一个赌！当然打赌者有时也会陷入迷茫，也会在一个个写作的深夜面对古堡的倾覆、原野的混乱、路径的无序、内心的叛变而暂时无所适从。

鲁迅《华盖集》题记中语，“现在是一年的尽头的深夜，深得这夜将尽了，我的生命，至少一部分的生命，已经耗费在写这些无聊的东西中，而我所获得的，乃是我自己灵魂的荒凉和粗糙。但是我并不惧惮这些，也不想遮盖这些，而且实在有些爱他们了，因为这是我辗转而生活于风沙中的瘢痕”。

然而，真正的作家不会止于瘢痕，如上官云霓一样，仍要固执地向世界要一个答案：

“今索诸中国，为精神界战士者安在？有作至诚之声，致吾人于善美刚健者乎？有作温煦之声，援吾人出于荒寒者乎？”[①]

---

① 鲁迅：《坟·摩罗诗力说》，《鲁迅全集》第1卷第234页，人民文学出版社，1957年版。

鲁迅 1907 年的这一问，至今正好一百年。

在此，向百年来致力国民灵魂重铸的“灵魂工程师”表达敬意。正是他们，在剔除暗中窥视人的各种奴役形式（哪怕它披着帝国与黄金的外衣）中承受痛苦，对于完整人格而言，这是严酷的考验。除此之外，别无他途。

2007 年二月 29 日于郑州

万物有灵，而平等

——阿来小说中的自然观

阿来在2018年出版的长篇小说《机村史诗》（六卷本）的每一卷都印上了自己2009年也即十年前在获得第七届华语文学传媒大奖的受奖辞，在题为《人是出发点，也是目的地》的讲演中，他重申并着意突出了这样一个观点："我的写作不是为了渲染这片高原如何神秘，渲染这个高原上的民族生活得如何超然世外，而是为了祛除魅惑，告诉这个世界，这个族群的人们也是人类大家庭中的一员。他们最最需要的，就是作为人，而不是神的臣仆去生活。"这篇讲演，无论是标题还是阐述，都旨在说明一个中心词——"人"。一个一个的个体，一个一个人的集合，一个一个人的命运，对于作为小说家的阿来而言，是他的使命和"唯一的目的"。

本着这样的使命、目的，他写其生身的村庄，并下决心写一部它自20世纪50年代到90年代的编年史，其最原始的出发点是一个个人的作为个体的故事和命运。六个故事，六件新事物，还有六个旧的或新的人物，构成了全整而又个体化的视野中的乡村，这就决定了这部小说不是一幅常见的“风情画”，也不是一曲过往生活的“挽歌”。同样在六卷的卷后，他的代后记，也重复六次出现，似乎在回应着六次出现的受奖辞，而其中的关于一位知识分子作家试图“建立起的一种超越性的国家共识”的文学书写与文化自认，同样在对以往边地书写的褊狭警觉与克服的同时，寻求着一个由完整的中国经验、中国故事组成的完整而真切的中国观的价值识见。

我一直以为，一个有着自己完整的世界观而这种世界观又能为一个时代的知识分子提供精神价值的文化创见的作家，才可能写出他的时代和他个人的史诗。这种史诗，一方面是“多样化”的一种体现，但在其文化人类学的意义之上，同时还具有“普泛化”的内涵，就是它不仅是某个民族的一种传奇，同时还含蕴着人类共通的情感和伟大的精神。

但是如果只从这样一个角度认识阿来，我们仍是有局限的。如果只是在这一个层面上认识阿来，我们认识的只是一个认识论意义上的阿来，我们得见不到阿来的整体。或者说，如果仅从人的意义上认识阿来，而不去从自然关系中体认阿来，那么我们只是结识了小说家阿来，而牺牲掉了诗人阿来，我们牺牲掉的这部分阿来，可能才是更重要的阿来。阿来，我一向以为，是一个用小说的形式写诗的人，从某种意义上来看，阿来更像是一个专注于万物中诗意存在的人，这样的人，也可称其为诗人小说家。发现或认出“诗人小说家”的方式并不复杂，只看他小说中有关“孩子”和“女性”的呈现部分，在这些还保存着人的“原生态”的人物身上，我们会体察到一个小说家的内里是不是一个诗人。能称得上“诗人小说家”的作家，在我们的文学史中并不是很多，而且还呈现出递减的趋势，因为人与人的事务与关系处理起来似乎是越来越复杂了。所以我们说，关于“人”的个体的和人类的统一体的认识，是阿来作为小说家的自觉的部分，是他在写作中对自我的强有力的提醒，这种提醒，是经由他的认识而来的，是他小说书写中的理性部分。如果我们只认同于这一部分，我们认识的阿来，还只是自觉部分的阿来。而阿来的文学，其实早已越过了自觉部分，而进入人与事物本源的部分，这一部分，我们可以称之为“自在”，它突破或者说漫出了“自觉”——虽然后来，这一“自在”部分也将通过自觉层面获得表达，但的确，“自在”，也许是我们接近阿来文学尤其是接近他作为史诗的“机村”的一把钥匙。

是这把钥匙打开了另一扇大门，打开了——不只是一个族群与另一个或多个族群的相互理解，不只是一个人和另一个人或多个人的相互对话，甚至，阿来文学所最终谋求的都不只是人与人之间的相互理解、相互沟通，它致力于一种更大的接通，是人与万物的彼此尊重和深度对话，是自然中对人的肯定和人与自然的应许。这可以说是阿来小说的自然观，或说是某种含蕴自然与人在内更包括人所创造的更多新事物新的人群新的自然的宇宙观。这种宇宙观，构筑了阿来对人、事、物的看法，所以，在他的史诗中，人、事、物是平等的，它们取得了小说家笔下独立的言说，占据着同等重要的篇幅和位置。

如果要为这把“钥匙”命名的话——万物有灵，而平等——可能是最恰当地表达它的方式。我们谈一位作家的世界观，如果它不涵盖这个层面——人与自然关系中的深度的平等的话，那么，我们则不能肯定这位作家的世界观是否完整。也许，一位作家所拥有的不完整的世界观在人的角度上而言是正确的，但那正确真的只是相对而言，因为从宇宙的角度去看，它可能根本就称不上是一种“世界观”。

阿来是有世界观的作家。这个“世界”，不只是一种群族对应于多个群族，不只是个人对应于他人，不只是一种文化对答于多种文化，也不只是古与今、西与东、时间或者空间，而是它们之间遥相呼应，水乳交融。在这个“世界”中，当然我们习惯了“人”是创造的主体的观念，但那只是一种观念，是我们脑子里的事情，当然这个主体也仍然在自我创造之中，但是，这种创造是在一个更广阔的空间里进行着的，人所受的自然的恩惠与滋养，是阿来文字中看似不经意而实为更强有力的部分。而且这一部分，使阿来的“史诗”，阿来的笔下的“机村”，从“自觉”出发，达至“自在”之境。这个“自在”，当为心境。

我看重这种穿越了“自觉”的“自在”，这种跨过了“脑力”的“心境”。从“觉”到“在”，从“脑”到“心”，这曾是多少作家穷其一生也不能跨越的门槛。这当然得益于两种文化或者还包括勇猛“拿来”的多种文化的交响，这种交响使阿来轻易地跨过了单一，消融了人设的边界，而进入一种貌似混沌实则清晰无比的境域，这个“心”的境域，宽广，温柔，它不是使阿来的小说更成熟了，恰恰相反，它使阿来找到了重归本真的纯粹之路。这种“自在”，与其说是“万物有灵，且平等”的“世界观”的映射，不如说是万物有灵从而平等的“世界”的反映。这种“自在”，不是理论，甚至不是思想，它是一种将心比心而来的心心相印。

由之，我们在《随风而逝》中，眼见“黄色的报春，蓝色的龙胆与鸢尾，红色的点地梅”，眼见“风信子”“野百合”“蒲公英”“小杜鹃”和“花瓣美如丝绸的绿绒蒿”，以及“苹果树上挂着亮晶晶的露珠”。当然与此同时，我们眼见那“比五六只鹰还要大些的飞机，翅膀平伸着一动不动……嗡嗡叫着慢慢横过头上的天空”句子写下来时，也会掩卷沉思，发出会心一笑。这人的造物，也在自然之中获得了可爱的生机。

由之，我们在《达瑟与达戈》中看到李树、樱桃树，它们开满了洁白繁盛的花朵。我们看到油菜花、土豆苗、豌豆花，看到勺兰、鹅掌楸，看到不下50种的平常我们都叫不出名字的植物，而看到达瑟在风中摁住被风吹起的《百科全书》书页，大声说“我们就在书里的这种树上”时，也会兴致昂扬，按图索骥。

由之，我们在《荒芜》中看到“林子里寂然无声。阴暗干燥的空间里流溢着松脂的香味。那香味如此浓烈，让人以为整个林间的空气就是一大块透明的松香”时，也会不由自主地深呼吸到那从文字中散发出的树木的芳冽纯香。

…………

由之，我们与机村中的一粒粒种子相遇、相知；由之，我们找到了阿来的也是我们的乡村的根子。与此同时，我们也似乎变成了一粒粒种子，还原于一个不只是纸上构筑的世界之中。

布谷、画眉、噪鹃、血雉，覆盆子、蓝莓、沙棘果、蔓青，还有苦菜、鹿耳韭、牛蒡，我们的文学中有多久没有这些鲜活的景象了？！

法海说：“来世我不会变成一朵蘑菇吧？”

斯炯：“没听说过有这样的转生啊。”

法海：“蘑菇好啊，什么也不想，就静静地待在柳树阴凉下，也是一种自在啊。”

我们的书写中从什么时候开始听不到这样的对话了？

阿来不独一部史诗，甚至不独长篇写作，其近作《蘑菇圈》《三只虫草》《河上柏影》，都有这种宇宙意识在里；阿来也不独是小说一种文体，包括他的散文《大地的阶梯》《草木的理想国》都呈现出“万物有灵，而平等”的思想，当这把钥匙经由他的文字送到我们手上时，我们看到了与小说家笔下的人物一样的守卫者，阿来与他记录或创造的守卫者斯炯站在一起，“她”是他的化身，而他是“她”的存在。

这种情景，让我不由想起罗马诗人奥维德的古老诗句——

土地产生了人类曾需求的所有东西，
无须锄头和犁铧的惊扰、掠夺。
那些幸福的人们从山坡上采集浆果，
还有樱桃或黑木莓，加上可食的橡子。
春天是永远的，伴随着西风轻拂，
温柔地穿过无人种植的鲜花。
未经耕种的土地，也能产生丰厚的谷物，
没有休闲的田野，翻滚着一片白色麦浪。
还有牛奶和蜂蜜淌成了河，
金色的花蜜从墨绿色的栎树上滴落。

等等，还有一首诗，也正从记忆中走出来了：

心回到坚实的土地　眼睛从流水上升起　宽广盛大的夏季啊　所有生命蓬勃而狂放

…………

…………

若尔盖草原呐，你由
墨曲与嘎曲，白天与黑夜所环绕
摇曳的鲜花听命于快乐的鸣禽
奔驰的马群听命于风
午寐的羊群听命于安详的云团
人们劳作，梦想
畜群饮水，吃草

若尔盖草原
歌声的溪流在你的土地
牛奶的溪流在你的天堂

第一首诗引自公元 7 年奥维德的《变形记》。

第二首诗引自阿来《三十周岁时漫游若尔盖大草原》。

两首诗相隔有两千多年吧。两千多年中有多少东西发生了变化，但是在变化中又总有一些东西是不变的，比如土地、草原、羊群、春天，比如牛奶、蜜，还有季节的变幻。这变中的不变，而不变中的变，构成了一个完整的世界，它不断变迁，也不断还原，宇宙在此幻化中得以永续。

而阿来，和我们，只是这永续的宇宙之中的一粒粒会歌唱的种子。我们这些种子的责任除了自己的生命蓬勃成长之外，还同时要把种子真正地种到人心里去。

两千零一十一年之后，我们读到了阿来关于一个村庄的诗篇。

阿来，与奥维德，只是宇宙间的叫了不同称号和名字的人。这跨越两千多年的邂逅，其间又有多少自然的文字守卫者在行走，我想，他们的“万物”，落地生根，如那“机村”所寓言的种子一般，在一代代人的心中，成为一棵棵开花的树，或者一片片葱郁的森林。

阿来，就坐在家乡的荫庇着他儿时记忆的高大云杉的阴凉中，他说，“如今，我也不用担心，这些树会有朝一日在刀斧声中倒下”，是它们，给了他一个写作者的最基本的情感，如今，他用文字再把掠过树冠上的轻风和松脂浓烈的清香传递给了我们。

这就是阿来。心甘情愿做一粒种子的阿来。在机村。他深爱的故乡里。

2018 年 9 月 26 日写于北京

2018 年 12 月 24 日改定于青岛

泯时万象无痕迹，舒处周流遍大千

——读南永前图腾诗

唐代有一僧人，姓氏、籍贯、生年都已无从知道，只知他隐居在中国浙江天台当时叫台州的西面的寒岩上，号为寒山子，大家也就叫他寒山子，寒山子写诗，但他的诗不是写在纸上，而是随意地题写在竹木石壁、村墅屋墙上，后来当地的一位刺史让人集辑起来，即我们现在读到的《寒山子诗集》。

这部集子中，他有一诗云："谁能超世累，共坐白云中。"过去我读到这首诗句，喜欢得不得了，但是随着岁月中我和自然的关系的变化，渐渐地就不那么像起初一样的心情了，因为这两句诗透出的自然观，和我现在坚持的自然观是不一样的，仔细品之，那是将自然当作自我休憩的园地，自然提供给我一个超然世外、解脱世累的地方，自然，不仅是一个所在，而且，是一个"可利用"的自然。而凡事一旦可利用，便已"不自然"了。

我猜想，这可能写于僧人刚出世不久。他的"世累"与"白云"还是对立的两面。

而他另有一诗，其中两句这样写："泯时万象无痕迹，舒处周流遍大千。”

我猜想，它可能写于上首诗之后，或者是他出世已久，在寒岩上修行得道了一段时间了。

万象、大千，泯时、舒处，你看得出是谁么？无论谁为主体，一样是人我一体、俯仰自如。寒山子与寒岩已经分不出彼此。自然，终是回到了自然。这时的自然，已然不是自我可利用的部分，而是自我与自然泯然无隙。这是与物同游、天人合一，是万神嬉戏，相与言语。

此境此情，才是今天我要说的自然。

自然，是什么？是自然而然，是事物本来的样子，是不可机心，不可刻意，不可强难。自然，是顺物，是大德，是无私。自然，是应时序，阴阳合，万物存。自然，是不为利诱，不伪本然。自然，是不失赤子之心。

明代有一哲人，叫王守仁，由于他在阳明洞中筑室读书，号为阳明子，大家也称他阳明先生。在洞中读书的这个哲人，有一个主张，他认为风雨露雷、日月星辰、禽兽草木、山川土石与人原只一体。这种思想在他写的《传习录》中，曾经这么表示：“先生游南镇，一友指岩中花树问曰：‘天下无心外之物，如此花树，在深山中自开自落，于我心亦何相关？’先生曰：‘你未看此花时，此花与汝心同归于寂。你来看此花时，则此花颜色一时明白起来。便知此花不在你的心外。’”

“此花不在你的心外。”是的，如此才能纯一无伪，反本完真。

如此，天地万物，人伦万情，世界万事，何须分别，何须取舍！就一身了一身者，方能以万物付万物；还天下于天下者，方能出世间于世间。如此，岩中花树与深山人心又有什么不同呢！

由之反观南永前的图腾诗，我以为，它找到了花树与人心的化境与叠印。自然，不是让我们人放松休暇的地方，它不是一个盛放我们人的地方，它正是我们人本身。

也许，这才是南永前所有图腾诗的表意。

这一种大自然观，在上述我讲述中的一千多年前的唐朝、五百年前的明朝，还可以或多或少的看到，但在我们的当代诗歌中，已不多见。

所以，遇到：以星为眼 / 以月为腮 / 以甘露为血液

才会有一惊。

继而是：弹涛涛百川为鸣弦 / 倚茫茫白山为床榻

是：滚热之血液与胆汁为乳 / 敦厚之性情与宽容为风采 / 坚韧之意志与毅力为筋骨 / 爪做铮铮之山斧与箭镞

"拖曳庞大山峦之身影"的朝鲜族始祖母的图腾"熊"，"她"蹀躞前来，与风中扶摇不屈的朝鲜族始祖父"檀树"结合。

那么，作为始祖父的"他"又是怎样一个形象呢？吸尽天之云吸尽地之水 / 吸尽北半球之九层尘埃。"他"：

集一切一切之灵性　集一切一切之精血

集一切一切不伸不屈不毁不灭之坚韧。

已炼得了：风之刀砍不断 / 火之齿噬不毁 / 水之浪冲不走 / 雪之寒冻不死。

这哪里是只写树，分明也在写人，在写一种民族性格，于此，树与人，古与今，已高度融为一体。

所以才会有《鹤》中的白衣魂之喻：自千万年深藏的血腥味里腌渍 / 自千万年绀紫色窒息里挣脱 / 自千万年沉重的巉岩里崩裂 / 燃烧黑斗笠与黑衣袍与黑褴衫 / 结晶成天地间白之又白

从极黑到极白，诗的跨越不仅如此，它要写出灵魂的极地，于是那个高贵的灵魂与我们相遇了。

不惧兽追之　不惧鹰逐之　不惧虎啸之

不惧洪水的拍　不惧旷野寂寥

一切该惧的均不惧

永远昂首行　永远展翅飞

永远为不苟且的自由魂。

这是始祖母与始祖父共同孕育的精灵，是活在一个民族心中的自由之魂。

细读南永前的诗，我觉得他不只在写某一个民族，虽然他的创作初衷是为朝鲜族的心灵史立传，但是阅读中的感受会每每溢出，他的许多诗让我想到得更多。比如，中国的道家老子曾讲：道法自然。比如，《圣经》曾问：雨有父吗？露水珠是谁生的呢？冰出于谁的胎？比如，《古兰经》曾云：地球上没有动物，也没有靠两只翅膀的飞禽，它们都是些像你一样的人。

是的，真正深入自然，其实是深入了自己的内心，那里，静穆、简朴、野性、满足。

那里，有沉默、忍耐、宽容的土：茫茫森林为土之手指 / 旷旷草原为土之长发 / 盈盈湖泊为土之眼睛。那是我们终要回归的去处。那里，有将生灵之明灭、大地之沉浮握在自身的水：无足为最大之足 / 无翼为最大之翼 / 无形为最自由之形 / 无色为最繁多最缤纷之色 / 行于大地走于沙漠滚于戈壁 / 翔于苍天越于高山穿于峡谷 / 或为雾或为云或为雨或为雪 / 入根入茎入花蕾与果核 / 孕育人间与自然 / 为人之始源 / 为万象之始源。那是我们生命的唯一来路。

谁又能说，南永前先生的这些诗不是在写整个人类？！我以为，在诗的意义上，他的图腾已超越了某一个具体的民族。

英国人类学者詹姆斯·乔治·弗雷泽曾在他的著作《金枝》中叹息，“大批的神灵曾经与我们非常接近，许许多多的神灵逐渐从我们身边退去，越退越远，被科学的魔杖从家灶和家庭中赶走了，从小屋的废墟和长满常青藤的城堡中赶走了，从神灵来往的林中空地和寂寥的池塘赶走了，从吐着闪电的破碎的阴云中赶走了，从那些衬着银灰的月光和那些用火红的碎块镶着金黄的暮色的淡淡云彩中被赶走了。甚至从天空的最后堡垒里把它们统统赶走了……”

这些被赶走了的神灵，在南永前的图腾诗中找到了归路。

这就是我要说的大自然观。只因灵魂重聚，我们联为一体。

正如诗人所言，这是：

死后复活之路

生的壮美之路

2009 年 11 月 11 日

地域、时代与关系中的个人

——孙惠芬小说的一种解读

歇马山庄这个地方，一直是孙惠芬小说的背景，她的人物在其中成长、劳作，其小说部分反映了中国北方农村现实与中国农民心理的变化。也许她的写作初衷并不宏大到对一个时代乡村剧变的把握，而很可能她出于本能而率真的写作，使那作品与一个时代有了接近。但如若只把孙惠芬视作一个地域性作家则是对她的误读，孙惠芬于地域、时代之上最关注的其实是人与人关系中的那个个人。

《歇马山庄的两个女人》截取当代乡村的一个切面，打工的丈夫外出挣钱，留守的女人在家劳作，它刻画了这两位留守女人的生活。如几年前，从《歇马山庄》开始，她关注于一个村庄的细节，甚于关注这个村庄的历史，她倾情于一个村庄的事态，强烈过这个村庄的变迁。而相对于村庄这一地理，她更倾心于村庄中的女人。她向往了解两个女人的内心世界，强过了解这一群体已然定型的生存世界；她关注于她或她们精神的细腻变化，甚过关注引发这种变化的表象外物。当然，她或她们也是一面镜子，透视得出那文字之外的历史与万物，后者是历史学家与社会学者的事，作为一个作家，女性的、文学的双重视角的确成就了她。

故事并不复杂，小说是从一场婚礼切入，引出两个女主人公，两个人从好奇直至成为无话不谈、掏心掏肺的密友，两人的友谊到男人们打工归家结束，两个女人之间的秘密成为村人咀嚼的材料时，友谊终止。叙事的针脚细密。一点点缝合，一针针绣，不追求事件的完整性与评定的逻辑性，使得两个女人的细密心思与微妙较量达到令人感慨信服又引人叹惋深思的地步。

毋庸讳言，《歇马山庄的两个女人》这部小说不经意间踏入了女性小说中的“姐妹情谊”主题。羡慕与嫉妒编织在一起的情感，使一开始两人的友谊就有着某种复杂性。接下来，潘桃听到的有关李平的议论更是为这复杂加重一层，自家婆婆与邻居大婶异口同声地赞赏刚嫁来的成子媳妇，“叫她吃葱就吃葱，叫她坐斧就坐斧，叫她点烟就点烟”，分明是隐喻自己的不柔顺太格色。这一切，李平毫不知情，她是外村嫁过来的，相对于潘桃的养尊处优，她的路艰辛得多，她自小离开自己的村子，到城里打工，爱上了打工饭店的老板，或者说是她的爱情被老板所利用，在身心全然付出之后，被开除，两年之后遇到打工的成子，她隐了身份，嫁给成子，打算实实在在地过一个女孩子向往的安稳日子，一个乡下女子的道路，在经过了新娘子的风光之后，是会“结实地夯进现实的泥坑里”的。而这一切，潘桃同样不得而知。此时，小说中有一句话是意味深长的——“女人的心里装着多少东西，男人永远无法知道。潘桃结了婚，可算得上一个女人了，可潘桃成为真正的女人，其实是从成子媳妇从门口走过那一刻开始的”——这为两人的关系埋下了伏笔。小说对人的意绪的关注大于对于事件的平铺。

这种莫名的情绪——

> 它在一些时候，有着金属一样的分量，砸着你会叫你心口钝疼；而另一些时候，却有着烟雾一样的质地，它缭绕你，会叫你心口郁闷；还有一些时候，它飞走了，它不知怎么就飞得无影无踪了。

这种情绪交叠往返，甚至进入潘桃与玉柱的亲热中，它“从炕席缝里钻出来”，是一种“说不出的委屈”。腊月初八到二十三，这种情绪折磨着她，成了一块“心病”。

正月里，小说仍不放过写时间的流动中长出的感觉的青苔——

> 但是在这疾速如飞的时光里，有一个东西，有一个看不见摸不着的东西，却一直在她身边左右晃动，它不是影子，影子只跟在人的后边，它也没有形状，见不出方圆，它在歇马山庄的屯街上，在屯街四周的空气里，你定睛看时，它不存在，你不理它，它又无所不在；它跟着你，亦步亦趋，它伴随你，不但不会破坏你的心情，反而教你精神抖擞神清气爽，叫你无一刻不注意自己的神情、步态、打扮；它与成子媳妇有着很大的关系，却又只属于潘桃自己的事，它到底是什么？

潘桃搞不懂也不想搞懂，潘桃只知道无怨无悔地携带着它。

这种细致而微妙的感觉，像是发生在异性之间的恋情。

小说写潘桃的感觉，“她好长时间神情恍惚，搞不清楚自己为什么会来到这里，来到这里干什么，搞不清楚自己跟这里有什么关系，剩下的日子还该干什么。潘桃在方寸小屋转着，一会儿揭开柜盖，向里边探头，一会儿又放下柜盖，冲墙壁愣神，潘桃一时间有些迷茫，被谁毁了前程的感觉。后来，她偎到炕上，撩起被子捂上脑袋躺了下来。这时，她眼前的黑暗里，出现了一个人，这个人不是离别的玉柱，而是成子媳妇——她在干什么？她也和自己一样吗？”而同时，送走了公公和成子的成子媳妇几乎没法待在屋里，“没有蒸气的屋子清澈见底，样样器具都裸露着，现出清冷和寂寞，锅、碗、瓢、盆、立柜、炕沿神态各异的样子，一呼百应着一种气息，挤压着成子媳妇的心口。没有蒸气的屋子成子媳妇无法再待下去”。眼前尽是空落的成子媳妇，走到院子里，觉得日子像一匹野马突然跑到了悬崖，万丈深渊尽收眼底。她跑着撵猪的样子，已经根本不像个新媳妇，而像“将日子过得年深日久不再在乎的老女人”。正是这时，她见到了潘桃。两人大街上的这一次遥遥对视，也只是两个新媳妇的第二次见面。

这是一个生活在别处的“她”。另一个空间的另一个“我”无时无刻不在占据着她，而现实中的她，只是“一个在农家院子里走动的躯壳”。她一时无法适应婚姻带给她的新一种关系，灵魂一点点地回到现实，屋子、被窝、鸡鸭、地垄，将心变得冷而空。当婆婆、娘家都无法了解这一切时，她必须找到一种泄洪方式。

所以在与成子媳妇的友谊里，她是主动的，这主动里也有着明显的私心在里面。但是真正见面，两个心底单纯的女人仍是被对方所吸引。那吸引里，也有着莫名的迷乱在里面。小说写到这时，简直是华彩了——

> 相互道出肺腑之言，两人竟意外地拘谨起来，不知道往下该怎么办。那情形，就仿佛一对初恋的情人终于捅破了窗户纸，公开了相互的爱意之后，反而不知所措。她们不是恋人，她们却深深地驻扎在对方的内心，然而那不是爱，也不是恨，那是一份说不清楚的东西，它经历了反复无常的变化"，"她们对看着，嘴唇轻微地翕动，目光实一阵虚一阵，实时，两个人都看到了对方目光中深深的羞怯，虚时，她们的眼睛、鼻子、脸，统统混做了一团，梦幻一般。

"姐妹情谊"，Sisterhood，20世纪六七十年代，曾一度风靡西方文化理论界。社会学角度，它旨在以女性的共同利益，对抗性别歧视，而在文学内部，则以一种"回声似的感觉"于女性同性中存在的证明，来激发一种女性自我精神成长中的深刻交流，并以此使女性认识自我、完善情感、激发创造。"姐妹情谊"这个词强调了女性间的深刻友谊的可能性存在。当然，其中，激赏与嫉妒的分寸比例，有时并不同时掌握于双方手中，当二者失衡，一方受到伤害而致使情谊不再反目成仇的可能性同样存在。对于"姐妹情谊"的神秘性，艾德里安·里奇曾有"女同性恋连续统一体"精神传统的解释。当然，这只是诸多学说中的一种，关于身体、性、生殖、情绪、体悟与感知，女人与男人不同，可能只有同性才能认同同性，而生命每一时期的更多奥秘，也只有女人之间才有找到真实真切的倾诉与理解的途径。当然，较之女性主义的相对激进的理论，我更倾向于认同它是介于友情与爱情之间的一种情感私密相通的精神关系，是一种渴望从对方身上得到的自我认同。

她们像未婚的女友一样夜晚同睡，彼此相偎，直到为了加深友谊，李平将自己的身世披露，她们“你一尺，我一丈，你一丈，我十丈”步步深入，直到看到“无穷无尽的景色”。打工丈夫的归来打破了两人世界的平衡。小说收束于新一年的腊八，得知李平身世的成子愤而打伤了李平。李平与潘桃的“姐妹情谊”至此终结，再无续篇。两个女人的“叛逃”与同盟败给了她们自己的人性。

同样，《一树槐香》在某种程度上可看作《歇马山庄的两个女人》的姊妹篇。二妹子丈夫去世后，与故乡“她们”的关系是作家起初要探讨的对象，二妹子与嫂子、于水荣、宁木匠家的，但小说展开的二妹子与吕小敏的关系，则更主干，吕小敏不仅改变了二妹子的感知，而且还改写了二妹子的人生。

21 世纪之初，我曾写过一篇长文《安娜的血》，论述孙惠芬笔下的女性，地域的、时代的、关系中的女性，作家多向度地完成着对于包括复杂人性的证明及对于农村女性精神境遇与情感生活的关注，当然作家的视线并不回避女性自身的人性弱点。对于能够提供不止一种阅读方向的文字，我一向深怀敬重。正如我注重她并不为评论界更多重视的《致无尽关系》——一个于城乡之间的归来者，一个于娘家和婆家的往返者——的犹疑踟蹰，血脉与根系的力量在一个女性的小说中获得了这么大的力量，也让我在读到以下句子时不免心惊：

每年，都会有这样一种东西在我心里慢慢浮出，就像年使亲情的网络慢慢从水下浮出一样。它浮出来，却并不像网绳那样越绷越紧越抻越直，而是在经历了瞬间的警觉之后，某根绳索突然绷断，拽我的，或者我拽的，只剩下一根，申家的这一根。那一时刻，我觉得我和身后的丈夫、儿子没有任何关系，他们好像只是一个搭车者，互不相识的路人，因为在我们翻找攀爬的故事里，看不到他们任何踪影。可奇怪的是，我和丈夫、儿子成了路人，却一点都不伤感，不但不伤感，反而有一种挣脱了某种枷锁的轻松，仿佛又回到无忧无虑的少年时代。

当然，同时还有：

说到底，还是一个根系在一点点复活，就像一进了腊月亲情的网络在我们意识里的复活，它们不在前方，而在后方，在你还在城里时，它们还被深深埋藏着，它们不是亲情，却在一端上连接着亲情，是亲情往纵深处幽暗处延伸的部分，只有当你回到火热的亲情里，回到亘古不变的拜年风俗里，它才会一点点显现，你才会不知不觉就成了一个活跃在根系上的细胞，游走在根系上的分子，就像一尾钻进池塘的鱼。

一个活跃在根系上的细胞。一个游走在根系上的分子。一尾钻进池塘的鱼。

这可能正是孙惠芬式所沉浸的世界中的自由与限度。

2018 年 6 月 22 日改定

与生命有关的一切

——须一瓜小说片论

须一瓜擅长写纠结的故事。从大约十年前的《雨把烟打湿了》到现在的《茑萝》，一向如此。

但须一瓜的纠结不在故事的表面，也不在人物之间复杂的情感关系，恰恰相反，她的故事都极为简单，小说中人物的关系也明晰可见，但是就是这个三言两语能够说明白的人际故事的表面光滑的外壳下，却动荡着一个能量巨大的火山，它压抑已久，随时喷发，以致真的有一天它冲破了表面生活的平静，而暴露出某种教人猝不及防的真相来，那时的燃点已经达到了破坏一切、烧毁一切的地步。这也是为什么须一瓜的小说读起来，犹如心理小说的原因，那种环环相扣的紧密的逻辑关系，大多发生在未可知的心内，而一旦这心内的一切变作了行动，其结果真的是出人意料、防不胜防的。

可能，这一点正是须一瓜小说的动力之一。她要探讨的人性多不在能够看到的表层的关系之中，而深藏在平淡如水的心绪之下，那里，暗涛汹涌，只待一石点破，能够激起的千层浪，将重

新覆盖她小心翼翼编织的叙事，而将那叙事重新颠覆，如此，你才能够坐下来，看那水落石出，审视人物之间深层而内在的关系和由这关系构建的人性的真相。

所以说，每每拿到须一瓜的小说，毫无疑问，你将要开始的是一场心灵的冒险之旅。

《茑萝》的探险是从一个电话开始的。

我曾撰文讲到小说的第一句话，是相当重要的，之于作者，之于读者，都是无法轻易放过的。为什么？因为小说的基调从兹而生，而在第一句话中，也深藏着小说诸多人物复杂的关系。一句话，第一句话是小说的隐情、故事的端倪。比如我们读卡夫卡的《审判》，第一句话便是，“一定是有人造了约瑟夫·K.的谣，因为他根本没有什么过错，却在一天早上给逮捕了”。这个开头突兀地有些不讲道理，它对应的正是突兀不讲道理的小说内容，所以说这第一句话充分传达出了小说的情境，一下子将人带进了卡夫卡式的荒诞中去。还有新近读到的青年小说家厚圃的《结发》，第一句便是，“一夜之间，苏庆丰不再是我爹了”，紧接着这句的是，“这个重大的决定是由孙瑞芬宣布的”，两句话将三个人物的关系交代了出来，并借着话语的语气交代了三者之间非同寻常正在发生变化扭曲的关系。话说到这里，不妨多说几句关于小说的话，我以为，小说如果以人物多寡粗分的话，不外乎两大类，一大类是写了众多人物以及他们之间的错综复杂的关系，以众多人物结构的小说多属古典小说范畴，而另一大类，则是只写了简单的几个人物，多不过三四个人物，但却致力于写这两三个人物之间微妙难解的关系，以致这两三个人物的心理的复杂性远远超过众多人物所构成的人际关系的复杂性，他们之间关系简单，却教人莫名困惑，还在关节处透出与简单关系不对称的荒诞来，我想，这第二大类，可以划归于现代小说的范围。

须一瓜的小说正是如此，那个电话引发的对话不同寻常，更不同寻常的是小说中“她”——小冈的笑，小说中写那笑——安然至极而令人不安。以下是“我”与小冈的对话剪辑：

她说：死了。他。

谁？我说。

王卫国。她说。车祸。

王卫国是她父亲。

我问：谁打来的？到底怎么回事？！

她说：我知道他活不过我！真没想到，他输得这么快。

我给你订机票。

她说：不用。我们早就说好了，我死了，不用他来送，他死了，我也不送。

如此冷静的叙述，不仅为我们交代了三个人的关系，“我”与小冈的未婚夫妻的关系，王卫国与小冈的父女关系，还一下子将我们带入了一种反常、荒诞甚至恐怖的寒冷中。父亲去世，女儿在笑，女儿并不称父亲为“爸爸”，而是直呼其名，女儿竟以“输”论生死，女儿拒绝回去为死去的父亲送行。

只简单的三个人，开头如此，直到小说结尾也是如此。然而，故事开始了。

故事开始于小冈的讲述。或者说，小冈的讲述与故事的展开

相并行。这部小说很有意思的一点还在它的叙事，“我”是整部小说的叙事人，然而同时又是故事直接发生人小冈的倾听者，故事开始，叙事人变成了小冈，因为只她知道故事的另一主角——父亲王卫国的人生面影，我们读者作为整体故事的听众，是在这种套层叙事中，完成王卫国的形象拼贴和小冈的童年成长的。

在小冈向“我”的断续诉说中，我们一会儿得到的是一个严苛至极的父亲的形象，他教育女儿的方式，似乎只有皮带、拳头相加的暴力，一旦女儿在学习上或日常生活中表现出不符他认为规范的地方，他的粗暴的施教方式便不约而至，使得小冈自 8 岁开始的童年的内心一直处于创伤与抵抗之中；另一些叙事又让我们得到的是完全不一样的一个爱意浓得化不开的父亲，这个父亲可以为生病的女儿戒烟，为她一粒一粒地把石榴剥开，放在小碗里端到女儿面前。这是一个矛盾的混合体，爱与恨都表现得如此强烈，而表达爱与恨的方式又是如此简单和贫乏的父亲。

在小冈的叙说中，我们看到了小说的第四个人物，小冈的孪生姐姐。姐姐正是在父亲的“高压”一般的教育中，从被皮带抽得满脸伤痕到从阳台上抽身一跃而结束了年幼的生命的，小说写到妹妹到医院看到已奄奄一息的姐姐，姐姐的脸上露出胜利般的笑容，她知道姐姐是用生命来完成对父亲的惩罚。这个细节读之教人心恸。而引起这个结果的不过是两个姐妹为了争一个花蛤的游戏。小冈的叙说，让我们还看到了第五个人物——母亲，母亲的无力与无奈，整个家庭全是父亲的天下，而父亲的惩罚随时会来，比如小孩子拿了几元钱想买些东西吃，被作为小偷而将口袋缝死，母亲还在一旁问：这样颜色的线行不行？比如小孩子在读《小王子》，被父亲认为是不用功学习而看课外书浪费时间，不由分说地将从同学那里借来的书撕得粉碎；太多的往事，涌上来，以致我们的叙说人小冈深陷于往事由亲人为之构成的伤害中，以致她的反叛自认为是死去的姐姐的附身，以致在与父亲的较量中，她与有妇之夫恋爱，与家庭断绝关系，直到与同学的父亲——“我”相遇而渴望找到另一个与亲生父亲不一样地爱着她的“父辈”男人。

我们看出小冈的扭曲。然而这自童年伤害而来的扭曲的原因教人沉痛。童年教育，童年创伤，是我们在主人公的叙说中慢慢看到的一个大题。如何能够做到正确的爱、尊重的爱，而不是奴役的爱与强制的爱，是我们在对于人的最基本的理解的基础上应建立起来的一种理念。往往是，我们对于他人，成人之间，可以做到，但对于孩子——尚未成人的人，却失去了这一基本理念。这是我们应该反思的部分。

之于教育，我们经年讨论得已经太多。从“五四”至今，话语不绝于耳，在此我不赘言。关于文学中的“父亲”形象系列或谱系，我们的研究也成果斐然，从“审父”到“弑父”，似乎文学史上都有对应的名篇，在此我也不再多论。但有一点，我想对于这部小说中的父亲的人格做些分析，也许更深的了解有助于我们找到小冈们不再痛苦的方式。记得早年读过卡伦·霍妮的书，她说一个人对爱的需求在受到阻碍时会变得强烈，随之而来的苛求与嫉妒却使他比以往更难得到爱。我想，这句话同时概括了这对找不到爱的正确表达方式的父女，以致他们双方都深陷在焦虑与防卫中，以致焦虑与防卫变作了恶性循环，使他们再也找不到原初的那个爱的出发点，以致更深的受害者小孩子在人格初成而无法自我调适之时为这不良的早期经验而影响到她成长中的处世方式以及性格构架，以致那傲慢—报复型人格的形成中有一种冰冷彻骨的无情的东西，时光慢慢地变这无情为对人的憎恨。霍妮的《我们内心的冲突》“人格衰竭”一章，指出一个人可能想做人良友，但由于他的左右他人、发号施令，结果导致他的潜在愿望无法实现。霍妮进一步指出“自我中心”问题，当他用攻击他人的方式使别人屈从于个人意志，则已不是将别人看成是自有其权利的同等的人，而只看作某种可以实现自己目的的工具。这是一种疾病，这种人格疾患的判断方法很简单，就是当受动的一方表现出些许自我的愿望时，施动的一方就会原形毕露，现出凶相。这是一种主子与奴隶的关系，前者要求后者的不是独立，而是绝对的顺从。由此我们反观小说中的这一个父亲，这些人格疾患不仅折磨了他本人，而且给小冈带来的人格伤害更是无法计量。

当然，最后，小冈终于走出了阴霾，在“我”的帮助下，完成了她的人格成长中一直缺失的爱的教育，由此，“我”的心理医生式的使命也接近完成，由于“父亲”的张力的解除，“我”之于小冈的情感维系也悄然谢幕，但是这谢幕本身，不是终结，而是一个女孩子新生的开始。她终于懂得了爱，经由死亡之路，经由原谅之路。她终于走回了人群中去。

其实不必搬出霍妮，我们文化中就有，如前一时间读到的王阳明的话，“大人之能以天地万物为一体也，非意之也，其心之仁本若是，其与天地万物而为一也……是故见孺子之入井，而必有怵惕恻隐之心焉，是其仁之与孺子而为一体也。孺子犹同类者也，见鸟兽之哀鸣觳觫，而必有不忍之心焉，是其仁之与鸟兽而为一体也。鸟兽犹有知觉者也，见草木之摧折而必有悯恤之心焉，是其仁之与草木而为一体也。草木犹有生意者也，见瓦石之毁坏而必有顾惜之心焉，是其仁之与瓦石而为一体也……”是呵，鸟兽、草木、瓦石与人心犹为一体，人与人之间又如何存在爱的鸿沟呢。王阳明说得好，孺子犹同类者也。我想，这是我们成人应该记住的。

生命不是外在于我们的所在，生命又如何能够置放在心外呢。就像茑萝，它们长在潮湿破旧的矮墙旁，发现它们，写出它们，并把它们牵引到有阳光的地方去，我想，这正是小说家的使命之一。

2011 年 6 月于北京

揭开时代深处的“贫困”

——魏微小说的两语三言

魏微在她十二年前的一部小说中借人物之口，讲：“先锋死了，我们不得不回过头来，老实地走路。”那一年是1997年。十年之后，2007年魏微在她的一篇创作谈中自说自道，“……我的每篇小说，我都希望有自己的生命在里头”，她接着讲，“……我们写作，每次必须放点血才行，这有点像炒菜时放的油盐酱醋，这个‘血’滴在小说里，小说可能就鲜了”。读到这些话，我心头一颤，她这样想，何尝不是一直这样实践！

那么，何谓魏微滴在小说中的“血”？

或可仍要回到她视若一己生命的小说中。

《大老郑的女人》（2003），主人公的名字是被抹去的，人们只能从她与大老郑的关系中去确定“她”的存在。“女人”的称呼也是双关的，显义是“妻子”，隐义是“外室”。大老郑，莆田来的外省打工男人，勤劳，节俭，腼腆。大老郑的女人，“害羞，拘谨，生疏”，“她……扮演了她所能扮演的一切角色——妻子、母亲、佣工、女主人……”，女人的丈夫，“属于土地”，蒙在鼓里，用女人寄来的钱补贴生计。从传统道德上评价这个女人是立不住的，然而，“她们用一个妇人该有的细心、整洁和勤快，慰藉这些身在异乡的游子，给他们洗衣做饭……给他们安慰……她们几乎是全方位地付出，而这，不过是一个妇人性情里该有的，于她们是本色”。由此，大老郑的女人超出了传统文学两性伦理简单框囿的女性形象，女作家慈悲地看，正如大老郑的女人慈悲地活。

这部小说获得了鲁迅文学奖。至今再读，仍觉不像以魏微的年龄所能写出的作品。那里面有历尽沧海的淡泊老到。从中我们甚可读出萧红、沈从文。《姊妹》（2006）出手，更见苍劲。这部小说写了两个三娘，黄三娘，明媒正娶，温三娘，自愿屈居，两个三娘，同爱一人，但闹到了最后，她们爱的那个软弱的男人亦不重要，重要的是这两个堪称“姊妹”的人在爱的“赌博”之中已不分彼此、互为印证，从并峙相争到原谅包容，她们已分不清爱与恨的真实界限。这同样又是一个太难驾驭的故事，事理有悖传统，作家没有简单地止于教化，而是在悖于常理之中找出了那种藏在人性里深微幽昧的东西。

我欣赏魏微的知白守黑，她从不触碰生活中的大悲大喜，而是有节制地述写悲喜交加的日常生活中潜在的、有力的、动人的世故人情，对这深处之情的体察，于她是那么细密，那么有韧性，使书写不仅深入“险境”，而且一意孤行。

《化妆》（2003）与其说在写一个人的人格分裂，不如说状写了一代人在贫富间的心理差别。嘉丽的化妆是“扮穷”，她要将自己由富人变回那个十年前的穷学生，她要以她原本的面目去和以前爱的人约会，然而，“穷”像一块试金石，换得的是那男人的蔑视、

侮辱与仓皇逃路，十年梦醒，与魏微的许多小说一样，她写“穷”与“贫困”，物质的，情感的，然而这次，她写出了深度的精神之“穷”，当一个人无情、不爱，才是最穷的人，当一个人心中除了一己自私的满足之外再无他物，这个人才是世上最“穷”的人。

生活有着，情感无依，精神不信，十多年来，魏微细弱、有力地揭示着真实地存在于我们身边的这个群体，日常与无常所交织的人生的困倦、委顿，使这群体中的一部分人正值盛年而心已老，同时这群体的“心疾”也如瘟疫传染周边，以冷漠、贪婪、幻灭、空虚等不同样式剥夺了孙老头（《薛家巷》2000）、黄雅明（《家道》2006）、李生（《李生记》2007）以及李德明（《在旅途》2008）的生命；贫与富，死与生，存在与消亡，理想与欲望，多少年多少代作家怀着苦痛与挣扎写你，如今又有了一个甘愿与大红大紫无缘，而披荆斩棘、一心一意地写你的人。

魏微为我们牵出了这些时代的零余与病弱，并非没有价值判断，她恨他们的无信与苟活，却也在内心为之深深叹惋，那些惆怅在文字间，是因生命而生的爱意，敏感而挚爱的人知道，时间是真正的主角，而她的兄弟姊妹无论如何选择此在，都会为最终的时间打败，于此，她的笔迟疑伤怀，然而，她是有自信的，她为了对人的信任拿起笔来，与时间搏战，生命终归不应是时间的配角，在这些人物身上，她放了自己的“血”，这“血”不是怀旧，不是日常，更不是暧昧，而是现代境遇中人之精神的真正困境和对这困境的文化反思，这反思来自经验而非观念，这反思，让她的小说越过柴米油盐而掘入人类成长的历史深层。

2009 年 8 月于北京

如何面对来自时间中的永恒

——从田耳《在少女们身边》说起

“小历史”与“大感觉”

田耳的小说擅写状态，在状态中探索人，人的历史，人在时代、人在成长中的变化，这样的现实状态的一定时间长度的人的书写，有些“小历史”的感觉。只是这感觉放在“变动”的时间里，便不再是一种小感觉，而有了些大的气象。早几年读田耳，无论是《一个人张灯结彩》还是他的其他小说，都使我获得这样的印象，即“小历史”——往往是一个人的个人经历历史，这个“历史”在历史教科书中是无名的、找不见的，它太微小、太个人了；然而，对于一个活生生的人而言，对于当事者本人而言，它又是巨大的，是唯一的，是没有其他答案的，这样的历史日日发生，在具体的人身上发生，对于这样的个体历史的记录，可能正是小说下笔的地方。再有，就是“大感觉”。田耳想从一个人的个体历史中发掘出一种群体的东西，一种或许是民众内部、民族内部的东西，这种东西，有时表现为状态，有时表现为精神，有时它是脆弱易折的，有时又是坚韧无比的。总之，作家向往从个体中发现群类，他的小说指向的前途并不是模糊的，虽然有时它的书面也表现得百无聊赖，但是在写空虚之时你会嗅出批判而不是纵容的味道。

“小历史”的写作，我在这里多说几句，在这种写作中，历史不是主语，历史尚有另一主语，历史的主语在这里是人，当然我们以往读到的小说，比如托尔斯泰、雨果的小说也写到人，但是他们的作品中仍有一个与“人”的声音一样响亮的“历史”的声音，十九世纪的伟大作品多是在历史真实事件的框架中展开的，无论是《战争与和平》还是《九三年》，历史的声音之中人在发声，是一种双声变奏的写作。而到了二十世纪后期的文学，大历史的框架被抽去了，人的声音变得异常锐利，个人的历史突显之后，也产生了如卡夫卡等优秀的作家。二十世纪对于人的心理的探寻替代了十九世纪作家对于历史规律的把握。二十世纪后期的作家也探讨历史，只是探索的角度发生了转移，更加倾向于人的刻画而不是事件的追记。田耳获鲁迅文学奖的小说《一个人张灯结彩》就是强调“一个人”的历史的作品。对比之下，小说的视野看似缩小，但更加聚焦。这部《在少女们身边》也是如此，小丁的对于少女们的看是有限的，但由于近距离的体察，便能获得更加深入的感悟。能不能说，二十世纪后期的小说更普鲁斯特化了，莫洛亚曾评价普鲁斯特“不是从广度，而是从深度上开掘他的‘矿脉’”，大意正是如此。

马塞尔·普鲁斯特与曹雪芹

很显然，从小说题目上看，《在少女们身边》移用了马塞尔·普鲁斯特的7卷本《追忆似水年华》第二卷《在少女们身旁》的小说题目。我猜测这是田耳有意为之。刚拿到小说时，我不知道这种模仿是对原作者的戏仿还是对原作者的致敬。等读完整篇，我想这还是一部对普鲁斯特致敬的作品。普鲁斯特的多卷本长河小说《追忆似水年华》第二卷《在少女们身旁》第一部讲的是马塞尔对布尔贝特的恋情，但是这爱恋终以失败告终．第二部中身心疲倦的主人公去海滨疗养结识了少女阿尔贝蒂娜及其女友安德烈等人，马塞尔对阿尔贝蒂娜的爱慕以及人在爱河对恋人的矛盾心情跃然纸上。田耳的《在少女们身边》写了小丁在编辑部对于小林的爱慕，但这未及开始的爱情以及小林身为他人未婚妻的身份一开始就置小丁于旁观者的地位，这终是场无疾而终的恋情，而到了小说后半部，小丁偶遇小肖、小雨，这时的爱情已经掺杂有许多现实的成分，小丁的物质“成功”与心理“成熟”都使他已不复是原来的小丁，而加入了小林们向往的“钱包”的行列，这时他得到的爱情与他往日得不到的爱情，在某种程度上已没有什么质的不同。我想连小丁本人都拿不准这是不是爱情。当然从框架上讲，小林、小雨可以看作是布尔贝特、阿尔贝蒂娜在21世纪中国作家笔下的复制，而小丁作为童话作家身份，也与马塞尔取得了写作者身份的一致，而且，在回忆性与时间性的探索上，《在少女们身边》是写了1997年至2007年的故事发生或说小丁心理成长时间的十年，这种心理时间的写法也与普鲁斯特艺术取得对应；但是尽管有种种相似性，田耳的小说仍然设置了不同于普鲁斯特的情景，就是说，小丁的“场”与马塞尔的“场”不可能相同。我想，作为小说家的田耳的创造正在于此，他想探究两种时间下的同一种感情的变化，他想弄明白一百年后的人、一百年后的少女们的所思所想，他想以此证明小说与小说之间是有时间联系的，这样，他就以写作将普鲁斯特的《在少女们身旁》的创作变作了一个真实发生的情景，放在了后来写作者的生活当中。

普鲁斯特的《在少女们身旁》无疑是作家长卷中写得最出色的一部，1918 年出版，1919 年获得了龚古尔奖。某种程度上这部作品也对后来写作者构成了压力。田耳作为二十一世纪中国的年轻作家，以《在少女们身边》的写作来部分地减弱前辈写作对其造成的影响，并在小说中以细腻的心理方式继承前辈作品中“时间性与存在”对其造成的影响，这使小说具有复调的深意。

还有一部小说，《红楼梦》，曹雪芹化身贾宝玉置身于“少女们身旁”，这又是早于普鲁斯特的二百年，十八世纪的写时间性的心理成长的经典篇章。时间的迁移，岁月的沧桑，人事的变化，个人的历史，林黛玉、薛宝钗们的命运，时间在永恒地流逝，感情不免时光的销蚀，爱的对象本身也在变化之中，或者她根本不值得爱，或者爱的本质本非实物，而仅存于对爱的想象，或者所爱与所得大相径庭。曹雪芹终篇得到的是一个“空”字，普鲁斯特以记忆时间的存留抵抗着这个事实时间的“空有”，那么田耳呢？

那么三百年时光中的写作者呢？

所爱

小说写到佴城，并将这座城的中心叙事放在一个相对封闭的编辑部，这个编辑部是编童话报纸的，但是随着故事的展开，我们看出这个编童话的编辑部几乎无人相信童话，甚至不爱童话，编辑童话只是他们的一个手头生计，这一点，就像马东临的老婆杨盼娣腌酸菜一样，谈不上喜好，只是生计而已。而另几位女编辑——小林、郭倩、王丽萍也是在商校学商业营销的，加上小丁——学国际贸易的背景，就是这些“经济出身的人”在做着童话生产的“买卖”。但是田耳的写作从不做道德上的点评，他小说的白描方法不知是不是得益于他故乡前辈沈从文的作品，他总是浅淡着墨，从不把任何人物逼上伦理的法庭，这一方面使其小说中人有着可以用俗世眼光打量并予以谅解的可能性，一方面也使得他的小说在意蕴上因获得多义的原生态而同时失去了引人注目的锋芒。田耳是藏锋的作家，从对小林的书写中可以看出，然而在写邹扒皮时也是试图体谅其人存在的合理性，这一点并不是所有作家能够做到的。总之，“钱包”的环境与“童话”的写作，甚至“爱情”的向往，都分裂在每一个人身上，先是老张、马东临这些男人，当然更有小林、小肖、小雨等少女们，最后加入进来的是小丁本人，如果小说只是写了这些生活的灰色地带，那么它也就是一部呈现精神情状堪忧的作品，但是这部小说中有一个人，如灰色中的亮光，照亮了小丁的写作与生活，这个人是老丁，这是一个“父亲”的形象，尽管老丁在小说中最终因病死去，但他留下的厚厚一摞日记中为儿子创作的奇思妙想、那些蝇头小楷记录的心语仍然让人心中一亮。这是田耳的底线。于此，小丁写下了《写给父亲的童话》，让这个父亲真正地回到并居住在了时间中。读到这里，我深为感动，我以为这个父亲是对于时间中的所有作家，如十八世纪的曹雪芹、二十世纪的普鲁斯特的一种接通。当小丁也不可避免地被生活改造成“钱包”的时候，他还有另一只手握住了那来自时间中的永恒的讯息。

整部小说情节淡化，没有戏剧性的大开大合，只保留对人心反应的细致描画，这是田耳式的方法，也是有别于传统小说的一种写法。对于这种自发、直觉与任意的小说写法的评价也褒贬不一。但好在小说的做法从来不是只能有一种，有精敏深细、体事入微的方法，也有放弃观察、描写幻象的方法，当然更有将两者融会贯通的方法。《在少女们身边》的最后似有这种融合性，这可能也是 70 后出生的作家的一个写作特征。

读田耳的这部小说，不断叫我想起《在少女们身旁》，记得那部小说中，普鲁斯特说过这样的话：“可能只有从这些真正堕落的生活中才能看到世风日下，道德失范，足以令人痛心疾首。对这个问题，艺术家想出的办法不是独善其身，解决他自己个人的生活，解决他所谓的真正的生活。艺术家寻求的办法具有总体意义，是一种文学的办法。正如教会的高僧，他们自己是善人，常常从认识人的罪恶开始，通过自身的修行而成为圣人。伟大的艺术家，多有不轨之举。他们通过自己的陋习去构思能兼善天下的道德规范。”

我想，这可能正是小说存在的理由之一。

千山暮景，只影为谁去？

——欣力速写

“千山暮景，只影为谁去？”元好问的这一问，是一句好问。却在历史上并不有名。这一问是在另一已于二十世纪传唱开的问句后面的，那个问是：问世间，情为何物，直教生死相许？

随着岁月流转，已到中年的我，更深爱着标题的这个问。

千山暮景，只影为谁去？

倒不是这代人已到了“暮”，或者是内心已翻越了千山，而好像是过了不惑之后，反而有些什么更需要去寻了出来，勘探的激情挟持着，更多的是“只影为谁”的思索与困惑。

不知道是不是一种下意识的历史感？

也许这是那脚底生风的原因？

与欣力并不相识，直到今天，所阅也只是她有限的文字。还是前几年，听现在已做了我先生的人提过她，确其实，他与她也不相识，只是读了她的一个剧本，那时的他要去纽约拍摄这剧本，是写一位学服装设计的中国女性在大洋彼岸的另一国度寻找她的画家爱人的故事，那个剧本最终在央视播出，因全剧太长，没有细看，只记结局是爱而不得，异乡的画家落魄不见，而寻找他的人却在事业上获得了成功。这个二十世纪的典型故事，在一个时期内曾被我与现在做了我先生的人反复讨论到，他在那部片子里还客串了一个画家的朋友。那是2001年？ 2002年？只是那时，记住了欣力。

后来的点滴文字，知道了她曾越洋而去。那个倔强的女主人公，或者是她心影中的自己？并不可考。这样推理，更不可靠。

只是去年零散读到的“骑鹤”之文，才知另一种西行已然开始。

一页新纸翻开了。

大道延展。西北从山西大同到内蒙古丰镇、凉城、岱海、呼和浩特，经巴彦淖尔、磴口到阿拉善左旗、宁夏银川、宁夏中卫、甘肃兰州，再到张掖、玉门、嘉峪关，直到敦煌。这条线我曾分三段走过，分别在1990年、2000年和2004年，山西、内蒙古一线已相隔20年了，不可想，而走马黄河的宁、甘一线，也距离自己有10年光阴，还有去新疆途经的敦煌，仍然记得一路的黄沙戈壁。没有人烟的行走，在内蒙古，记得在夜中到黎明的车上，见到前方荒野中一小片灯火的喜悦，又是一个村庄了，或者只是一些牧民。那些行走，隔了青春，仿佛已不为寻找，或者，寻找也不为找到，而只留下了在路上的丝缕感念。

犹如欣力。一纸铺开。只是把足印字一样地写在大地。

所以我并不看好她于前言讲的寻先祖遗迹的目的——当然这是她最下力去刻意寻找的部分，较之这一部分，我更珍重她另一个上路的目的——漫游。也许，前者，是迫她上路的理由，是她的写作规划的出发点，但是后者，却使她的行走达到了一种超然的自由。理由与自由之间，我宁愿选择后者。

本着这样的心境行走，路途便不再是一种苦役，而走得越远，你就越会与伸展开的大地取得一种同步的呼吸。

换句话说，你会更深地沉入江湖。

但是行走者需要一个目的，欣力借了这个寻祖的目的上了路。用她的话说，寻找，是因为想念。她说："我想念他们。"她说，"想家是一种病"。这个家，是她向往借了行走去寻的庞大家族。

于是，老屋旧瓦，残垣断壁，山河人物，她力图拽住一个线头，这一拽，便一发不可收。但是较之一部中国近现代史的书写雄心，我更喜欢她的历史就像大自然的表述，"我的手切上那条永不停歇的脉"，这句子的感觉多好。历史就像大自然，她说，"只能了解，无法改变"。但是对于家族历史的了解也不是原先就有的，对于已化作山川河流成为自然一部分的她的祖父、祖母、外祖父、外祖母，原本的回忆应该由自己的上一代做的，可是，"父亲母亲是革命的一代，他们有太多重要的事做，对于家族旧事，似无暇询问"。欣力于此处写：

> 历史却并不因此黯淡。

那么这一代呢？随着故人离去，"通向历史的那扇门悄悄关上"，往事尘封，无人再提，无人再想——那些陈旧得好像不是这个世界的事。"我们要进步，我们得进步，我们要加入红小兵、红卫兵、共青团；我们要上大学，出国留学，衣锦还乡……"。我们的事也做不完呵。但是此处欣力写：

> 历史，并不因此消失。

我喜欢她的斩钉截铁。这种对于历史不因人的漠视而存在的信念，是我们要去寻找其真相的动力。这个要在刚硬的历史中寻找亲人血脉的女人，说：我的探索由此开始。

中国文化中的寻根，无论文学、电影，抑或绘画、理论，检索起来，都以男性参与居多，文学中二十世纪八十年代的寻根思潮，那种对于历史的审视与怀疑，那种对于边地的热恋与探险，那种对于野史与家族的想象与兴趣，不可能随着岁月的消失而远去，它就像一场无声的思想爆炸，它的思想的碎屑必然会落在下一个时代里，构筑成这一时代中的人文片段与文化声音。欣力的这一文本虽无意成为它的延续，但在文化思想上已打上了它的潜在烙印。

可是有一点，很有意思。女作家对于寻根的态度与男性有质的不同，王安忆曾以《小鲍庄》参与其中，却最终以《纪实与虚构》的家族叙事跳出，那个坚硬的国民性却一直是韩少功自《爸爸爸》开始直到《马桥词典》都不舍的线头。女作家寻根，往往最终寻到了自家的亲人，他们远古的来历，恰可证明女人自我的生身，这个寻根的最终指向是自我，“我从哪里来？”我的血脉里流着谁的血？我的血液里混合着谁的血液？比如赵玫《我们家族的女人》。而男作家的寻根的出发点是自己，指向却是远与古，他们试图厘清的是我们如何变做了今天这个样子，那个变的过程怎样？那个变的原因何在？或者说，什么是我们变之前的基因？

比较一下，可能女性更亲近于自然，而男性更向往于历史。

或者说，女作家向往的是亲人，而男作家更兴致于国民。

是不是，女性更适宜漫游，男性更倾向于勘探？

欣力的寻根是在家族亲人自然中展开的。但她的行文之始好像抱了对于历史的参悟与解读的雄心。

不如漫游。

漫游与勘探的不同在于，勘探是抱了一个鲜明的目的去要一个结果，它不能不有功利的目的，而漫游则是尽享在路上的风景，待那结果在某个远方渐次呈现。

而硬要将两种叙说搅在一起，我只能说，我更热爱的是她行文中偏向自然的部分。

那个自然。冒一下头，便又隐了去，给人以不可捉摸的玄机。

比如，在大召门前为了一枝银簪讨价还价刚刚成交的当儿，在房子老、东西旧，形形色色的古物前，“偏偏站出个鲜鲜亮亮的可人儿”——她“肤如凝脂，手似柔荑，身上杏黄，腕上翠绿，头上岫紫，脚上桃红，由垂了珠帘的老屋出来，站太阳地儿里”。

比如她翻越贺兰山的迷途之夜，终于从深山中走出而遇到的那个塔尔沟收费站的年轻人：“只见他，三十开外年纪，俊面修身，黄泥制服四个兜，硬挺的垫肩配浓眉朗目，冻雨之中，身上无棉，就这么出去的。”

比如在往昔的阿拉善王府正不知如何去定远营而“把栏杆拍遍，无人会，登临意”的作者，恰遇见个陈姓女讲解员，“坎坷土道，她倒不怵，高跟鞋笃笃的，走得利索”。

比如，大佛寺售票处的张掖女子，“人家淡然一笑……开抽屉关抽屉撕票，哗啦一声，窗关上，人家已经在寺院大门口，朝我举了票招手呢”。

比如，在甘州市场，在搓鱼鱼、拉条子、臊子面、酿皮子、揪面片包围的晌午，在“暗红发亮，润泽无比，香气逼人，提在手上，教人不能不爱人生”的卤肉馒品之间，所看见的对面店家

的女人的照镜子，“她四十左右年纪，穿碎花褂子”，“发现我看，人家别过脸去，我也别过脸去。待会儿忍不住再看，人家拿了镜子，又在照。她的店没生意，所以她闲。她可也不跟别人似的招揽生意，只顾照镜子”。

比如在延福寺西墙外和那个小陈的欲言又止的对话，她讲在给她患癌三年的母亲喝胡萝卜汁，树影中两个女人的无法安慰又心心相通，“她停下，低头，又说：有时候，我真害怕……”

我想，正是这些人，才使得文章方整清健，气韵空灵吧。正是这些人的活泼泼的存在，才使得历史之流变得鲜活。正因为有了这些人在路上相伴，才真得教人不得不爱此生。

放不下呢。

这也许就是漫游的意义？

欣力所行，无论中卫高庙，还是兰州渡桥，或是贺兰山路，我都走过，还有她写姥姥所引的周敦颐的《爱莲说》，就在上个月我还去了她写此文的古镇，在周子茶社喝过茶，然而读其文，最感念的不是那些已见的陈年旧迹、王孙故人，而是未曾见过的这一个个无名的亲人，他们生活在与我相距遥远的西部，却教我觉得自己与他们的气息如此贴近。

所以有时候的寻与看，其在人心中的比重是不以外力的意志来衡定的。不知这是不是另一种“无情对面是山河”，辛稼轩定不是此意。当然我更喜用高庙上的一句：“妙有真境。”

真境的获得，多在任意。

漫游的心，也许是一颗中年的心？亦不尽然。

《堂·吉诃德》《浮士德》，无一不是以漫游之心写漫游之人的作品，我见不出其淡漠老迈，而只心会于这世上已难得一见的赤子之心。

比如早年的游侠。

他们的出行更是连文字都在省略之类。

所以，并不是妥协、无目的，而是教自我获得一种“无知”且“忘我”的观物态度。以纯真的心去接近世界，抵达世界之心，于此，那世界才会向你呈示它那婴儿一般美的“源初的清新”。

朋友，这是真正的“渡”啊。只是不在寺院，不设法门。

只影为谁？这时的谁，不是一个具体的你。而是：

那颗既不求占有，也不求胜利的心。[①]

2010 年 6 月于北京

① 法国诗人菲利普·雅各泰诗句。

只为生下永生的你

——阿毛诗集《变奏》解读

我一直在“纸上铁轨”与“白色的纸，长满黑色的钻石”两个句子间犹豫不定，因为阿毛的诗中，有冷、硬，有坚韧、不屈，有经得了时光打磨的东西，如暗夜钻石，在深不可见的低处闪着光，也如仁厚的铁轨承负着千钧的重量。最早读到她的诗在几年前的《芳草》上，写得极为灵动，印象中诗的节奏刚烈一般出手，又砰然爆裂，那些句子与句子之间的跳跃性极强，如剑舞空中，到终结处，又收得极为利索干净。这是谁？后来到武汉去，在东湖边的会议大堂，一位女子穿越人群走向我，递过手来说，我是阿毛。谢谢你喜欢我的诗。这是她？她灵巧纤弱的样子与她烈焰冰凝铁骨破肠的诗句正成反比，我一下子想起了曾与刘醒龙提到过对她诗的认同。

火车以它的尖叫 / 代替了别的呼啸。但盲者却从漂流木做的 / 笛子里听出苍凉。写出这样句子的诗人在《纸上铁轨》中写：“‘我还没出生，纸上就铺满铁轨——/ 安娜们捐躯，诗人们跑断钢笔。’”如果只是一读而过，怕是要错过了女性与诗人这两个在她的诗中反复出现并得到强调的形象。“所以，我不停地奔跑在铁轨上/就是为了生下永生的你。”同一首诗中，她一下子又将两个形象合而为一，动词的“生”，使得女人与诗人找到了同为创造生命的叠印与呼应。要重视这个女性与诗人合而为一的创生者的形象，因为他闪烁在她的大多诗篇中，比如《献诗》，在书写给夜半、私语、前世今生、无音区、手指无法弹奏的区域，还有眼泪，晶莹剔透，却仍是话语抵达不到的地方，在这所有的“献给”之上，她最终写下了“给灯下写字的人/他半生的光阴都在纸上”这样的诗句。我不知这是不是诗人自况，但我以为诗人在以这样的书写描画着与她一样的人，这个人在写作中没有性别，或者说性别在这里不是重要的，诗人想要呈现的是写作者的作为人的精神与处境，这个人脆弱而坚韧，这个人在别人的树上结着金色的果实之时，不懈地开采着纸上的钻石（《唱法》），这个人“遇到的是微澜，而不是水滴石穿的奇迹”（《引力》），却仍然向往“在去理想国的路上，再彻底一点：/丢弃技术、原则、经验、真理……”（《在去理想国的路上》，这个人始终清醒，他知道俗世上人来人往，“一部分成为栋梁；/一部分成为棍棒；/一部分变成纸或灰；/还有一部分，侥幸成了身体的棺木”（《火车到站》），他自醒“我们都已活过了37岁。/却既非天才，也非大师，/只是用文字书写自由的/小灵魂”（《火车驶过故乡》）。虽然她也写《肋骨》《女儿身》，有一些诗作在探索作为女性的我的意义上走得很远，但是一种更为强大的声音覆盖过它们，她总要回到那个写作者的自认。这个高于性别的写作者形象，在当代女诗人诗中并不多见，甚至在当代诗人的诗中也不多见。

阿毛近十年来的诗歌中对于“这个人”的反复摹写，好像是对于自己书写者的灵魂的一种深层提醒。提醒是另一种确认。这里，既有“书页翻飞，飘满钻营者的名字。/一个不合时宜的人，始终在暗处，/爱着水上写字的人”（《月光光》）的冷静，也有“每次面对白纸，/我都舍不得写一个黑字。/像面对无措的爱人。或天真的孩子，/不知道如何去爱，如何去疼”（《白纸黑字》）的矜持；这个人，既有“我拥有九条命，/来挽救生活，和向晚的艺术”（《向晚的艺术》）的激越，也同时有“我终要让游移的词/在纸上住下来。/那让我们痛得最深的人，/会在绝笔中出现。/年青时匕首般锋利的短句，/年老时绵延成回音”（《我们的时代》）的坚定；这个人，与其说是诗人的所爱，不如说是诗人自我人格的理想和印证。这里，爱人与自我又是合二为一的。他、她们离合纠缠，总是在一方高处相遇，成为知心。这种变奏的写作，使她的诗获取了一种特别的力量。正因为有这种宽阔襟抱和整合能力，阿毛的诗才写得大气清正，我时常想，一个诗人或一个文学家的作品的清正之气从哪里来？它只是一种风格与象征所包含的技巧么？难道会不是这个诗人或文学家自己人格的本真反映？！阿毛是认真写诗的人，是认真对待文字的人，她的视野往往拉开，不拘泥于小情小事，而往着思的远道飞奔而去。比如《出身》，她写我们共有的农民血缘，“我们吃的米是从乡下来的，/我们喝的水是从乡下来的，/我们穿的衣是从乡下来的，/我们走的路，也是从乡下延伸过来的”，当然这种对农民出身的朴素体认，并不影响她作为诗人对于国民性的不留情面的批判，如《朽木》，“更多的人，像乡风俚语：/不感伤，不忧国忧民，不书卷气”。她的新诗集《变奏》中还收入了两首写艺术家的诗，其视野的开阔与思想的尖锐都达到了超拔的地步，她在《替凡·高写一首给荷兰的诗》中，写它的海水、湿气、风车与木屐，还有鲜花、奶酪、自由、钻石，但独独笔锋一转，“这么富有和盛名，却独欠了一个画家生前的公平”，是怎样的有力呵；她的《仿特德·贝里根〈死去的人们〉》一诗独标新异，却诚恳写实，从她的祖父的英年早逝写到她生命中的诸多同学、诗人的死，这首六年中三次修订的诗一直写到了“……在海啸、矿难、雪灾、瘟疫、地震……中死去的人们”，诗人在另一首诗中言，“任何一个事物的疼 / 都是我们的某一部分在疼”（《石头也会疼》），说的正是这种诗人与人类的合二为一。这种宏远的气象，是我在近年诗人作品中少见到的。

可贵的是，阿毛并不因胸怀人类而忘了那个灯下写字的人。“多少年了——/ 我仍然守着发黄的信卷 / 石头仍然不说话，它沉默的品质 / 我在诗歌中保留到现在”（《如果你一直喊》），“让熟睡在书里的人，/ 他和他的品质 / 一生洁白”（《心要静下来》），两首诗都写到了品质，一个守在纸外的人，一个长眠于书中的人，两个人，因了共同品质的存在，而究其实又是同一个人。这个人，曾经反复出现在她的纸上，是她通过书写达到的对于心象的提炼。我意愿将之作为一个时代书写者，一个思想的知识分子。对于“他”的创生中，倾注了诗人的大爱，这种写作中对诞生的敬畏，犹如阿毛《爱诗歌，爱余生》诗中自述：像一种危险的颤栗，/ 在不安分的字词中获得，/ 获得永生的诗。

2010 年 8 月 10 日

马叙的叙事

谁在看

马叙在他的《寻找王小白的杭州生活》中，第一句便是：王小白是半个诗人兼半个经营电器的商人。这句话好像是一个全知全觉的视点，但再往下看，才觉不是，或者说，这个全知全觉或说先知先觉的视点在渐次瓦解和消失。先是“我”的出现，再是吕蓝，再是夏银白、黄莲莲，还有王码汉、张开联、陈旧，他们五男三女有一次短途旅游，风景拓片一般，凸显了王小白与吕蓝，他们两个，经过众人的看与反复的研讨及掂量或测度，而变得关系非同一般。由此，我们看到聚光灯下的两个人，无论性格还是经历，无论职业还是情感，都处于两极的两个人，在众人反复的揣度与咂摸中，变得时而清晰时而模糊。而实际上，吕蓝也是配角，正如女人是男人的肋骨一样，她的存在证明着王小白作为男人的精神一极，而他的身体一极则远在苏、杭，远在另一个城市的湖州女人那里，而这里——吕蓝，是他的心灵的一半，是他的全部自我的另一半。于此，我们懂得了小说的寻找意味，在众人的平视与拼图中，王小白的面目又回到了那个先知先觉的起点，他是半个加半个才能够完整的人。老实说，小说的悬疑性正在这里。

《伪经济书》则是一个人和他的三个过去时态的关系，当然这三个过去时，分别是王玛、黄然烟、欧阳加尔三个女人。主人公陈布衣在不同的时空同她们有着情感的纠葛与联系。这里的陈布衣已彻头彻尾的是一个商人。作为商人的陈布衣并不是没有批判的，他与他的生存保持着某种不同于一般商人的清醒与警惕，他对于在不同时空依次跃入商海的这三个女人也有品评与判断，但有意思的是，小说表面上写陈布衣对三位女士的"看"，在"看"中，他或惋惜，或不解，或惦念，而其实，作为男人的陈布衣同时也是一个被看者，那么是谁在看？是三位女人么？她们的目光游离而渺茫，在她们的平视之上还有一个眼光，持久地，不放弃地，如芒刺在背。那是陈布衣父亲的视点。他的看，很简单，一言以蔽之，是看不惯。有意思的是，小说中的商人陈布衣，他的思维不是审父，而是代父审己。于此，陈布衣的内心一直活在这个可以俯视他的存在的、一个比现实更为强大的过去里。不能不承认，我感兴趣这个视点。

到了《西水乡子虚乌有的人与事》，则完全倒过来了，我说的倒过来，是指，不是众人在看，而是众生之上，有一个上帝的眼睛在看。从叙事上讲，那个全知全觉或先知先觉的视点又回来了，那个被一再拆解的看世界的方式重新聚合，回到过去。但是那个已被拆解了的世界却仍然无法复原。子虚乌有，写的是闻所未闻的十种新职业中的五种，它们是切指、整旧、劝哭、天书、打幻想。小说所展开的这个村落古灵精怪又生机勃勃，这里的主人公已不只是一个耽于声色的王小白或一个迷失于过去的陈布

衣，村庄里的人，或庄严地做着滑稽事，或踟蹰于世俗与意识两大空间向往获得超拔的灵感，这是一个富足又贫困的村庄，他们的灵魂在物质的丰厚与精神的空茫之间无枝可依，却凭想象在虚空与无聊时能够找到使那无处可去的灵魂能够稍稍安息的暂住之地。众生，在这里是被看的，陈列、王码汉、王一成、陈一达、张三丰无一不是被俯瞰的角色，他们已经失去了看的能力，他们更失去了如陈布衣的因传统的存在而不自觉地检测自我的自审能力，他们一无所有，两手空空，但却一定要抓住什么，哪怕那什么是更大的虚无。小说写到了这一层，那个在看着的上帝，换副面孔，其实是小说家本人，与上帝不一样的，是他眼睛中多于好奇的忧心忡忡。这个看，力透纸背，有智者的黑色幽默，也有上帝的无尽悲悯。

半个人

当然我们也是观者。在我们的观察中，王小白是半个人，小说已然点明，这是半个诗人与半个商人的混合体。也就是说，从诗人角度看，他不完整，从商人角度看，他同样不完整。这是一个“半个人”的形象。他的身上，存在着严重的灵肉分裂，这使得他的个性混杂，远离纯粹，这是一个什么都想要的人，但事实上人不可能什么都得到，要么身体，要么精神，如果都得到了，必不纯粹，那么一度向往鱼与熊掌兼得的王小白，最终仍是倾向一方，他的身体落入俗世，但他的诗却强烈否认：我是热爱俗世的人吗？这很难判断。/尺度才从左边拉出就已经还给了右边。是呵，左边，还是右边，他无法取舍，所以，他的世界都是半个，县城是半个，丝绸是半匹，半个女子，还有他的实话——“来的我只有半个”。

半个人，也许是这个诱惑太多的时代和我们需要太多的欲望造就的。正如王小白的半诗半商。但陈布衣的半个，却不直接是灵与肉，要知道，这是一个彻底的商人，那么他的半个是什么？是旧与新，是过去与现在，是现代与传统，是父与子在他身上的分裂，这分裂，使他一分为二，一个是他的生存的自我，一个是他的关于生存思索的存在的自我，两具自我，一半对一半，作为生存自我时，他无所畏惧，作为存在自我时，他心有余悸。陈布衣仍是裂成两半的人，一个是商人——这是他的角色，一个是布衣——这是他的名字，也是他祛除不掉的性格。

西水乡的人又怎样呢？他们经历的分裂是更为深重而扭曲的分裂，那是一个个裂成两半的人，是意志与存在的分离，是物质与精神的分裂。

马尔库塞曾著书《单面人》，也有译作《单向度的人》的。单面人，指的是人性完整性的缺失。这是思想家对于人的论述与发现。

半个人，是小说家马叙的发现，虽然这个分裂者一直存在着，但是人的分裂症状在他的小说中已经达到了典型性的程度。

寓言性

我心目中好的小说家往往写到最后，呈现的是寓言。事相是一方面，许多小说家都能把握，描述它，再现它，但不是很多小说家都能够通过事相去找到某条通道，这道路通向的地点也不是直观说出的，而是它造了一个境、一个场、一种气，是这个气场连接了某个地点，而一旦这里与那里接通，像地气或是筋络通了一样，小说重新获得的气蕴将大不相同，这是一种增强了的气场。在那个场中，个人与人类接通，村庄与世界互换。还有，当小说写成了寓言，它就同时是小说，是诗，是哲思，是生命。

这时刻的小说处处及物，唯独它自己不是物。

不知我说明白没有，马叙的叙事有这种气象。

2010 年 3 月 24 日

普玄的"父亲"

——评普玄中篇小说《晒太阳的灰鼠》

普玄的小说语言干脆利落，绝不拖泥带水，而且电影剪辑感很强，这是他的小说在众多小说中让人过目不忘的一个重要原因。喜欢单刀直入的叙述方式，实际上为小说的阅读带来了明快的节奏，从某些方面讲，这种重节奏的叙述，成就了故事的好看的同时，也在某种程度上传达了对于读者的尊重。我向来以为，真正尊重读者的叙事，不是事无巨细，那样反而源于对于读者的智力的过低估计，而是留有空白，在一些关口有所交代，而在某些细节的呈现上不遗余力，这样才能疏朗有致，所幸，普玄正是这样的写作者。

《晒太阳的灰鼠》一开始就很引人入胜，三十六岁的弟弟，自二十六岁始就深陷爱情，爱一个女人，从这个女人的三十八岁到四十八岁。女人离过婚，大弟弟十多岁，而且还不和弟弟结婚，弟弟从青春年少到目光离散，女人却事业有成、面容姣好。这个故事的开头，的确埋下了许多线头，如此伏笔，朗朗写来，我以为这样的起势不能不归功于普玄对自己叙事的完全的自信和写作

上的游刃有余。

这就引出了“三十六岁”的“大事”。小说“我”的老家三十六岁是“本寿”，吃了“本寿宴”意味着下半生生活的开始，这个“下半生”的重要性在已在省城生活的大学教师弟弟身上却不起任何提示作用，眼见他就要在自己的人生之路上继续懵懂下去，这怎不叫做兄长的着急，而最发愁的还是头发都花白了的七十三岁的父亲。

关于“父亲”的形象，新时期以来的文学经由三十多年的积淀，我们已可看到一个相对清晰的“父亲们”的人物谱系。从韩少功的《爸爸爸》开始，直到李浩的以“父亲”为主人公的系列小说，我们不仅看到了父亲形象于不同时代的演绎变化，而且也感知到不同文化背景、不同作家个性的对于父亲的态度看法。我们的研究也多集中于“弑父”与“审父”，我自己于大约二十年前也写过《“审父”与“恋祖”》这样的论文来探讨作家之于文化之于传统的看法。但是普玄的这一个“父亲”仍是有所不同的。

那么，他的不同在哪里呢？

这一个父亲，不也是从传宗接代的角度出发，要求他的儿子生出一个健康的孙子，以给陈家续香火么？！由此，他找到“我”，搬来城市，找到三十六岁还没有结婚的“弟弟”，继而找到四十八岁还不肯与“弟弟”结婚的王桐好，他要说服这所有的人，他似乎要以一种与这个城市已经格格不入了的人生态度与生命观念或者乡村伦理，来说服居住在这所城市里的“叛军”“逆子”们，他像一个不太合时宜的“堂·吉诃德”，要人们相信，他的原则，他的选择，他的生命观。当然，他在“我”和“弟弟”

面前还好，毕竟有着血缘的牵连，而在王桐好面前却真是如同与风车作战，一上来就折戟而归。这个现代女性无论如何也不能接受这么直接的结婚动机——为他生一个孙子——这不是教多年以来所受的教育又退回了她所一直反抗或回避的“生育工具”？！无论如何，“父亲”说服不了王桐好。这两个人，从不同的文化角度出发，各有其安身立命的出发点，却两不相让，较上了劲。如果小说只写到这些，或许也已是一部文化冲突命题的好故事，但普玄不同，他绝不教自己仅限于此。冲突，只是字面的那一部分，它们露在冰山之上，而另一部分，冰山下的深水，才是这位作家的关注点。

那么，什么是这位小说家的“水底”？

是命运。

你不能不承认，阅读普玄的小说，最抓人的部分，是人物的命运感。而人物命运的重大转折，决定一个人的人生走向的，往往是看似最不起眼的偶发事件。小事情，大命运，这样的小入口的写法增添了某种常在的不确定性，它将命运本身的吊诡式的沉浮起落以及这起落沉浮的神秘、奇崛的魅力，传递得充满了幽默和喜感，同时又给人以一种悲情之美。

由此，普玄的人物是狂野的，他的每部小说都有一个强有力的人，支持着全篇的发展，作者是那样深深地迷恋着人的个性，这种个性是强有力的，有力拔山兮气盖世的气势，在他们身上，还存在着不被命运所磨折的那份倔强、真诚和对信念的坚持，即便是如《晒太阳的灰鼠》中的小心翼翼地活了一辈子的父亲，在人生中几起几落，年轻时受到磨难，到该畅快地舒口气时，又老之将至。在外人的眼里，他给人的印象，总是时运不济，不但于命运无能为力，而且在子女心中，也不是一个高大的长辈，子女对他的尊重只是因为他生养了他们，他是一个父亲，他是一个角色，他占着“父亲”的位置，除此之外，他们没有找到其他任何原因去尊敬他，更不用说去崇拜他。他在他们眼中，只是暮年已至、雄心已逝，与胡同口坐着无所事事地晒太阳的穿着灰蓝色外衣的其他普通老人一样，他的心情，他的愿望，他的理想，在亲人的眼里和路人的眼里都是混同的，都是无个性的存在，像挨着墙边的“灰鼠”一般，期期艾艾，等待着黑夜的降临。

不！普玄偏偏要写这个父亲的“光亮”，他的坚定的性格，他的为了一种信念而义无反顾、一意孤行、敢于向风车挑战、不断将长矛指向风车的力量，让儿子、让王桐好都为之深受震动而反思自我人生的某种慵懒和理想的滑落，从这个意义上，他回归到了真正的“父亲”，他仍能以不安于平庸的自我的人生来给后来者们上一课；而正是在这一点，普玄令这一个“父亲”放射出了光芒，使“父亲”从某种文化的、年代的符号或者某种长辈的、阅历的“角色”，而转化为“人”的书写，这是一个人，他心中有火，他的心火仍然不灭，仍在燃烧。

小说中写到过几次流泪，那是心火燃烧的人的标志。一次，是我弟弟站在王桐好家门口，看湖面上的太阳，“太阳像煮在一口大锅里，痛苦地翻滚”。我弟弟在湖边寻找已沉入湖中的太阳的情形，“我”看着湖中的太阳，眼泪突然流了出来。一次则是我父亲，他对着太阳喝一口酒，一只灰鼠喝了他倒在土坯上的酒，醉倒了，又溜走了，只剩下父亲独对着自己的影子喝酒，“自己的影子像灰鼠一样，陪他晒着太阳”，“他哭起来”。还有一次，是王桐好的流泪，父亲一直在寻找着那个由王桐好虚构出来的孙子，为此他动了真情，也动了元气，而在大街小巷、邻区郊县都遍寻不着的情况下，父亲睡着了，他梦见了孩子，他睁开眼，太阳正高，湖面正静，这时的父亲不想起来。“这样的冬日晒这么大的太阳真是一件美事。很大的太阳定住他，仿佛只在照射他一个人。”这时的他看见王桐好的流泪。三次写不同的三个主人公的流泪，都写到了太阳，太阳像一个观众那样，注视着人间的冷暖和命运的走向。

说到命运。我想到了这样一句老话。性格决定命运。《晒太阳的灰鼠》中的父亲正是这句话的一个有力印证。他并不服从那个为他设计好的终老无为的命运，而奋起“反抗”某种既定的衰老，他在与老之将至的抗争中，找回了人的尊严，找回了亲人的尊重，找回了他一直深爱着的世界和人心。这个，才是“父亲”该做的事。他做到了。

在此，我想到了狄兰·托马斯，他的诗因诺兰《星际穿越》的引用而重回人们的视野：

> 不要温和地走进那个良夜，
> 老年应当在日暮时燃烧咆哮；
> 怒斥，怒斥光明的消逝。
> 虽然智慧的人临终时懂得黑暗有理，
> 因为他们的话没有迸发出闪电，他们
> 也并不温和地走进那个良夜。
> 善良的人，当最后一浪过去，高呼他们脆弱的善行
> 可能曾会多么光辉地在绿色的海湾里舞蹈，
> 怒斥，怒斥光明的消逝。

狂暴的人抓住并歌唱过翱翔的太阳，
懂得，但为时太晚，他们使太阳在途中悲伤，
也并不温和地走进那个良夜。
严肃的人，接近死亡，用炫目的视觉看出
失明的眼睛可以像流星一样闪耀欢欣，
怒斥，怒斥光明的消逝。
您啊，我的父亲，在那悲哀的高处，
现在用您的热泪诅咒我，祝福我吧，我求您
不要温和地走进那个良夜。
怒斥，怒斥光明的消逝。

这首诗是托马斯写给他的父亲的，而这部小说中的父亲完全担当得起，这是一个不愿沉入暮色中的父亲，一个拒绝走入生命的灰暗终点的父亲，一个敢于向一颗冰冷的心要自己的“孙子”并以自己的真诚使那冰冷融化而重新唤起生命热情的父亲，这个父亲，在教着自己的儿子，教着儿子爱了十年的女人，给他们看，什么，才是人值得去过的生活，什么，才是生命的真正意义。这真是了不起的发掘，对于人物，普玄的咂摸，滚烫灼热。

普玄是一个极其重视写人物的作家，他笔下的人物，都有很执拗的一面，甚至，执拗与偏执，结构了他（们）的命运，比如《普通话陷阱》中的马小蝉、袁啸勇，比如《安扣儿安扣》中的马午，等等，他们都有着这样那样的经历，以及这样那样的缺点，但是他们共有一种素质，就是当命运要他们向那边走而不向这边行时，他们恰恰能够获得一种性格之力，偏要坐下来，与命运掰一掰手腕，当然，往往，命运最终败下阵来，而人，凭借一己之力逆袭

成功。他们的倔强与坚持，让人不由得不发出赞叹。这在当代小说中写人物往往萎缩与琐碎的境况中，显出了普玄的不同。

阅读如我，会经常感喟于普玄小说中的人，他们，看似为命运捉弄，而最终的胜者却总是人，而不是命运。这真的是文学该有的初心。我想，正是这样的对于“人”的身上的勇力的探索，或者说对于人的被埋没了的人性的重视，才成就了普玄的小说，而使他的文学，在某种程度上，成为对于如《史记》到《水浒传》等古典文学传统的遥远的致敬。

那时，那些大写的人，活得真是爽朗、有力。

2015 年 2 月

巴尔虎草原之歌

——白雪林小说中的自然

蒙古族作家白雪林的中篇小说集《一匹蒙古马的感动》选了作者近年的七部中篇。这七部中篇，无论对现实的关注，还是对往事的追忆，都贯穿或说渗透着蒙古族的自然观。或者可以这么说，这些小说浸润着蒙古族的和谐而阔大的生命观。这种自然观或说生命观，一句话概括，就是，人与动物没有尊卑贵贱，人与动物都是大自然的有机组成部分，他（它）们在生命的天平上一律平等，故而在蒙古族人眼中一视同仁，甚至在某些方面，某些时候，马、牛、狗、羊以及狼等草原动物比人更加具有生命的尊严，更贴近自然的神性。

本着这样的认知，我们看到斯布勒领着孙子不紧不慢走着的身影，小说中写“没必要把马赶得那么急。他甚至能容忍马儿偶偷啃一口蹄下的青草，斯布勒很可怜马，戴着嚼子，马是咽不下青草的，人这个东西很坏，干扰了马儿的生活”。仍是这部《巴尔虎情感》，写猎人这样念想狼，他“……于心不忍，不想把狼赶尽杀绝，都是性命，都有活下去的权利，为什么要把它们杀光呢？再说，它们还是草原上鼠类的天敌，没有了狼和狐狸这些动物，鼠类就会在草原上泛滥猖獗，鼠类多了，草场就会严重退化，鼠类在和牛羊争夺着青草……”而在《霍林河歌谣》中，作者写了三代母牛的故事，非常感人，更感人的是其中两代母牛与额吉诺日玛的生死相依的情感，“诺日玛拍着莫日根的脑袋说：‘行了，你已经儿女成群了，查干伊娜又是一个这么好的姑娘，你就好好休息吧。’莫日根好像听懂了诺日玛的话，它歪过头来用舌头舔着诺日玛的身子”。而查干伊娜由于受过狼咬，一直胆小，小说写道，“诺日玛心疼地说：‘查干伊娜，你这个小姑娘啊，长得倒是挺漂亮，就是胆子太小了，你是个受过伤害的小姑娘，一定有一肚子话，可你就是说不出。’查干伊娜冲着诺日玛哞哞地叫着，诺日玛得意地笑了，查干伊娜听懂了她的话。”小说中这样的对话描写不止一处，而这部小说最为打动人的还是人与动物之间的相互学习的过程，写得真是动人，比如，为了帮助小母牛查干伊娜克服胆小的毛病，诺日玛接连三个夜晚陪她经受寒冷、恐惧与不眠；为了让查干伊娜的女儿吃上母亲的奶水，诺日玛纵情沉醉地唱着蒙古长调，直至查干伊娜的心在歌声里变得柔软，流出了眼泪，喂小牛犊吃奶，而诺日玛却由于忘我而投入的歌唱身体软软地快瘫在了地上，当看到“诺日玛说：‘扶我一把，我站不起来了。’”这样的写作时，我深切地被生命与生命之间的相惜相爱所感动。

这种和谐而阔大的生命观，一方面矫正了人类发展史上的某种以人为中心甚至以人的发展为由而损坏、毁灭环境的文化自大；另一方面也体现在蒙古族的生死观上。尤其体现在蒙古族人对于死亡的看法。身为蒙古族作家的白雪林先生的小说中，不止一次地书写对于死亡的无畏的态度。

比如，《一匹蒙古马的感动》，写马的死，是死在赛场；比如《巴尔虎情感》写狼的死，是死在复仇的路上；比如，《霍林河歌谣》写老母牛莫日根的死，是死在为保护小母牛而与狼拼死的搏斗中，写小母牛查干伊娜的死，是死在她爱的额吉诺日玛的坟上。大自然之中，草原之上，无论是马、狼还是牛，它们的死都死得各得其所，它们的终章与谢幕，不仅诗意盎然，而且符合性格。《一匹蒙古马的感动》，写的是科尔沁草原，但草原上的情感总是相通的，这部小说看似写一群孩子和马的关系，小说的主人公是一个小男孩哈萨尔，但读过之后，我以为真正的小说主人公，是这匹叫作查黑勒干的马。小说的故事起伏跌宕，通过卖马、救马、赛马串起故事，但最最让人心动的还是其中关于马的叙述。小说写马的心情，完全是以马的内在视角来写，而不是外在的作者的人的视角，有的段落的精彩，让人觉得作者本人好像钻到了马的内心；比如，“它已经三个多月没有看见草原了，现在它兴奋地东张西望。广阔无边的草原白茫茫的，看不见它的同伴。嘶鸣了一声，没有同伴的回音。看样子它想到远方去寻找朋友，可是它迈不开自己的腿，就在毡房门口站着”，而在那达慕大会上，这匹马为了奔跑竟咬断了手指粗的铁马嚼子，当它累死赛场之时，“它平静地躺在草原上，呼吸渐渐减弱，后来呼吸就停止了。可是它的眼睛还睁得大大的，看着前方，看着草原，看着草原上的地平线。它的灵魂一直在奔跑，马的脚步是永远不会停止的”。

在这样的大自然之中，人与人之间的关系也有着与人与动物之间的关系的相似性。他们相互印证，相互温暖，相互爱恋，比如《霍林河歌谣》诺日玛与达瓦之间的情感，一个是单身自由游走于草原的木匠，一个是有一女儿的能干善良的草原女人，他(她)们相互爱恋了二十年，却一直没有婚姻，这一切都是因达瓦的自由个性造成的，然而诺日玛在达瓦老病之时，果敢地将这位男子接回家治病，而达瓦知道自己无药可医之时，为了尽早结束痛苦，也为了不连累心爱的女人，更为了生的尊严，竟吞毛巾自杀。这种对于离去的选择的方式让人动魄惊心，但从另一方面，也突显了草原人对于生命的高贵与意义的看重。女人的无私与男人的高贵，在小说里并不是通过高声呐喊讲出的，相反，白雪林的叙事平静而朴素，他沉静地写着这一切，因为这一切的作为人的品质，之于草原人而言，就是他们日常生活的一部分。

说到日常生活，我以为在这部书中，作者还为我们提供了可贵的地方性知识。这些地方性知识散落在七部中篇小说中，它们的存在，为我们更好地了解草原、认识草原伦理，提供了丰富的经验。比如，它写母牛生产，“母牛临产前几天，尾巴根底下产道口会垂出一个明亮亮的水泡，水泡一天天长，等到鸡蛋那么大时小犊儿就要生了”；比如，作为一个猎人，如何发现旱獭，小说中写旱獭油大，热量高，它们虽藏在一米深的地下，却使得雪地中有一片雪融化；比如，传统毡子的做法，作者竟用了四个页码去写；比如，作者用了七页书写蒙古木象棋的制作，等等，都使我们领略到草原的生存智慧，而且让我们也沉浸于草原古老文明的文化传承之中。

在这七部作品中，我最为看重的，仍是《巴尔虎情感》。这部小说深情地表现了一个叫斯布勒的老人临终前所做的几件事：第一件事，是他教会孙子阿日德打旱獭的同时，也教会了他在成为一个猎人之前应备的一份大胆心细与勇敢无畏。第二件事，是替乌力吉家的羊除掉了罕山顶上的一只母狼。第三件事，是用蒙古族最古老的方法做了一张新毡子，小说中擀毡子的细节完全可以拿来做地方知识研究。第四件事，手工做了一副蒙古族的传统象棋。从选木头开始，到雕刻手工，不仅可做地方知识研究，而且其工序，充满了生趣与诗意；老人同时教给孙子阿日德如何循从棋道去走这副棋，比如诺颜（王）怎么走法，哈屯（王后）怎么走，哈萨嘎（车）怎么走，猎狗怎么走，棋有棋道，人生的轨迹，与文明的规则同理。第五件事，扎了一顶新蒙古包，是送给孙子将来娶媳妇的。第六件事，也是他最重要的一件事，是那个他未猎住的公狼来找他复仇，因老弱而无力进攻，只蹲伏在老人的门口，而同样垂暮、病危的老人走过去，心甘情愿地满足这个一生的敌人而今也垂暮、病危的老狼的一个最后的心愿——让它咬自己一口。小说细细地写，耐心地讲述，仍没有任何夸饰的成分，但是这种平静的力量却是强大的。它是一个草原老人留给草原后人的遗产。对于生命中民族文化传承的信心，和对于所有不分贵贱的平等生命的一视同仁的尊重一样，都是我们作为后人应牢记的一种极为珍贵的精神。

2014 年 1 月 8 日

在当下成为历史之前

——2010 年度《中国小说排行榜》序

中国小说排行榜的评选已经过去了十个年头，每年的寒冬初春，都有 20 多位来自不同省份、高校的学者、专家、教授从天南海北聚集在一个地方，有时天津，有时济南，有时临汾，有时南昌，今年是上海，他们老少差异有三四十岁，性格不同，平素的联络也不太多，但每到冬春，便聚在一地，有三四天的激烈争论，面红耳赤不在少数，但大家又是重感情的友人。这拨人从新世纪的第一年开始到今天，陆陆续续的，老者退而不休，新者不断加入，而能够成为正式评委的，都需有三年的试评期考验。这都是些什么人？是些什么事值得他们不远千里、不计报酬地聚集一地？此种现象，当你作为当事人，而又因参与其中长达近十年而获得了一种特殊的观察者身份时，看着移动于中国各地小小的会议室中尽染的白发与已逝的红颜，思忖那一颗颗一直未有改变的心，你会心动不已，当远离了那个争执又温暖的场景之后，坐在这一张英式书桌前想记述下来那些同道的面容时，你的泪水会不自觉地流下来。

这些人，这些年，他们执着地只做着一件事，就是阅读、筛选，让每年他们认定的最优秀的小说留下来。留下来，在当下成为历史之前。2010 年度的中国小说排行榜，仍是 2000 年度排行榜初衷的延续。岁月荏苒，能够十年而不改初衷的事物可能在这个疾速飞驰的时代也是少见的吧。但文学，真的是慢跑的工作，一晃，青年到了中年，中年到了老年，文学之慢，对应于生命成长的节律。有时候，又超出这个节律，而有着一季长于百年的奇迹。

文学季的人，或者说精神生活一直处于文学季的人，他们的解读又与常人有何不同呢？可能还得从“少年”说起。杨争光的《少年张冲六章》（作家出版社，2010 年版）忧思深广，不仅在于它写出了教育改革的必要，对于教育的思索我以为还只是这部作品的一个表层，更深一层，它触及了童年的“死亡”。它在通过艺术的形式追问，是谁杀死了童年——一个人最可宝贵、最为丰盛的生命阶段。是离他最近、和他最亲的亲人？是想让他学习好、生活好、给他教育、为他启蒙的教育传统？是希望他有智慧、有力量、有爱心的集体主义与课本教程？答案并不这么简单。但是为什么，爱他的人得到的却相反，他们得到的只是一个少年劳改犯；而这个少年，得到的也相反，他于启蒙、于教育、于亲人、于“爱”那里得到的只是恨。爱的启蒙，曾几何时变成了恨的教育？为什么？作家的反思埋在人物的成长与裂变里。杨争光的这一文本再度证明了作家的写作是将生命温柔地搂在怀中的过程。所以我说，童年还不是这部小说的核心，这部小说的核心是生命。具体而言，是少年张冲代言的一个个鲜活而灵动的生命。这一个个生命与文化相互关联，如作家所言：“我想象的那个少年张冲的青涩的形象里，纠缠和埋伏着苍老的根系，盘根错节，复杂纷纭。”这部小说还有一个特点，就是找到了“怎么说”这一个人的方式。

以上主题，无论是教育，还是少年童年，或是生命、文化，都是大得不得了的沉重话题，但是杨争光如庖丁解牛般游刃有余，他选取了六章各自言说爸、妈、老师、同学、课本，还有“他”——张冲的自我，这样不仅回避了长篇小说从头说到脚、从小写到老的传统方法，更加强了从不同侧面进入一个生命个体的深度研究，每个侧面又恰对应于小说要讲的主题。总之，无论思想上还是艺术上，《少年张冲六章》都达到了这个时代长篇写作的一个高度。它在进行个体的思索，更可贵的是，它力求从艺术的角度表达这一思索的结晶。关仁山的《麦河》（作家出版社，2010 年版）延续了人物的写法，它的可圈可点之处在于作家以 50 万字的长度，不仅试图展现当代农村的现实画卷，而且为我们新世纪的农村小说创作贡献了一个叫曹双羊的人物。这是一个在土地流转政策中运用能力与智慧而致富的新农民形象，在以农民形象塑造为主体的中国长篇小说传统中，曹双羊这个形象的意义不可小觑，我相信，对于“这一个”典型的意义，时间会渐渐地称出分量。《麦河》的容量之大还不仅在于此，关仁山还在这部可以说消耗了他几十年生活积累的作品中，试图找到一种新的叙事方式，他用盲人的讲述来强化感受力，盲人的通灵、鹰的神性的设计都为小说增添了文学性。总之，巨大的生活容量与创造性的艺术野心，成就了这部深厚的以现实主义为底色又有着些许魔幻主义色彩的作品。韩东的《知青变形记》（花城出版社，2010 年版）写了一个人由知青到农民的身份转换的全过程，具体地说，呈现了南京知青罗晓飞如何变成了农民范为国的过程。如果只从故事本身上理解，你会被罗晓飞也就是“我”的第一人称叙事所迷惑。这个“我”由于照看生产队的牛，而在一次由王助理发动的打击报复事件中无辜地做了牺牲者，被定性为反革命，将移交县革委会处理，这对于“我”而言，前程凶多吉少。恰在这时，范为国在与兄弟范为好发生冲突时被为好误伤失命，这一事件如果捅出去，为好也会被当成杀人犯枪毙，而范家的两家女眷则无人照料。一边是“我”的命运不测前景不妙，一边是两个兄弟两败俱伤，村长的智慧完成了将“我”接至范家顶替为国，而将为国投入河中，造成罗晓飞畏罪投河自杀的假象。如此一来，既挽救了两条生命，也保住了范家的香火。但是事情的进展并不像“我”想象的那样——从此融入农家而成为一个真正的农民。文化的抵牾依然存在，但更温暖的却是人间烟火迸出的情愫。正当“我”满足于为国的身份而下决心扎根乡村之时，知青回城的浪潮席卷了整个乡村，“我”为了证明“我本知青罗晓飞”而再次打乱已经平静的日子，陷入已是局长的王助理的又一个圈套。小说最终以“我”在知青罗晓飞之墓前的祭奠结尾，身份认同与身份互换所折磨的“我”由此是否找到了真正的“回家的路”，是作家留给我们的一个悬念。40 多年来，对于知青生活的文学追述一直没有停止过，经历过那段生活的人，将最好的青春留在了那里，因有生命的最可宝贵的部分，便有对于生命的这一部分的无尽追忆。韩东切入历史的方式是反思式的，但是这反思是在对真实生活不动声色地进行描述的基础上完成的，所以读过之后反而有无法挥去的巨大的荒诞感。对于复杂吊诡、充满意蕴的过往年代的回味，人在身份之间寻求自我而不得的荒诞感，可能正是文学向哲学借力的一种实验。

五部上榜的长篇，以上三部均涉及乡村，杨争光是从童年加以关注，关仁山是从农民转变为企业家的生命进程与人格变化着手，韩东则以来到农民中间的知青作为切入点，无论他们各自呈现乡村的生活角度如何不同，但足以见出乡村作为中国文学叙事主体的吸引力。这种吸引力已为数代中国作家的无数杰出作品所证明。相比之下，陈河的《布偶》（《人民文学》，2010 年第 11 期）和秦巴子的《身体课》（《花城》，2010 年第 4 期）尚不为人注意。也许是因为作者一位身在海外，一位则并非小说行中人，或者是因为两部作品都在杂志刊发，并无单行本行世。他们对于身体的文化意蕴的探索是建立在对于身体的感性描绘和理性阐释的基础上的，其研究方法的引入，对于小说的跨文体表达是一种实验性的推进。

2010 年的长篇小说还有一些优秀的作品得到了大家的公认，从乡村角度来看，有郭文斌的《农历》（上海文艺出版社，2010 年版）、刘亮程的《凿空》（作家出版社，2010 年版）；从历史的纵深探索看，有田中禾的《父亲和她们》（作家出版社，2010 年版）、迟子建的《白雪乌鸦》（人民文学出版社，2010 年版）和张者的《老风口》（作家出版社，2010 年版）；从人性的揭示看，有须一瓜的《太阳黑子》（上海文艺出版社，2010 年版）、李天岑的《人道》（河南文艺出版社，2010 年版）、刘醒龙的《政治课》（湖南文艺出版社，2010 年版）；从女性角度对自我的认知而言，有孙惠芬的《秉德女人》（《十月》，2010 年第 5 期）和潘向黎的第一部个人长篇《穿心莲》（人民文学出版社，2010 年版）；还有从生态角度切入探讨精神生态问题的长篇，如杜光辉的《可可西里狼》（作家出版社，2010 年版）、郭严隶的《锁沙》

（四川民族出版社，2010年版）、宁肯的《天·藏》（北京十月文艺出版社，2010年版）；还有更年轻一代的书写，如葛亮的《朱雀》（作家出版社，2010年版）、笛安的《东霓》（长江文艺出版社，2010年版），等等，这些长篇以其介入生活的广度与深度，特别是在探索长篇小说文体的写作方面，都较以往年度有大进步。

2010年的长篇，特别值得一提的是张炜毕20年之功以450万字的体量推出的10卷长河体小说《你在高原》（作家出版社，2010年版）。当然，450万字只是一个文字的长度，让我感念的是它以这样一个壮观的体量承载了一个更为强壮的精神——高原的精神。“高原”在这部书中，绝不只是一个地理概念，虽然主人公宁伽只是一个与山脉矿石打交道的地质学者，这部书中也无数次地写到地理、矿脉、野兽、植物、自然，但是于此之上，它另有一个高处，在精神领域这是不可流失、不可夺走、人类精神向更高更大空间探索的高原，这是身处平原的人向往和信仰的更壮美更辽阔的空间。这个空间使张炜在紧握文学的批判精神的同时，也接通了文学创造终极理想的信念，这是一种站在时代深处呼唤精神高原的信息。某种意义上，平原、泥沼是我们生活的常态，但是因有高原在，我们的精神才不致坠入虚空与黑暗。所以，放弃了对“高原”的追索，那就意味着放弃了文学的基本精神。人的精神重又被安置在天地的中心。《你在高原》首先在精神的序列上，延续了19世纪长篇小说专注人类精神进步的伟大的文学传统。另外，《你在高原》的贡献还在于作家力图为我们的21世纪提供一个与百年中国现代化进程发展递进相合拍的、鲜明地代表中国知识分子精神向度的知识分子形象。小说为我们呈现了一个淳朴的、正直的知识分子的成长，他的愤怒，他的爱恋，他的往事，他的现实，更重要的是，他的赤诚。正是因为宁伽的存在，这部书作为20世纪50年代出生的一代人的精神肖像史的意义才得以确立。所以，我们谈到2010年的长篇小说，《你在高原》是最不应被遗漏的一部作品。

2010年的中篇小说创作的强劲势头，从这次年度排行入选作品中即可看出。魏微的《沿河村纪事》(《收获》，2010年第4期)，可视做中国70后女作家进入创作成熟期的一个标志。以往的70后女作家，其创作视域多集中于女性自我的精神性的挣扎，在生存与理想之间，在欲望与伦理之间探讨人性。就拿魏微的十多年创作而言，她的《一个人的微山湖》等相关作品便带有强烈的自传性，而从自我到女性（更大的自我）的关怀，在她的《化妆》和《大老郑的女人》中显现出来。转型虽然如此缓慢，但是已透露出了些许信息。而这部《沿河村纪事》之于魏微的意义，如《小鲍庄》之于王安忆的意义，魏微的视野豁然开朗。中国的乡土文化结构，以及乡土伦理与现代文明之间的磨合与冲突，在她的笔下清晰可见，但又由于叙事者本人的知识分子这个“外来者”的身份使观察变得暧昧不明，而这种清浊相杂的写作风格正与她在小说中要描述的乡村现实境况取得了对位。关注乡村现代化推进过程中的深层矛盾，是我们中国当代作家面对的大题。

70后女作家于此没有失语，而其贡献的文本，仔细阅读的话你会发现它的叙事者仍是女性的，是一个女知识分子的观测角度，从这个角度而言，魏微接上了萧红、丁玲的精神血缘。须一瓜的《义薄云天》（《人民文学》，2010年第9期）探讨了英雄主义在当代现实中的存在意义，见义勇为者的热血与四周的冷漠，被救人的躲避与见证人的懦弱，如此，勇敢的动机、谦虚的美德等均受到了质疑与考验，虽然小说最后还是给了英雄温暖的结局，被救人与见义勇为者达成了和解，而且结为了夫妻，被救人的孩子得到了将来高考加 20 分的政策的照顾，见义勇为者也得到了一个完整的家庭，但是这些温暖总是由于外在条件的过多附加而显得有些无奈和苦涩。对于"义"的伦理探讨一直是须一瓜近年创作的主题，这部小说亦不例外，作家对古典伦理与现代境遇的深层探索值得我们深思。滕肖澜的《美丽的日子》(《人民文学》，2010 年第 5 期）展现了上海婆婆与外省媳妇之间斗智斗勇式的生活场景，其间不无幽默，不无心机，不无算计，也不无温情。作家对都市生活的复杂性与丰富性的揭示显得成熟老到，其刻画人物的深入浅出、游刃有余的能力也是在她这一代年轻女作家中值得称道的。其对女性的心理观察与把握细致入微，很有些张爱玲的叙说味道，但又能超拔于传统之上。小说的结尾中外省媳妇对于老家女儿的人生打算，读来让人心动，这个"豹尾"对于塑造一个人物的完整性，真是点睛的一笔，从中也足以见出这个 1976 年出生的女作家对于小说节奏本身的绝佳的掌控能力。阿袁近年的创作引人注目，她关于校园知识分子题材的小说因其对高校知识分子精神生态探索的深入而令人刮目相看。2009 年的《鱼肠剑》、2010 年的《顾博士的婚姻经济学》都透露出作者本人敏锐的观察力和对于知识分子群体自我剖析的严厉与文化反思的冷峻。以爱情、婚姻作为人性的一块试金石，曾为许多作家写作所用，但阿袁的写作在检索知识分子人格心理方面继承并发扬了钱锺书以来的知识分子写作的传统。

方方的中篇小说一直呈现着强劲的创作态势，从《奔跑的火光》到《万箭穿心》，再到《琴断口》，从农村女性的觉醒到市民女性的负重，再到城市女性的追寻，一直以来，方方将个人创作的视点锁定为女性，各式各样的，她们的人生反射着时代文化的烙印与精神的进步。但是2010年的这篇《刀锋上的蚂蚁》（《中国作家》，2010年第5期）却越出了这个视线，转以男性为主角进而探索人性，其写作也由于时空在中国、德国、美国对应的亚、欧、美三大洲的转换而深具时代感。小说主人公画家鲁昌南被资助到德国去，从慕尼黑到柏林，再从埃及到希腊、罗马、法国。西方艺术之城——漫游之后的鲁昌南“几乎忘记了自己的过去”，并迅速适应了他的新角色，他获得了世人认为的巨大成功，有钱，有产，有名，有闲，有花园，却独独没有了过去。他的最初资助人费舍尔从一美术画刊上看到了他的脱胎换骨，而当费舍尔再次来到中国时却见到了当初曾帮助过鲁昌南却被鲁抛弃的亲妹妹。鲁昌南的成功代价，比之他的成功本身更可深究，一个为了“名”而丢了“魂”的人，在鲁昌南成长的时代里，似乎不在少数。叶兆言的《玫瑰的岁月》（《收获》，2010年第5期）与方方对画家的探讨相近，他要讲的是一个书法世家的故事。邵老先生写字，名气在外，他的外孙女藏丽花养在深闺人未识，黄效愚因爱其字而爱其人，娶了大自己8岁的奇女子。生活如流，藏丽花的书法暴得大名，国内国际展出不断，黄效愚的书法却是知己寥寥，而真正识得字之精神的人认为黄的书法境界早已超出了藏，因为字中没有俗媚，没有奴性的骨气。黄效愚并不将写字看作是取得名利的途径，他只是写，喜欢写，他从写字的那一天起就没有改变过对于写字的态度，但是世人并不承认他是一个书法家。较之方方对鲁昌南的世俗“成功”的书写，叶兆言写的是黄效愚的世俗意义的“失败”，但是两个作家对于艺术家为主体的人格的探索秉承的是同一种价值观，前者的批判与后者的激赏虽然藏在不动声色的叙事中，但我们可以看到他（她）们精神的同一来源。无论写字——大字还是小字，无论绘画——国画还是西画，当它只是抒发，而不是当作争名夺利的工具或手段，那么，对于艺术本身而言，是敬惜和虔诚的，我想，这种态度是我们对待艺术应有的也是唯一能有的态度。

2010年10部中篇上榜作品，除叶兆言的小说外，有9部出自女作家之手，有方方、林白这样如日中天的实力派女作家，也有魏微、须一瓜、张翎这样在写作中渐入佳境而步入成熟期的女作家，当然还有阿袁、滕肖澜、东紫、夜子这样富有潜力的“新生代”女作家，她们推动了女作家整体队伍的创作，突破了女作家创作仅囿于女性主义创作而屏蔽掉了更广阔生活的壁垒，这种对于身体写作或私人化写作“瓶颈”的突围是随着女作家的成长而自然达到的。同时，2010年的这几部作品也有力呈现了当代女作家把握生活、关注现实和深入文化精神深层进行解读的能力。

这个年度的短篇小说介入生活的广度、人文内涵的深度以及艺术表达的高度，毫不逊色于中、长篇作品。铁凝的《春风夜》（《北京文学》，2010年第9期）在处理乡村人情与城市规则相抵牾之处，只是截取了一个春天的夜晚，便展开了一幅深广的画卷，从中我们可以体悟到许多人生的冷暖酸辛。洒脱的文笔，冷峻而不无幽默的风格，呈现了作家把握生活情态、人物心理的极高的控制力。同年铁凝的《1956年的债务》（《上海文学》，2010年第5期），则是另一种语言风格，她写一位老人去世之前将自己曾向他人借的5块钱，折合成现在的58块钱，嘱咐自己的儿子代他还掉。当儿子到北京找到了借主之后，却在高尚社区的门外踟蹰不前，巨大的生活落差使他心绪难平，但最终他还是不负使命地走上前去。这部小说与《春风夜》对于当下生活的全然掌控式的华美风格不同，它对应于写作的年代与事件，对应于人物的生态与心理，朴素而严谨。两部小说让我们看到了一位熟稔掌握多种语言风格与叙事节奏的作家，也体现了作家处理多种人物及其不同生存状态游刃有余的能力。

于坚的《赤裸着晚餐》（《人民文学》，2010年第5期）与范小青的《我们都在服务区》（《人民文学》，2010年第4期），其实是从不同角度表现的同一个问题，就是个人与他人关系的最终调适问题。《我们都在服务区》，以手机的关闭来拒绝他人对自我空间的侵犯，但当真的与他人失去任何联络时，又心有不甘，重新启用原号码，使自己回到人声鼎沸之中。于坚的人物则不同，他买别墅的心态充满矛盾，一是因为做学生时在同学面前的被忽略，别墅成为他成功的一个证明；另一个原因则是他不愿在自我毫不受保护、隐私全然公布于众的情形下生活，所以，他选择的是不相往来的陌生人的别墅区，这样可以为他的私我空间的实现提供保障。这是一个与他人关系处理不适的人，但是我们又有何权利要求别人都要时时处处考虑他人感受而牺牲个体的要求呢？况且，别墅里的这个人也不是为了炫富，他还在为房子还贷，他只是对生活有一点小小的愿望，能够自由自在、不受干扰、赤裸地为自己做晚餐。他的要求绝不过分，但小说的最后，这个人的确遇到了麻烦。对于以个人与他人关系为主题的创作，还有苏童的《香草营》（《小说界》，2010年第3期）、石舒清的《低保》

（《人民文学》，2010年第6期）等作品，从中我们可以看出文化深层的矛盾，无论城乡，个人的力量以及个人的愿望的实现仍需一个在与他人调适的场景中进行，而坚持与牺牲尺度的把握与丈量，确是现代化实现中的一个大题所在，虽然这个大题——自我与他人——还未曾引起更多的重视，但作家们通过他们如上的书写，提醒着我们，在物质生活突飞猛进的时代，精神生态的大题是如此的重要，它或可影响到社会的发展。

好了，四面八方的人，作家们，还有为他们的作品聚集而来的评论家们，这些人，这些年，他们执着于无功利目的的阅读与筛选，目的还是有的，就是每年从他们认定的优秀小说中留下来其中他们认为最优秀的部分，可留下来的目的又是什么呢？在当代文学研究并不被学术研究看好、当代文学研究者也不被学科体系重视之时，为什么还如此执着于已逝与将逝的事物——它甚至不是一种实体，而是一种文字，或文字描述的生活的幻梦，那些人物，真的行走在我们中间吗？他（她）们与我们一样有着人的呼吸与生命吗？答案可以说“是”，也可以说“不是”，但无论你怎么回答，有一个事实是肯定的——你给出了你的答案。这是最重要的。

你回答了时代的提问!——在当下成为历史之前。

2011年3月12日于北京

已泛平湖思濯锦，更看横翠忆峨眉

——2009年中篇小说印象

2009年的中篇小说创作，从作家构成上讲，有这样几个特点：一是，2008年致力于中篇小说创作并取得一定实绩的作家，仍然保持着旺盛的创造力，比如，叶广芩，2009年度，她继2008年的《豆汁记》等一系列中篇小说，更有《大登殿》等四部中篇创作搭建着她的家族历史系列；比如杨少衡，继去年以《湖洼地》《啤酒箱事件》为代表的五部中篇之后，今年的《龙首山》《黄金圈》仍以刘克服为主人公，继续探索基层官场文化的深层成因，而他的《昨日的枪声》更是将个人与历史的成长与变迁纠结在一起，将文学的触角延伸到历史的幽昧角度，试图解读人与历史间的复杂关系。二是，一批曾经以中、短篇小说创作取得成就后又转入长篇小说或散文等题材创作的作家，在2009年度创作中有回归中短篇小说创作的态势，并取得了丰硕的成果，代表作家有：韩少功，他的《赶马的老三》教人耳目一新，是对现实乡村书写的超越，同时也是对其本人创作风格的一种创新；王蒙的《岑寂的花园》，是他于近年写长篇小说与文化长论《老子的帮助》以及

以“老王”为主人公的《尴尬风流》短篇系列之后的一部中篇作品，这部作品从风格到内容均延续了作家创作中一以贯之地对知识分子与时代关系的探讨；矫健，早年曾以《老人仓》显示其实力，中经创作的一段长时间沉寂，2009 年以一部《圣徒》归来，倾诉了他沉寂之年的沉淀与深思。三是，青年作家对中篇小说创作的贡献值得重视，中短篇小说，作为小说的一种文学性相对浓厚也相对纯正的样式，较少受到来自市场的诸多非文学因素的影响，因而也成为致力于文学性探索与人生观探求的青年作家喜爱的创作园地，2009 年，除了一批曾经并仍旧在中篇小说领域中不懈耕耘并取得成就的作家，如方方、迟子建、王松、徐坤多有新作问世外，还有一批更年轻的作家的作品引人注目，如滕肖澜的《倾国倾城》《我的宝贝儿》，薛舒的《那时花香》《哭歌》《唐装》，东紫的《春茶》，乔叶的《失语症》，南飞雁的《暧昧》等，而在他们中，还有一些作家，近年不仅在中篇创作中保持着相当的数量，而且在致力于中篇小说的艺术性探索中也取得了不断超越自我的可能性，比如李浩，继 2008 年他的对“告密者”等人、事的心理学探讨之后，2009 年他推出了《被噩梦追赶的人》《邮差》《牛郎的织女》，于创作中延伸了他的对人心灵的深度探问的同时，也在视野与题材上有所展开与开拓。当然，还有更年轻一些的作家的作品，他们切入文学的角度与把握叙事的能力都有可供思考之处，更有一批海外女作家的中篇创作浮出水面、日臻成熟，她们的对于文化差异的敏感与对于小说节奏的处理，也为我们对于创作的理解，提供了许多可以汲取的经验。

以上诸种，或可在我下面有限篇幅的论述中涉及。

乡土

无论当今世界如何变化，作为发展中国家的中国，从深层的结构上言，仍是一个乡土中国。虽然中国的城市化进程正以前所未有的速度向前推进，并随之而来的工业文明与信息文明均在成熟或成型中，但其内质坚韧而强大的乡土文化与农耕文明，仍是我们最基本的生存状态的写照与价值理念的来源。由此，对于农民的书写，是远远不够的。当然，从世界文学史上看，中国的乡土文学，经由20世纪一百年的文学沉淀而成就显见，并基本形成了它的相对稳定的叙事方式，但在21世纪，以乡土为背景的文学解读，由于时代的变迁，而呈现出相对复杂的风貌。

韩少功的《赶马的老三》（《人民文学》，2009年第11期）提供了一个与现代文学乡土样式以及作家本人以往的乡土叙事大不一样的版本，其最大的特点，就是它找到了人。这个人，是一个叫老三的农民。其实在现实之中，“这个人”一直存在着，只是我们的视线，可能想看得更远，而每每从他的肩头上滑过去了。这不怪农民老三，怪我们的视而不见。农民老三身上有许多我们也许过去称之为“落后”或者“愚昧”的可供“启蒙”的种种，但是他的真纯、正直与可爱却正是我们时代越来越值得珍视的品质。将手机听成下雨，将腐乳说成妇女的口音重、知识也未及时更新的农民老三，却有着农耕文明培育起来的乡村的智慧，这是一个乡村智者的农民形象，曾几何时，我们对之久违，曾几何时，我们在充满误读中对“他”的美好缺乏认知。老三的智慧不在他能刷卡、驾车，而在他能在十几年的村长生涯中将整个村庄的左右邻里、大小琐事从容化解、处理停当；这种对外的消化能力在一个有着几千年文化传统所编织出的乡土伦理的村庄，其作为不亚于对一个国家的治理。而最让人叹服的是，当上级发现他不过是年轻时在表彰会上领过一个“优秀党员”字样的草帽，而实际并未递过入党申请书，而借着换届令其下马，从而将这个赶马的农民打回原形，重新变成赶马的老三时，老三也从未颓废沮丧，赶马的他仍是高兴地赶马，这是一个做什么都是一把好手，而从不对生活际遇悲悲戚戚的人。这个人，几乎就是中国农民的总体形象的缩影。这种对内的消化能力教我认识了一个民族的心理的健康。任何一部作品从来都不是横空出世的，同样这部作品的诞生，有着作家从《爸爸爸》到《山南水北》长时期以来对于民族心理与乡村自然的读解路径。

刘庆邦的《我们的村庄》（《十月》，2009 年第 6 期）展示给我们的是另一种图景。小说先写种蔬菜大棚的黄永金，又写寄居在大棚中躲避计划生育的小杨与其妻小孙，再写在城市谋生的黄正梅，而与这三者均发生纠结的是叶海阳，这个留守村庄的男壮年，也曾像其他农民一样曾两次外出打工，在挖煤队与建筑队都干过活，却因受到城市其他外来打工者的欺辱而回到村庄，由此作家揭开了一个青壮年农民何以落入到日常撬锁、偷羊、破坏大棚、不思上进的“二流子”地步的原因。读过全篇，你会觉得作家并不致力于写一个叫叶海阳的人物，也不着力于写这个叫叶桥村的村庄，而是想描绘出现实乡村确实存在的这样一种状态，小说结尾，叶海阳在烧自家麦茬地时，大火引着了邻家的麦子地，火借风力有可能蔓延全村，这位惹祸者想由此逃离自己的村庄。“叶海阳怎么办？他是不是到外边躲一躲呢？他要是躲到外边，还能回到他的家乡吗？”小说的最后诘问，凝聚了作家深重的忧患。

阎连科的《桃园春醒》（《收获》，2009 年第 3 期）写到乡村的某种无名状态。四个也许是打工回来的农村小伙子某次喝酒后商定回家各打老婆一顿，有一人回去没打，其他三人不服，某个场合合谋一起，搅和那个爱老婆的人离了婚。如此。春天总有些什么醒来。小说结束于他们四人在春天的桃园中的一次掷花的“赌博”，那个叫木森的爱老婆的青年胜了，他的愿望如此简单，只是教大家回家给各自的老婆买件衣裳。这是一个讲述起来并不复杂的故事，作家的讲述带有乡村喜剧的性质，然而深读也会读出淡淡的悲情与怅惘。“做些事吧。做些事吧。”我们无法忽视作品中一再地提醒。

胡学文的《虬枝引》（《中国作家》，2009 年第 6 期）是一个外出打工的农民的回乡故事，与众不同的是他的回乡故事没有展开，因为他的村庄消失了，而这个回乡的人也不得不一直“活在路上”。乔风回乡的目的不是探亲，而是离婚，他在外两年爱上了别的女人，这样就必须回去对媳妇有个了断。然而当他回到记忆中家乡所处的位置，却再也找不到那个叫一棵树的村庄了，他的妻子与十三户人家的村庄都不见了。由此离婚的主题演变成寻乡的主题，他问附近度假村的守门老汉，他向镇派出所老孟报案，他找镇长问个究竟，他找回了与他一起打工在外的同村人，他甚至到外村打听本村的亲戚的去向，但是都一无所获，没人注意更没人知道这个活生生的村庄到哪里去了。“现在我的魂都丢了。”读到这里，我眼睛湿润。沿着作家的路线走，我终于读到了乔风买了帐篷、购得树苗——当然与消失了的村子的有着虬枝的古树是无法比的，但是他两眼放光，一醉方休地睡在他认定的

自己与自己的祖辈中世代生息的地方，然而一觉醒来，帐篷和柳树一起消失了，四野茫茫，只有星空与残月挂在头顶，照耀着这个归不了乡的人。胡学文近年的创作颇丰，2008 年就有多部中篇问世，2009 年我读到的作品除这篇外，还有《挂呀么挂红灯》(《北京文学》，2009 年第 6 期）、《柳絮》（《红岩》，2009 年第 5 期）和《向阳坡》（《十月》，2009 年第 3 期），三部中篇都涉及乡村，但是都没有我读这部作品的心情沉重而清明，胡学文在创作谈中讲到心脏的比喻，大意是说老家的位置是相当于人心最重要的空间与尺度，尽管有时虚无，但它是一个象征。但是每每我们出发的地方，并不一定是我们能够回得去的地方。我想，作家在《虬枝引》中所提供的空间已远远大于乡村的概念。也正是这后一点，将我们的视线引到了更深远的地方。

家族

不能不承认，有些人天生适合做小说家，我指的不独是才能，还有条件，家族的变迁，时代的起落，经历的曲折，这诸多个“气场”顶着，那滚烫的熔岩终会有一天喷涌而出。无可置疑，叶广芩正是这众多火山中的一个。21 世纪初年，她曾凭借《梦也何曾到谢桥》等一系列中篇记忆与记录家族往事，并成型《采桑子》这部由中国词牌名组成各章节的长篇；2008 年她一口气推出了 3 部中篇，分别是《盗御马》《豆汁记》《状元媒》，均以京剧剧目命名，且每部小说前都有当出戏的点睛唱段，戏、文对照，前世今生，叠印交融。不分明的边界成就了小说的好状态。

当然，家族往事近年已成小说家笔下的老故事了，就是叶广芩本人笔下，家族也已然不是一个新命题了。但是这次有所不同，用叶广芩自己的话说，《采桑子》系列是他人的故事，而以《豆汁记》《状元媒》牵出的这个系列却是自己家族的旧事，因了这层原因，家族的书写与以往的家族叙事有所不同，他人的家族也许更着重历史的沧桑，而自家的往事却有着亲情的微温，这就是为什么叶广芩的新家族系列外表看似写事，奇趣的事相之外，其实着力的仍在写人。人物，是永远比历史和寓言有温度的存在。

叶广芩的《大登殿》（《民族文学》，2009年第1期）写母亲。小说有两条线：一条从母亲的洞房花烛夜写起，没有缠绵，却有着“万鼓雷殷地，千旗火生风”的效果，新娘晚上就闹着回娘家，不为别的，就因为在为夫家中发现了另一个女人，而母亲要做的是妻，而不是妾。这条线完全是场景复原，显然可能是作家听来的亲人口述的一种记忆组合。另一条线，则切入现实，引出一时尚、文静也不乏聪慧的姑娘给人做“小”的拐弯亲戚博美。两条线时空跳跃，主次切换，却交叉于一个问题，女性人格的尊严。整部小说，母亲与其弟陈锡元到天津找状元媒人讨说法一节写得最为精彩。媒人刘春霖的回答是“明媒正娶，坦荡磊落”，是呵，媒妁之言，庚帖换过，大礼行过，主婚证婚都在，“怎能是小老婆？”母亲千里迢迢，要到了说法，一块石头落了地。这写的是什么，名分对于人的重要，并不只是观念问题、新旧时代问题，而是事关人格、尊严的永恒的人的问题，人类的某些基础原则诸如为人准则、伦理法则是不能变的，母亲有对自我独立人格的清晰界限和对之绝不妥协的求证，教人肃然起敬。“人走留名，雁过留声”，这是中国的一句老话，小说中老北京的南营房已经在现在的城市地图上消逝了，那里往昔的市民也早已四散，母亲一

代人或者老去或者正在消逝中，但生命中的一些原则也会随之四散和消逝么？老辈人一代代以生命、以戏文建立和传承的信念也会随着他（她）们生命的终结而终结么？这里有对以往生活细节逝去的无奈和人格文化失落的不安。叶广芩在她的创作谈中言，她只是拾掇起“历史的旋回碎片”，我却觉得在她的历史的书写中仍有人格的深意。是呵，“讲什么正来论什么偏”，母亲出身贫寒，却一生持有高贵的尊严，这尊严并不是有意为之，而植根于在历史人格的长河中对文化传统的敬畏。

从母亲开始，叶广芩的家族书写一发而不可收，这一年她连续推出四部中篇。《三岔口》（《中国作家》，2009 年第 5 期）写父亲，《小放牛》（《小说月报 · 原创版》，2009 年第 5 期）由五姐引出旧时的人物张安达，《玉堂春》（《芒种》，2009 年第 11 期）由知青时代的中医引出儿时救己一命的老中医。其中的人生选择、心灵自由和身体关切都围绕着时代与人的关系而行，作家且描且绘，且歌且行，在她的前辈人生与自己人生的两个空间中，感悟着人情的丝丝缕缕，体味着人生的五味杂陈，并从中抽取着人生中为人的美德与价值。

历史

2009 年是新中国成立 60 周年。这一年文学对于历史的回顾，体现在中篇小说创作方面，也涌现出一些思想性与艺术性均达到一定高度的佳作。

林希的《岁月如诗》（《中国作家》，2009 年第 4 期）写 1948 年天津解放前夕的青年知识分子的人生信仰与理想选择。以自己的亲历讲述了南苑大学号称“七大泰斗”的教授的爱国行为，以及孟露、马克、许人呆等爱国学生在地下党领导下，在黎明前的黑暗时刻与国民党做斗争的事迹。他（她）们或英勇地献出了自己年轻的生命，或为了解放军进城而不惜生命代价送出情报，小说中的马克正是这样一个为了革命的信仰将个人的利益置之度外的青年，但后来却因被查出其家庭的地主身份而命运多舛，即便如此，他对小说中坐在他对面因打成右派受到不公正待遇感到不平的林希讲，我们当年参加革命，难道不是自觉自愿无怨无悔的吗？共产党推翻了旧社会，建立了新中国，我们亲身参与了这一伟大的历史进程，我们的青春因此拥有了如诗的岁月，难道不值得吗？信仰就是信仰，是心中的诗，是与工作、工资、待遇、房车、出国等都无关的选择，信仰的真诚与美丽在于，信仰是无私的选择，是与个人实际会得到甚至应得到的东西无关的选择。75岁的林希说，“我们有责任告诉后来人，是一代人心中的诗，换取来今天生活的诗”。我们今天与他一样，仍相信，唯有心中有诗，才能创造诗的现实。

杨少衡的《昨日的枪声》（《人民文学》，2009年第10期）写的是解放战争之后的剿匪斗争。这一故事如若放在别人手里，写得惊心动魄也不为奇，而到了杨少衡手里，它的惊心动魄更来得有板要眼、不动声色，这的确教人佩服其叙事的功力。小说写了祖孙四代，主写的却是曾祖父与爷爷两代人的纠葛，这纠葛不是来自家庭内部的琐事，而是在大是大非、正义与邪恶之间的较量。几回交手，土匪“山大王”的曾祖父也演出过对前来剿匪的进步青年、自家公子林一新“捉放曹”的“剧目”，当林一新又率部队打上山去时，大火中曾祖父竟趁乱脱逃，这场战役夺去了

林一新生身母亲和他所有有血缘关系的兄弟姐妹。较量的结果是在一个月夜揭晓的，两个世上仅存的有血缘关系的人不期而遇，两把手枪握在双方手里，而同时开火时，一个百发百中的山大王却对儿子偏了子弹，一个从未能击中过目标的儿子这回恰将子弹射穿了自己生父的胸膛。他们的对立你死我活，但他们却也是直系血亲。小说没有止步于这个大义灭亲的故事，而是让爷爷身后也埋在了曾祖父身边的青山之上。我相信在一个大的时代转折之时，传奇的人生不计其数，我们与他们之间，昨天与今日之间，总是会有一些启示提示着，这条来路曾经走得多么不易，而在这条路上走来的人又曾经做出过多少包括至亲在内的无私的选择和牺牲。

2009年作为新中国建立60周年纪念，确有许多人、事值得我们纪念。同时，对于以2008年作为改革开放新时期的30年的回顾，文学也有从各个侧面加入的话题与研究。比较突出的有阿成《住房简史》（《北京文学》，2009年第1期），这部小说是他《爱情简史》与《买车简史》的延续，三部“简史”，诠释了作家“在虚构当中享受真实带给我们的种种回忆”的写作追求，同时也是我们共和国新时期社会变化之巨的一个带有研究性质的专业角度的深度扫描。《住房简史》中的南一民，从20世纪70年代住集体宿舍，到有8平方米的房屋，到34平方米的住房，历经八九十年代，一直到有了100多平方米的私人产权房，其间酸辣苦辛，难以历数。但是这个“简史”，在结尾处还是露出了小说的“尾巴”，南一民一脸悲怆，对写作者“我”说，“对于未来的个人住房，我很有些不切实际的想法……”。这个从零到一百的变化，其经历或许并不着重在物质层面的变化，作家着力的还在人于此变之中的经历与记忆，正如里尔克·曼·乔伊斯的那个文前提示，也许，写作本身正是对于从你手中溜走的生活的某种补偿？小说中的冷幽默显示了作家的智慧，读之不时会心一笑，然而从整个小说中却弥漫出一种生活真切的质地而带来的暖意，我们都走过那样的来路，所以其中的丝缕纠缠，明知是苦，也分外珍惜。

莫言的《变》（《人民文学》，2009 年第 10 期）切入这个 30 年的角度，也如阿成一样，是纯个人的。小说中直白的“我”与 1969、1979、1988 年以及 1992、2008 年的时间，都使得这部小说读来更像是一部对于作家自己的三四十年经历的实录。这是一个很好的破障的方式，跨越了读、写之间神秘距离的写作，也使莫言本人的创作风格为之一变，像一部长篇散文么？没有谁去规定小说如何不可以这么做。当然“我”虽为主角，但到了中段，我们看出真正的主角仍在“我”的叙述中，他是何志武，这个调皮、浪漫、实际而功利的同学，他的可爱鲜活全在于他的丰富多义。然而，当一个人多义之时，便也单纯不再，那个做钢铁生意的老板，再不是那个扬言理想是做他爱的女孩子的“爸爸”的男生了。一切在变，而“我”也由一个农民变做军人而至作家，时代给了我们机遇，但同时，也从我们身上拿走了许多东西，比如年轻，比如亲密，比如时间。这是时光之中，谁也无法把握的东西。但是，较之于失而言，得仍是大的。这就是莫言《变》的意义。

爱情

2009 年我在小说中读到的众数爱情故事里，以下四种使我感受至深。

方方的《琴断口》（《十月》，2009年第3期）写了杨小北与米加珍的爱情，然而这爱情随着白水桥的垮塌而指向一个终结，桥的垮塌与杨小北无关，但恰是那天，他约米加珍的前男友蒋汉过河谈话，两人在不知情的情况下先后落水，一伤一死。米加珍虽与杨小北结婚也深爱着他，但终是无法推开夹在他们两者之间的阴魂，关键是她已不爱蒋汉，但她无法躲避另一当事人、也爱过她的马元凯的谴责，她更不能拒绝来自心中的深深歉意与忏悔，她虽尽自己全部力量对加之于她身上的外力进行抗拒与反击，但那散开的命运的弹片仍然百发百中，被击中的当然包括杨小北，这两个伤痕累累的恋人之间爱的虹桥已悄然坍塌，他们全无激情，亦无欲望，数次挣扎，终致流产，失败的生活，爱情的脆弱，无处不在的阴影，使得两人最终劳燕分飞，恰验证了马元凯的玫瑰不及杂草旺盛的理论。知音琴断，再不会有赎罪的压力；重归陌生，难道只源于一次偶然事件？方方追问的是杂草的环境、马元凯们的不信。方方有信，所以，她让杨小北去信给米加珍，她爱着这两个倍受伤害、情怀纯真、心还不致破碎的人。

李铁的《点灯》（《花城》，2009年第1期）写了赵永春与王晓霞的爱情。这是两个发小长大成人之后相爱成婚并一同面对生活本质的艰辛故事。他们都是小人物，面对的事也都是生计如何延续、困难如何克服。男方没有房子，住进了女方家，经过一番努力，有了旧房，独立出来，有了孩子，再后是家中母亲的病、妻子的病，其间还有他本人的下岗，然而就是在这样的境遇中，他仍不放弃，跑去浴池烧锅炉以养活一家人。这个有责任心、有自尊心、懂得爱的男人，当然也会对好看的女性默默欣赏，但是在强大的生活面前，他的强大是谁也无法夺去和动摇的，他爱着病中的妻子，他陪伴她，直到妻子病逝。在贫困与疾病交相来袭的岁月，他仍然不忘点亮那一盏旧楼中的路灯，为他人，也为心灵。这是让我感动的人和小说，我知道，文学的光与此类似，它虽微弱，却引导光明。也许爱情的真义就是如此，它的强大无比，正因它的饱经风霜！

迟子建的《鬼魅丹青》（《收获》，2009年第4期）是我读到的迟子建近年中短篇小说中文本最为复杂的一部。小说写了卓霞与罗郁的爱情，他们的婚姻有爱无性，写了卓霞与刘良阖的爱情，他们的爱情有情有性，但婚姻却不可能，写了蔡雪岚与罗郁的爱情，他们的爱情有爱无性，婚姻暂不可能，最后写了卓霞对罗郁的爱情，里面充满了理解、依恋、憧憬和再度结合的可能性，故事结束于一个晚秋的月夜，做裁缝的卓霞要为罗郁送去遮寒的衣裳。文本的展开沿着主线，还有蔡雪岚与刘文波的婚姻，刘良阖与齐向荣的婚姻，两者的婚姻均不美满，所以有刘文波的出轨，蔡雪岚的移情，刘良阖的婚外恋。这是一个情感错位的世界。故事家用一个杀妻案的调查作为外壳，实际却引出与杀机和阴谋全然无关的真情和温暖。与之相映成趣的是，滕肖澜的《倾国倾城》（《人民文学》，2009年第3期），这是一个以爱情为外壳内里却暗藏杀机的故事，小说讲述了两个有机会晋升的男人和围绕他们的各怀心机的四个女人之间的故事，崔海和蒋莹、佟承志和苏圆圆，是外人看来的两对好夫妻，但事实却与表象有出入，苏圆圆掌握有崔海与另一女同事高丽华亲昵的照片，崔海授意另一女同事庞鹰与佟承志交往，导致佟承志出轨，双方机关算尽，不过是为了银行中层升高管的谋算，当然最终一胜一负，胜负者彼此都心知肚明。可悲的是庞鹰与佟承志的“爱情”，其行进的过程

是真情多呢、利用多呢还是阴谋多呢？这场爱情发生得有声有色，结束却无声无息，因为有一只看不见的手的操纵，那只手是权力呢、欲望呢还是邪恶？！

近年读小说感慨于50年代生人、60年代生人、70年代生人，或许还有80年代生人——南飞雁的《暧昧》（《十月》，2009年第5期）中的爱情，也是利益利害、疑云重重、得失交换、战事频仍——对于爱情的不同书写，往往是前两者——五六十年代生人要给出一个答案，一条道路，让玫瑰通行；后两者——七八十年代生人却在世相中穿梭，在心象中探索，它不提供答案，大道的尽头仍是丛生的杂草连成的苍茫。当然这不代表作家的主观，但它确是爱情在时代中被书写的某种变化的指证。

思想

2008年，旅美作家袁劲梅曾以小说《罗坎村》探讨东西方文化，其夹叙夹议、生动鲜活的表述引人注目，她的小说不仅打开了我们看世界的窗口，而且将小说提升到故事与哲思相融互义的高度。这其实并不是新的标高，而是我们在日常叙事中沉溺太久而遗忘了的思想尺度。2009年，袁劲梅的《老康的哲学》（《人民文学》，2009年第12期）仍是对东西方文化差异性的探讨，小说以老康对主人公“我”的爱情追求开始，历尽艰辛终成眷属结束，使“我”获得了一个近距离观察“老康”的视点和角度，显微镜下老康的性格与成型这性格的文化成因明明白白，一览无余，作为留学生的老康，置身于西方文化的规范下，却在为人处世中不断冒出中国传统的规矩，情景语境，让“老康”和“我”都生活在文化的错位中，小说的冷幽默可谓作家智慧的表现，而我更看重作为克瑞顿大学哲学教授的袁劲梅在小说中对于撒谎、等级、相对主义、大一统教育方式的深层思考，于此，小说与论文的创造性结合考验着我们的文学阅读能力。

王蒙的《岑寂的花园》（《收获》，2009年第1期）以迷宫式的手法讲述了一位豪宅主人的故事，仍然是王蒙式的才思敏捷、夹叙夹议，将一个神秘男人的“前世今生”和盘托出，将往事与现实、疯狂与忏悔、自私与赎罪、高尚与卑鄙所组合的一个人多面的灵魂打造的精彩绝伦，较之小说套小说的重叠写法，我更看重这部文本所指向的国民劣根批判，贫民吃香时他是贫民，海外关系流行时他也可以远渡重洋、摇身一变，这种在任何时代的舞台上都能唱主角的人，这种左右逢源的变色龙人梣，不知是不是另一种“活动变人形”？于此，我感喟于小说家王蒙在小说中对思想的看重。徐坤的《通天河》（《人民文学》，2009年第6期）写了一个京城小老百姓与房地产商斗法耍宝的故事，故事只是小说的表层，深意却在探求人的迷失，迷失在众人中，迷失在贪欲中，人于这欲的苦海苦苦泅渡，《通天河》一劫，在水中挣扎的看似只宋斯基一人，其实他不过是大大小小的我们的替身。

肖江虹的《百鸟朝凤》（《当代》，2009年第2期）讲述的是一个村庄的故事。说句老实话，读小说这么多年，也有些阅世万千的意思，感动的文字与人事，经过打磨好像不是越来越多，反而越加少了，为什么？因为对作家的技巧、语感、思想的熟悉，反而一切意在言中，没有惊奇感了。但是这部作品使我惊奇，以致我读后寻找它的作者简历，才知是贵州人，1978年生，是贵州文学院的签约作家。其他便一概不知。只知，这部小说打动了我，

它让我掩卷而不能释怀，让我心里惦记着那个由金、木、水、火、土五个村落组成的无双镇——尽管它是虚构。肖江虹在这些村庄中，写到一个起初不得不从父命而被父亲拖去四处拜师的儿子游天鸣“我”与最后成为“我”生命中的信念的唢呐之间的故事。这样的故事不是没有，但是肖江虹的叙事，越出了日常。先是远近闻名的焦师傅并不收“我”，后来收“我”的理由是看到“我”搀扶乞求他的父亲时流下的眼泪，就是说，师傅因“我”有情而收我；再是焦家班对于唢呐的理解与恪守，有四台、六台、八台，对应于不同德行的死者丧仪，而丧仪的最高境界却是独奏，《百鸟朝凤》只吹给真正德高望重的人，不会因权与钱而降低标准。而这个吹奏者必是百里选一的、天资与德行均不可替代的人。而“我”与师傅的另一弟子蓝玉都想成为这一个吹奏者，之所以最后天分并不是很好的“我”胜出，原因在于“我”只是老实地吹我会的音符，而没有在声音的表现上加之以花腔与讨巧。待组成了“游家班”后，本来可以让主人公大大施展一番了，但是作家写到了他们在丧礼上与刚刚兴起的城镇来的鼓乐班子的相遇，唢呐的清长不抵鼓乐的喧闹；“我”的生命在乡村的丧礼中起着变化，“我”的对于生命的理解在由师傅、师兄们组成的对于大哀之乐的恪守中更为坚定，然而在“我”本应以独奏完成对一个德高之生命给以送行的使命关口，“我”却忘了这个曲子的曲调，小说的这个意外之笔精彩之极。更致命的还在后面，游家班的班底再也聚不起来了，其原因不是别的，不是鼓乐班，而是自家的心乱了，大家纷纷离开乡村，外出打工，真正爱音乐的人消失了，或者以一种传统的方式诉说生命、告慰乡亲的艺术消逝了，一个年代也会逝去吗？这时村子里来了另一支唢呐队，他们胡乱吹着，不再在乎死者的尊严，也不再探究音乐的真知，他们只认识和需要钱，这时刻，百年千年的艺术真成了某种糊口的技艺。这时刻，“我”对着父亲坟头吹响了唢呐，作家写，“唢呐终于哭了，先是呜咽，后是大恸”。这是经验对于艺术的唤醒。小说仍没有完，作家写“我”到城里去，想把外出打工的人一一找回重组班底，而这时我们看到“我”的启蒙者焦师傅已沦落为了那个在唢呐吹奏中加花腔的蓝玉开的纸箱厂的守门人。虽然大家相认，并有恸哭，但谁也没有跟从这个年轻的班主回去，“我”独立于城市的街上，听一曲纯正的《百鸟朝凤》由一个乞丐吹响，这一次，被送到别一个世界的，或许不是哪一个具体的谁，这一次，死去的可能是生命里那个最尊贵也最诗意的理想。我以为，小说并不应被简单地理解为某种乡村文明的挽歌，它的深意更在探索城市化给乡村带来的深层转变，如何在物质的丰富的同时，而使精神不致渐行渐远，这也是我们现代化行进中的大题。这个大题下我们的作家不能失语。有两句话我想引用在此，“我理解一个群体的弱势，不只是诸如贫穷、匮乏这些外在的、表象的东西。那些曾经美好的、引人向善的、充满悲悯情怀的东西的日渐消亡，可能才是一个群体滑向弱势的最大诱因”。这是作者在创作谈中所言。还有一句，“……高亢的唢呐声从杂乱的声音的缝隙里飙出去，那是被埋在泥土中的生命扒开生命出口时的激动人心，那是伸手不见五指的暗夜里划燃一根火柴后的欣喜若狂”。这是小说中的句子，这是热爱着生命和艺术的人才能写出的句子。

2009 年的中篇小说印象深刻的还有王松的《事迹》（《花城》，2009 年第 4 期），它讲述的仍是王松一直关注的知青年代，但这次视点有所不同，小说中对特定时代的特定人的英雄观念的反思，令人触目惊心、五味杂陈；矫健的《圣徒》（《中国作家》，2009 年第 3 期）写了另一种人性的扭曲，金钱对人的奴役，加之童年创伤对母亲的误解，而在赎罪路上，“撒旦”变为“圣徒”，可以看作是作家的超人理想。王松的“英雄”与矫健的“圣徒”，从两个时代、两种向度探讨人性中的超拔层面，也将我们的视野引向深远。当然，在我们周围时时行进着的日常也不可忽视，比如李浩的《被噩梦追赶的人》（《大家》，2009 年第 1 期）探讨人心与良知，东紫的《春茶》（《人民文学》，2009 年第 7 期）追溯权力与欲望，它们都为我们认知世界、了解人性提供了样本。某种程度上，2009 年可以说是中篇小说的丰收年，支撑这观点的是一批成熟作家的优秀作品和另一批青年作家的成熟作品。它们是，孙春平《鸟人》、陈应松《巨兽》、蒋子丹《风月 @E 时代》、郝炜《种在城市里的苞米》、王手《自备车之歌》、陈谦的《望断南飞雁》、须一瓜《火车火车娶老婆没有》、温亚军《地烟》、陈继明《每一个下午》、陈希我《母亲》、肖建国《短火》、阿袁《汤梨的革命》、刘益善《河东河西》、陈旭红《白莲浦》、晓航《灵魂深处的大象》、李唯《一九七九年的爱情》，还有邓刚、季栋梁、徐岩、徐则臣、南翔、王祥夫、孙方友、林那北、黄咏梅、鲁娃、女真、李亚、陈家桥、王大进、鲁敏、墨白、乔叶、郑局廷、王十月、罗伟章、津子围、哲贵、陈集益、王方晨、陈河、吴君、张惠雯、颜歌、黑丰、武歆、东紫、王棵、柳岸、吕魁、马小淘，等等，也均有新作问世。其中不能不提的是两位女作家：一位是滕肖澜，除了上面我讲到的《倾国倾城》《我的宝贝儿》外，2009 年她还发表了《心魔》《爱会长大》等多部中篇；另一位是薛舒，2009 年她依次发表了《哭歌》《那时花香》

《摩天轮》《唐装》四部中篇。这两位都是女作家，都很年轻，好像都同在上海，她们的结构能力相当强，能够在人物的复杂关系中体察和参悟人性的幽暗与明媚，文字优雅从容，叙事却开阖有度，很有些引而不发的控制能力，这是好小说家的感觉和状态，两位女作家的作品，以前我都或多或少读过，但2009年的阅读中，我欣喜地发现，她们的创作正渐入佳境。新的一代小说家出现了，滕肖澜，1976年生，肖江虹，1978年生，南飞雁，1980年生，他（她）们也都刚过或将至而立之年，年轻作家步入成熟之后的作品是会越来越好看的，这就是文学不断向前的节律，这节律，既不能生造，也不可更移，文学，也正因为有这无可争辩的向前节律，才使时代的思想赋予每一代人身上的使命得以完成，并使艺术本身的丰富性与独创性得以在每一时代能够持续。

水光潋滟晴方好，山色空蒙雨亦奇

——2010 年中篇小说读记

2010 年的中篇小说创作呈现着极为强健的风貌，与长篇小说相比，它更重视在一个浓缩的故事中艺术地表达对生活与人性本身的理解，与短篇小说相比，其内蕴的生活含量，以及为了表达这一丰厚含量所要寻找到的一种言说方式，成就了它明显的优长。总之，处于 21 世纪第一个十年与第二个十年的接点上的 2010 年度的中篇小说，在延续以往的思想的深刻性与艺术的探索性基础上，呈现出平稳扎实的写作风格。

岁月缅怀与理想前瞻

蒋韵的《行走的年代》（《小说界》，2010 年第 5 期），从体例和结构上看，有长篇写作的雄心，它引入了“章”结构全篇；从内容上读，五个章节在总体上仍是一个首尾完整的故事。小说把时代背景放入 20 世纪 80 年代，那是一个思想刚刚解放、文学迎来春天的新时期，是人的思想开始解禁、时代文化充满创造力的时代，是一个精神充盈、狂飙突进的时代，那个时代的一个重要特征是，诗歌的兴盛与文学青年的热情。小说开始于一个叫莽河的诗人的行走，他的行走不仅给一个小城带去了诗篇，而且给一个女孩子陈香留下了孩子。而另一个时空中，诗人莽河行走在黄土高原腹地，路遇做田野调查的研究生叶柔，精神的共鸣使他们心有灵犀，莽河在叶柔不辞而别后，听从心灵的指引跑到前路等她，而终在杀虎口这个地方迎到他心仪的女子叶柔时，他们彼此找到了同道，他们如诗人般受着大地的指引，从一个源走向另一个源，从一个村庄走进另一个村庄，然而叶柔却因宫外孕大出血而死在路上。斗转星移，20 世纪 90 年代，诗人莽河出国下海变作了房地产老总——赵善明，叶柔死了，莽河也"死"了，生活向前，诗所象征的事物被甩在了后面，一个物质衡量价值的时代开始了吗？赵善明不知道，而他已是坐拥亿万财产的富人了。而在另一个故事中陈香先是失去了那个自称为莽河的诗人，又失去了爱她的老周，接着更失去了"诗人"的孩子，一无所有的她来到一个山村小学做了校长。这一切都是我们在小说结尾处看到的，赵善明受着命运的指引来到这个学校——这是他这个房地产公司援建的希望小学，主客对话，伤感而惆怅，陈香爱过莽河的诗，她是因诗而将自己的青春献给了一个冒充了诗人的人，而真正的诗人出现在她面前时，已由一个诗人变成了商人，在黄土高坡上，学生们朗诵着他早年的诗，注定仍要离开的"诗人"乘车而去，"把他纯真的青春时代留在了黄尘滚滚的身后，留给了陈香"。两个平行故事的交接以及真伪诗人的命运写得从容不迫，娓娓道来，但我更欣赏文字中的一股清冽，那是穿平鲁、走右玉、出杀虎口在大地上创造诗意的激情，那是为寻找家园不惜流浪他乡、不怕倒在路上的朝圣的精神。

林白的《长江为何如此远》（《收获》，2010年第2期）更是将记忆锁定在20世纪80年代，大学四年的生活在二十六年毕业后的聚会前后不断闪回，作为叙事人的今红，记忆中的女同学林南下、顾彬彬、励宪，还有那湖边的校园开不尽的樱花，她们入学时都比今红大了十岁，“这都是一些优秀的人，是世界坚硬的骨头，经得起风雨磨损的时间”，朝气与劲头十足的同学，在请她一起去黄冈赤壁的江上的三言两语对话，就足以证明了那一代人的心劲——“江鸥为什么不停地飞？”——“嗯，它们大概，把飞翔当成了故乡”。这种近诗歌的语言在那个时代的对话中绝非做作，而是真情的流露。正如那句穿透光阴的疑问，“长江为什么在那么远？”它也许指地理，也许是记忆，也许还是一种心理的空间。在这个空间里，有第一条连衣裙的深情厚谊，有星期天的电影，有甲板上拉小提琴的男子，有苹果酱，有明信片，有大棉袄，有灯笼椒，有痛哭，有歌谣，有懵懂，有十九岁，有星空，有画展，有层层花瓣的汹涌起伏，而这些都归结于那个三十年后聚会的夜晚，逝者已逝，人，还有岁月，篝火燃尽，在火焰中，主人公又看到了重重叠叠的樱花，在《怀念战友》的歌声止处，她的泪水再次夺眶而出。较之林白的相对散文化的叙述，方方《刀锋上的蚂蚁》的故事情节与人物命运则更加曲折，德国老人费舍尔退休之后开始中国庐山之行，在他遇到鲁昌南之前并不知道自己余下来的人生还有什么更重要的目的，但是看了鲁昌南的画，与他一起吃饭，听到鲁昌南淡淡地讲“文革”时“我跟牛住在一起”“心想牛能过，我当然也能过”的这个中国男人庆幸自己比牛过得好的人生史的话语，使得费舍尔下定决心要改变鲁昌南的命运，由此，鲁昌南被资助到德国去，从慕尼黑到柏林，再从埃及到希腊、罗马、法国，西方艺术之城一一漫游之后的鲁昌南“像是一支吸饱了浓汁的毛笔”，创造占领了他整个身心，以致“他几乎忘记了自己的过去”，当然，从卖出第一幅画到从德国转战纽约，并在美国站稳脚跟的这个过程是漫长的，身价不菲的鲁昌南迅速适应了他的新角色，他换了老婆，与妹妹断绝了来往，要出个人传记，总之他获得了世人所认为的巨大成功，有钱，有产，有名，有闲，有花园，却独独没有了过去，他的最初资助人费舍尔还是从某世界画刊上看到了他的脱胎换骨，正当费舍尔满足于曾帮助了一个受伤的小鸟打开飞翔的翅膀而自认为退休之后做了一件值得的事情时，他再次来到的庐山告知了鲁昌南的另一个真相——鲁昌南对待当初帮助他的亲妹妹已全无亲情。那么，对于鲁氏兄妹，到底是哪样生存，他们彼此得到的更多呢？小说通过见证人费舍尔之口讲出了“你不要以为你能改变别人的人生”。鲁昌南的成功代价，在方方眼中比之他的成功本身更可深究，一个为了“名”而丢了“魂”的人，在鲁昌南所处的时代里，似乎不在少数。

这可能正是生活本身的得失构成。但是叶兆言《玫瑰的岁月》（《收获》，2010 年第 5 期）不放过更进一步探讨的可能。邵老先生写字，已名气在外，他的外孙女藏丽花一开始是养在深闺人未识，而渐渐声名鹊起，黄效愚因爱其字而爱其人，直到人字不分，非要娶大自己 8 岁的奇女子，其真实的原因也在于从那字中见出人的精神，但世事会变，藏丽花的书法如日中天，暴得大名，从国内到国际展出不断，而从小写字痴迷到误了考大学的黄效愚的书法却真的是知己寥寥，而真正识得字之精神的人却认为黄的书法境界早已超出藏许多倍，不在别的，而在字中的骨气，没有俗媚，没有奴性，只是朴素真实。但黄效愚并不将写字看作是取得名利的途径，他只是写，喜欢写，直到爱人生病住院，他仍没有改变对于写字的态度，他说，如果爱人没有了，他要字干什么，而如果能够换得爱人的健康，“他宁愿焚琴煮鹤”，把字烧掉，一辈子都不碰毛笔。当然这是一个有更大空间的写作主题。我以为叶兆言想说的绝不只是书法一事，当写字——无论大字小字，都只是写字，只是抒发，而不把字当作争名夺利的工具或手段，对于几千年绵延至今的字而言，是敬惜和虔诚的，我想，这种态度是我们写字的人应有的也是唯一能有的态度。不为别的，只因为写字来不得半点虚情假意。

事物真相与绝对信念

我们生活在一个各种语言构筑的世界，语言因各色人等的掌握而变得丰富复杂，大多时候，对于它的运用出自交往的真诚，但也有那样的时刻，语言不可避免地陷入虚假和谎言里。文学，本是对于生活的一种形式的虚构，但虚构不是目的，它的更深目的在于运用虚构的形式去尽力接近事物的真相，以在真相中找到某种对于世界对于人的信念——深藏于历史与人心中的真理。鲁敏的《惹尘埃》（《人民文学》，2010 年第 7 期）是一个关于爱与忠诚、谎言与欺骗的故事，肖黎的丈夫在一次与情人的约会途中因公路塌方事故而死，作为妻子的肖黎在此前竟一直不知另有一个女人与自己的丈夫有如此亲密的来往，丧夫之痛与受蒙蔽之痛交相袭来，肖黎对于周遭的人际充满了敌意与怀疑。小说的聪明之处，没有去沿着家庭不忠的那条线索写，比如按一般理解的，肖黎似乎应按照丈夫手机中的线索去查查那个与丈夫约会的女人，但是小说不，它似乎有更大的野心，它想看看肖黎作为一个生者对于她仍生存的环境还有无信心。果然，我们看到了她的愤世嫉俗；看到了徐医生宁愿相信部分谎言而得到的温情与关怀；看到了“小骗子”韦荣推销药品却取得了社区老人们的喜欢与信任，他们竟可以把存折给他，让他代领而不会损失一分钱，但要知道他推销的药品可是没什么疗效的呵。难道欺骗无所不在，那么无所不在的存在就是合理的吗？难道爱与忠诚可以是一对悖论？我们的女主人公陷入了更深的怀疑。小说中韦荣提供给她的答案是，“世界就是世界……只管去适应就好！”徐医生临终前给她的答案是用铅笔写下的《红楼梦》中的一句、“假作真时真亦假，真作假时假亦真”。这真是让肖黎糊涂了．倒是韦荣在照顾肖黎儿子小冬的病的过程中给了肖黎真实的答案，她看到了人在谎言下的另一面本质。小说对于谎言的探讨是深人的，同时也是迷惑的，当然最终它给出了它的理解，“与他人友爱，与世界交好”可能是无力的，但也基于对于世界的深度理解，它讲，谎言是“生命中永难拂去的尘埃，又或许，它竟不是尘埃，而是菌团活跃、养分充沛的大地，是万物生长之必须”。这个理解通向的是对于人的最终的信念，是这种信念化解了肖黎的种种不适而重新开始面对新的生活。

须一瓜的《义薄云天》（《人民文学》，2010 年第 9 期）写管小健见义勇为，为一女士包被抢而与歹徒搏斗中受伤，但住院后因谦虚而引来一系列麻烦，一是医疗费无人管，二是被抢女士不出面，三是再如实说明情况时警察已不相信，如此，英雄要自己去找当时的证人证明他的英雄行为，媒体的介入使尴尬的英雄得到了应有的待遇，而那个叫萧蔷薇的被抢女士也站了出来，并最终与管小健结为夫妻，当然萧女士的另一个婚姻目的是想让她的儿子因有一个见义勇为的爸爸而在高考时加分。虽然这个动机让管小健的妹妹心有不快，但不管怎么说，管小健还是得到了他的幸福。小说试图探究英雄主义在当代现实中的存在意义，见义勇为人的热血，与被救人的躲避和见证人的懦弱还是一个层面，关键是勇敢的动机与谦虚的美德也受到了质疑，当然最后还是给了英雄温暖的结局，但是这温暖里也包含着苦涩与无奈，小说家当然不可能是现实问题的破解者，小说家的言说是有限的，但是它在探究被救人的说真话和古代伦理的对于“义”的标准方面做出了它应有的努力。

王松的《叛徒》（《当代》，2010年第6期）以“我”对三十年前曾在西郊监狱工作的民警李祥生的采访开始，引入一个对于一起冤假错案的平反故事。周云被关在001号监室，是被定性的历史叛徒，据说由于她的出卖，致使17名红军被害。但是周云从不认罪，从入狱那天起每天写申诉材料，但材料交上去后便石沉大海。这时李祥生刚刚大学毕业分配到监狱工作，好奇的他以个人的方式展开了一系列的调查核实工作，这种辗转艰辛的外调使得埋在1935年春天的真相日益清晰并最终大白于天下。小说的成功之处在于叙事的推动力，从表面上看，这个推动力是为一个老人平反昭雪，如此有李祥生调查终始的三个被访人的叙述——“赖春常（赖顺昌）的陈述”“韩福茂说”和“田军长说”，这三个当年的当事人与见证者一一道来，有真有假，而需要李祥生这个办案人去芜存精，找出真相。找出真相才是这部小说的深层动力，是对一个人最终负责、“以人为本”的最终体现，周云（温秀英）的清白最终还给了她，而让人触目惊心的是那个给她安了“叛徒”之名的人却是逍遥法外的真正叛徒，这么多年来，这个真正的叛徒一直生活得很安逸，就连当年枪杀红军的国民党田营长也因投诚而担任我军军长要职，而周云这个烈士之妻、当年的红军游击队员却不但承受着丧夫丧子之痛，还承受着名誉被毁的命运。幸而历史的书写有正义在，有如李祥生这样的人在，当然，也有误解之上的一个绝对的信念在，就是对于真相真理终有一天被人们获得认识的决心在。王松小说的真正推动力也许正是这个，是这一点让人读之抚案感叹，荡气回肠。

界愚的《邮递员》（《人民文学》，2010年第8期）收入《人民文学》“走进红色岁月”栏目，这部为迎接建党90周年特选作品的主人公是20世纪三四十年代上海静安区的一名普通邮递员。仲良是因是地下党也是邮递员的父亲遭日本人暗杀而走上革命道路的，在邮递情报的过程中他相继失去了同事——是地下党也是邮递员的周三，失去了同情并帮助革命的布朗神父，失去了他的第一个妻子——革命者秀芬，并在“文革”中失去了他第二个妻子——战时埋伏于敌人身边、为革命传递情报的苏丽娜。小说有几次对话相当难忘，一是仲良问秀芬，有一天你会不会朝我开枪，秀芬毫不犹豫地回答，“会的。如果你出卖组织的话”；另一次是当另一神父议论布朗神父自杀对于天主教而言是罪孽时，仲良淡然一笑，说“他只是为了一个信仰，放弃了另一个信仰”。仲良就是在这个环境中将自己锤炼成一个彻底的革命者的，他不但完成了组织交付他的一切任务，而且在上海解放时当向导受了重伤，更为彻底的是，新中国成立之后当组织上怀疑他和苏丽娜的身份，而最终不了了之，只承认他是烈士的儿子而他本人并不是一个地下党时，他也没有背叛自己坚持了一生的信仰。小说的后记记述了苏丽娜的“文革”之死，仲良在妻子自杀的河岸上想到的是所有与他一生相关的死去的人们，他们为了一个目的而献出了自己，他们在行动时已将信仰放在个人生命之上，想着他们，活着的仲良没有过多的悲伤。他做了那个时代一个中国人应当做的，哪怕历史只承认他只是一个普通的邮递员，那又有什么呢？一个有信仰的人，早已将个人的生命与荣辱交了出去，难道还要去纠缠什么个人的名分吗？小说的这一笔如此有力，让人动容。

生活艰辛与内心温存

滕肖澜的《美丽的日子》（《人民文学》，2010 年第 5 期）写了两个女人之间的心理较量，上海婆婆与外省媳妇之间的斗智斗勇的生活场景，其间不无幽默、不无心机、不无算计，也不无温情，作家游刃有余地展现了现代市井文化的丰富性。作为婆婆卫老太与儿子卫兴国是上海人，儿子因腿疾而老大没有娶妻，卫老太恐卫家绝后，便张罗着从外地找一个能料理家而又深爱着儿子的媳妇，卫老太算计着，先以“保姆”身份考量其持家能力与脾气性格。小老百姓有小老百姓过日子的算盘，这怨不得卫老太的精细。作为准儿媳妇的姚虹哪里会不知自己的使命，这个来自于上饶乡村的江西女子，人情世故还是练达的，很快她的灵巧让卫老太看了喜欢，她以一个女人的体贴、细心与温存，打动着卫兴国，这种爱，有算计，也有真情，但是情节直转，姚虹过日子的愿望着急了一点，想出了假怀孕一招，却被卫老太发现。这边是两个年轻男女已产生感情无法分开，那边是母亲想着不能为儿子找一个说谎的妻子。一边是情，一边是理，以致情也是理，理也是情，两者搅在了一起，分不清了。两个女人展开了心理拉锯战，而最终以卫老太的心疼儿子落下帷幕，让步的结果是，姚虹终怀上了卫兴国的孩子，两个女人的战争也化干戈为玉帛，但在收束处，滕肖澜又抖出一包袱，姚虹的女儿——上饶老家“满月”。姚虹的秘密是将来把女儿接来。可怜天下父母心！心同此理！姚虹是卫老太的儿媳，是卫兴国的妻子，她还是满月的母亲，母亲的算计与关切自然在儿女的身上，这也是无可厚非的。日子的美丽不正在于此吗？正是母性，让卫老太与姚虹找到了某种共通的东西，这可能也是生命世代相传的秘密。阿袁的《顾博士的婚姻经济学》（《十月》，2010 年第 4 期）有异曲同工之妙，只是场景与人物转换到了大学与教授。小说笔法辛辣，风格颇有轻喜剧色彩，作品条分缕析地分析了顾言的两次恋爱、一次婚姻以及一次不成功的婚外情，并引入经济学原理介入对于其婚姻的解读。我深感于作者对人物性格与叙事节奏的熟练掌控能力。同时，她作为一位年轻女作家，对男性文化的分析也入木三分。东紫的《白猫》（《人民文学》，2010 年第 10 期）写一个五十岁的离异男人和两只猫的故事。一次他与来看他的儿子一起散步，他们捡到了一只受伤的白猫，从那时起，一点一滴的生活化作了对于白猫记述的日记，犹如儿子小时候邻居阿姨张玲记的日记。日记是爱的产物，也是倾诉的要求。“为了白猫给我的友谊，为我在五十岁时体会到的人和动物之间的情意”。作为男人五十岁生日的唯一一个拜访者，白猫“‘喵’一声，再把头放到自己的前爪上，继续歪头看我。我突然觉得，它在告诉我——我是来看你的，不是来吃东西的”。如同一个了解并尊重人习性的朋友，如同一个贪玩而乖顺的孩子。小说写得最为动人的那一节是已四昼夜没有进食的白猫趴在那里，一边是“我”的无能为力，“白猫一动不动，我突然想起五年前母亲临终的时刻”，“我抚摸着白猫，生怕在抬手的刹那间丢失了它的呼吸”，这种亲人病床前的疼惜感觉让人读之心慰。所以有黑猫的来访，有失去白猫之后另一个至爱亲朋的对于友情的延续，小说的结尾如此灿烂，黑猫在白猫曾趴过的位置上趴下来，男人明白了“她”的到来，是为了代替“他”和“我”之间的情意！“它们竟然懂得把爱传承下去”。这是黑猫给对爱情与亲情都已失望了的男人的答案——要勇敢，要彻底，还要知道传承与疼惜。

如果说动物与人之间的情意可能还带有某种特例色彩的话，弋桦的《葛仙米》（《清明》，2010 年第 4 期）则把我们带到了一个艰难年代的亲人与亲人之间如何相处的世界里。“蒙蒙来我们家的时候，已经快满五岁了”，只一句，便交代了养女与这个家庭所有成员间的关系。作为这个家庭的姐姐蕴蕴也就是叙事人“我”的成长过程，是与蒙蒙的成长过程构成对比和重叠的，时间上，两个少女的成长错落有致，但由于妹妹的到来，姐姐变作了“钢”，总是或多或少地让着“玻璃”般的蒙蒙，从性格到个性，由于蒙蒙的到来，蕴蕴则不自觉地发生着改变，她沉默、压抑，一心投入学习，而原因在于家庭的重心由她转入了蒙蒙，蒙蒙占据了姆妈（母亲）的全部身心，为了蒙蒙，姆妈竟选择了流产再不要孩子，为了让蒙蒙接班，姆妈竟提前退休，而当蕴蕴在大学毕业后远赴美国求学求职的过程中，才得知了家庭的变故，一层事实是蒙蒙的亲生母亲接走了蒙蒙，但这个事实很决绝地被另一个事实推翻，是蒙蒙自己导演了这场领亲，那个所谓的亲娘是本市另一个毫不相关的人。那么，更深的谜底被揭开了——在蒙蒙小时候的课桌下面，写着“离开”“走”，那是一个无法承受家庭全部温情并外人时时提醒她报答的女孩子的心迹。因不是亲生，养育之恩的提示，使她背负了太重的压力，当她无力偿还这沉重的负重时，她宁愿背负更为沉重的骂名而逃离此地。小说最后，在姆妈临终时的床边，蒙蒙赶到，而她的一声“娘”，却使得姆妈的眼睛一亮，像小蒙蒙五岁那年被领回家时的第一声叫，姆妈的眼里“充满了那样动人而美丽的光芒”。小说的动人在于写情之时还力图表达一个道理，身体的帮助与心灵的救赎对于双方而言是平等的，施者的给予与共度此生的沟通有着微妙的不同，正如弋桦在创作谈中言：“我想表述的，不是一种委屈，而是一种人与人能在相互理解之下的感恩之情，能从本性的‘自私’中慢慢认知的一种无私，超越了血缘和亲情的真正能相濡以沫的感情。”我想，这也是文学介入生活的目的之一。

桃源梦想与文明理念

中国文学有关注农村生活的传统，当代乡村也一直没有离开作家的视线。魏微的《沿河村纪事》（《收获》，2010 年第 4 期）

致力于对于古老山区的乡土伦理与现代文明之间的抵牾、冲突与磨合的研究，其对于乡村现代化进程中的诸多深层矛盾与解决矛盾的方法的探讨，令人耳目一新。作者开篇写三位研究生秉承师命去导师曾去过的边远山村搞调研，那个曾让导师写出“沿河村调查”的可以作为中国基层社会学读本的村庄，其发展的迅速和文化的丰富性使三位研究生对于中国乡土社会结构的理解与见识远远地超出了书本，并成为他们在课堂上学不到的现实功课。这是一部可以从哲学、社会学、文化学层面阅读的小说，这部小说之于年轻作家魏微的意义，犹如三十年前的《小鲍庄》之于王安忆的意义。这部小说，可以看作是70后作家进入创作成熟期的一个标志，经由这部小说，魏微完成了由一个关注自我精神的作家向一个关心国民精神的作家的演进。这是与其《一个人的微山湖》《化妆》《大老郑的女人》绝不相同的作品，前者的童年的憧憬、少女的忧伤以及青年时期对于“他者”的体谅，在这部作品中都让位给了某种大于年龄的理性，这种研究者的气质的写作，使小说赢得了某种与岁月拼久长的气质，这种气质，一如魏微前作的淡定、沉稳、平和，但还有一种温润与犀利相交错的东西，纠结在一起，当然还有在阅读乡土时，把自己也绕进去时的那一份理想主义的疯狂，比如小说中“我”对于道广的爱，对于村寨建设的激情，对于受到的来自内心的相信与怀疑并在的身心分裂的折磨，比如清醒、无用，还有于事无补、无所依傍，但是在对于乡土未来想象中的真诚和要把爱情转化成对于土地的浓情蜜意的初衷是真实的，对于公平、富裕的追求的动因是正直的，这个魏微的底色，在对于罗莎·卢森堡的形象自认中暴露无遗，“这是我理想中的自己，一个女神的形象……她天生负有使命，追求进步、光明，愿为理想而献身。她看到世间有太多的不公正，因此越发相信真理、公义、进化论、理想国！她一点都不怀疑！”这样的议论一般而言也许是小说的大忌，但这部小说中不一样，这是一个深入乡村的女知识分子对于文明乡村的桃源梦想的理念支撑。《沿河村纪事》所提供的信息量之大和主人公经历的传奇性，以及作家对于20世纪90年代乡村致富路的追忆与还原，都使得对于这部小说的梳理与总结可能还要有一个更长的沉淀过程。

但是有关乡村的桃源梦是中国文学一直做着的。郭文斌的《上九》（《芒种》，2010年第8期）与张惠雯的《古柳官河》（《莽原》，2010年第2期）正是这场梦的延续。《上九》写了正月社火的全过程，在仪程官对诗一项上即可看出作者的民间文化功底。“上九”这个词在当代社会已相对陌生了，它是正月初九的代称，也不要小看了社火，不要把社火只看作是老百姓娱乐休息或者祈福的仪式，这仪式和唱文中的大义存焉，它的说本与唱同，细细记下来，是成人伦理教育的一个重要形式，朝代更迭而能够伦理延承，秘密也许都藏在这乡风民俗的潜移默化中，乡村文化所完成的传统核心价值观的发掘与教育，是在人们最放松的节庆场景与欢快心境中完成的。所以当儿子六月问爹爹，“唱戏也是舍啊？”得到的回答是，先人写下剧本，是大舍，我们唱，是小舍。所以要写那些劝人为善的剧本，把人带向光明的剧本。他们的谈话竟将全家人都吸引了过来，爹爹说，教人学坏是杀了他的灵魂，它们会流传，会世世代代去造杀业，娘说，“教人学坏就是把杂草种子撒在田里，要除尽就很难了？”爹说，“人的心就像是一块田，要四季守护，精心守护”。这些对话我以为道出了作家对于包括写作者本人的提醒。人，总要恪守一些最基本的法则，比如祖辈传下来的不浪费、施舍等，而人，也总要有所敬畏，比如脚踩大地的时候，总想着它的宽厚，想着“我们生活的背后确实是有一个大造化在的，她给我们土地，让我们播种、居住；她给我们水，让我们饮用、除垢；她给我们火，让我们取暖、熟食；她给我们风，让我们纳凉、生火；她还给我们文字，让我们交流、赞美，去除孤独和寂寞。要说，这才是真正的‘供献’，但对此功勋大德，造化却默默无言”，也许这是我们今天应从大自然中学到的精神，以及沉默、务实而又无私的品格。张惠雯的《古柳官河》是一川流水连缀起的三个故事，它们各自成篇，又上下关联。三个故事的小标题各是“河水”“风雨”“月出”，分别写了三对人的爱情故事，“河水”写秀儿和庆生的爱情，“风雨”写水杏和丰儿的爱情，“月出”写如英和小周老师的爱情，三个爱情与其标题对仗工整，河水是逝去而不能得的爱情，风雨是波折之后见到彩虹的爱情，月出则是经过了暗夜但最终还是亮光照耀的爱情，从小说中我们不难品味出作者的古典情愫。作者1978年出生，近年新作不断，风格清丽，这部小说仍写故乡，但在青涩之上，也心静如水、游刃有余，大沙河上有一些对岁月逝去的缅怀，但那忧伤是浅淡的，有着外表平静与内心汹涌的微妙平衡，温润的诗意丝丝缕缕，浸透纸面。比如，“来到舒展的河滩上，天地间全静了，青青的一片。河流和树林都蒙在一团湿气里。河水漫溢，河道开阔，宛如三年前的那个春天”。这是女主人公对着河水流泪、诉说心事，那个她心里的他，在无可把握的时间里，被他们彼此丢失了。小说语言优美，令人不禁想到《边城》时代的沈从文。作者虽现在新加坡定居，但已足见故乡在其心底不可替代的位置。

这个年度我还注意到胡学文，这个擅写乡村的作家，其另一部写城市的作品让人感念。胡学文《牙齿》（《长城》，2010 年第 3 期）对爱情、亲情、家庭、责任的探讨可谓深入，周枫因怀了杜刚的孩子而杜刚因有病妻无法离婚与之结婚，便在相对象时找了一个老实人罗小社草草成婚，罗小社从不知情到知情之后仍一如既往地爱她、真诚待她，并把她的孩子视为己出，面对周枫对另一个男人的不能自拔的爱情，罗小社对周枫的爱情同样不能自拔，面对周枫因婚外恋的欺瞒、搪塞、躲闪、利用、背叛以及离婚，罗小社是不打、不骂、不跟踪、不抱怨、不委屈她，以致离了婚，宁愿搬出自家祖屋，让给周枫母子住，并一如既往地照顾她们母子，当周枫因与杜刚生气而跳河被救后，罗小社愤懑疼惜之下，为了周枫的幸福竟去找杜刚，要求杜刚娶了这个等了他二十年并为爱情受尽苦痛的女人，罗小社的从不放弃不是出于要占有什么，或者索取什么，而是出自本性，一派天然，他唯一想的就是不愿他爱的女人受到痛苦。小说结局是杜刚妻子病逝，周枫终于等到了她与杜刚的婚礼时，却在婚礼上突然夺路而逃，她无法说出"我愿意"，这时她心中的坚冰已经被岁月中的罗小社一点点地融化，她已经找不到一个能够在心中代替罗小社的爱人了，她除了罗小社的家已经无法再建立一个更加温暖的新家。这是一个婚外恋转化为婚内恋的故事，这个故事的讲述人是那个叫小刚的儿子，他作为周枫与杜刚的身体之爱的结晶，并同时作为罗小社与周枫的灵魂之爱的见证，最终也见证了周枫与罗小社——他的生母与养父之间的相濡以沫的爱情。他认同这样的爱情，犹如他认同他的牙医职业对牙齿生长的认识一样，有些东西是千真万确的，尽管在开始的时候，它还只是一个关于桃源的梦。

扎实、稳定、平实构成了2010年度中篇创作的特色，这一年的中篇写作对于过往岁月的精神回望与现实生活的理性关切同时并行，而在这两者之上，对于真理与文明的探索与对于艺术与方法的开拓的用功上也并行不悖，比如，从不少作品中我们可以看出它的长篇叙述的野心，而在另一些作品中，我们又看出了短篇的机巧与灵活，前者如蒋韵、叶兆言的作品，后者如张惠雯的近作；在对生活的挖掘与对人性的关怀中，我们还读到杨少衡《无所畏惧》、阿成《激情犯罪》、范小青《嫁入豪门》、白桦《蓝铃姑娘》、郭雪波《金羊车》、迟子建《泥霞池》、陈世旭《姑塘纪事》、刘醒龙《音乐小屋》、陈应松《夜深沉》、计文君《此岸芦苇》、叶广芩《拾玉镯》、吴克敬《珍藏父亲》、叶舟《姓黄的河流》、赵玫《子规》、林那北《龙舟》、张翎《阿喜上学》、李铁《中年秀》、孙春平《二舅二舅你是谁》、杨晓升《红包》、李亚《全家福》、肖复兴《乌夜啼》、梁晓声《回家》、夏天敏《村歌》、邱华栋《时间飞鸟》、余一鸣《不二》、曹多勇《家赋》、徐则臣《小城市》等作品，他们都为丰富多彩的生活现实的深入读解做出了不凡的努力，而在残雪、薛舒、陈河、田耳、季栋梁、李治邦、野莽、杜光辉、凌可新、陈昌平、罗伟章、东君、川妮、陈家桥、张学东、杨怡芬、冉正万、傅爱毛、严英秀、溪晗、陈蔚文、夜子、映川、甫跃辉、李云雷、南飞雁、肖勤、王棵、赵大河、肖江虹、王秀梅、叶子等人的中篇小说中，有现代与传统交织的困惑，也有情感与理智碰撞的冲突，他们的思想性与艺术性所达到的高度不尽相同，但这份对于当代生活的思索弥足珍贵，它们是独属于这个时代的文化表述与精神结晶。

从今潮上君须上，更看银山二十回

——2012年中篇小说述评

2012年中篇小说质和量上都保持着不逊于以往的强劲之势。

从作家分布来看。首先，中篇小说写作群仍以习惯于在纸质期刊发表的、相对固定的作家群体为主体，兼有近年致力长篇小说写作之后又重新投入中篇小说创作的作家，如杨争光、邓一光、尤凤伟，有一直不放弃中短小说创作且同时出版了长篇之后又返身中篇的作家，如王安忆、方方、陈应松，有中长篇同时推出而对生活与文体同时保有不衰激情的作家，如杨少衡、王松，更有在小说领域一直以老辣著称的作家，如王蒙、水运宪、陈世旭、阿成。其次，2012年度女作家表现不俗，王安忆、方方、蒋韵、烈娃、迟子建、北北、须一瓜、徐虹、计文君、阿袁、邵丽、乔叶、滕肖澜、付秀莹、孙频、陈谦、张翎等均有佳作推出。最后，2012年青年作家在中篇小说领域中呈崛起态势，弋舟、畀愚、余一鸣、东君的年度表现堪称可圈可点。从小说题材内容来看。作品多集中于家庭邻里，试图在社会最基层的细胞中寻出整个社会的人文变迁，切口虽小，却更加深入，从家庭、女性、孩童的面影里我们对于时代的整体风貌虽不能说尽收眼底，却也可谓知其大意。2012 年中篇小说的一个特色，就是它毫不吝啬笔墨于家庭细部，较之以往对于职场、商场的关注度而言，2012 年相对稳定的中篇小说作家群体几乎都将视点收回，这种现象引人关注。从小说创作技法上来看。2012 年中篇小说文本更趋多样化，散文体、说书体甚至有年谱入文，小说本身的探索性与试验性因有向小说外的文学、艺术、学术样式借鉴的实践而得到增强，文体上比往年更显鲜活与生机。

闯入者与叩门人

闯入者总是令人不快的，当你猝不及防，当对方不请自到时，或者你正在前方讲台上侃侃而谈，却不意有电话告知你的房屋被盗，这种心理的落差显而易见。王蒙的《悬疑的荒芜》（《中国作家》，第 3 期）便写了这样一个“被闯入”的事件，自始至终，我们都不知道“闯入者”是谁，我们被何许人弄得焦头烂额、抓耳挠腮甚至恼羞成怒，只知道某一天我们的家门被别人撬开而不是“敲”开，我们平静的生活被打散、打乱以致散落一地，被这个不速之客给随随便便地践踏，我们的隐私更是一览无余地摊在地面，先是被闯入者翻来捡去，后是被民警们研究查看。如是这般，还是发生在有着物业安全许诺的小区。小说的关键不在于主人公失窃本身，而在于“被闯入者”对于生活的观察体悟与思辨，而那所人去楼空的邻居之屋的荒芜是一个象征吗？或者正所谓“于浩歌狂热之际中寒，于天上看见深渊”，在我们的建筑物已如此华美的今天，仍有一些还需我们重建的东西在前方等着我们。

与这个无名的闯入者不同，周国章却是一个礼貌的叩门人，但在姜承先眼里这个面含微笑的来访者却是他命运的真正“闯入者”，用姜承先本人的话说：“我的一生都毁在了他的手里。”尤凤伟的《岁月有痕》（《十月》，第3期）正是源起于这样一个不被欢迎的叩门人，连主人公姜承先都闹不明白，这个50年都不见面的周主任被什么样的风吹到了他的门口，又抱着什么样的心态来看望他这个已风烛残年只想过好现实日子的当年的受害人呢？他不明白周国章的来意，人生经历而沉淀的敌意使他不由分说地将之拒之门外，右派与20年劳改，只是他的人生的一次重大改写，而周国章的这次到来再次打破了姜承先的平静，从心态到生活，姜承先刚刚稳定下来的一切再次被这个“闯入者”搅乱，原因是什么？原因是周国章因为被拒门外而导致当日心脏病发而住进医院。此时此刻，命运的“戴罪者”发生了置换，姜承先在这位“仇人”住院时更是内疚痛苦，简直是战战兢兢地度日，他四处打听，唯恐再陷囹圄，他的身影在医生与律师之间闪现，他心怀恐惧，唯唯诺诺，他的脑子无时不被官司占满。曾经沧海难为水，姜承先以为苦难已使他的心结了一层老茧，可以承受任何风霜雨雪，哪料同一个周国章的不进门的到访，便会使他的人生大乱。小说的凛冽之处在于周国章那方并没有正式提出什么法律上的医患补偿，而姜承先这方却已心慌意乱。为什么？是同一个周国章的魔力太大，毁了姜的前半生不算，还要毁掉他的余生？不。作家带我们回视时光给我们人格带来的创伤。姜承先之伤在我们平日视线看不见的地方，只需一点外力，一个人，一根导火线，就会让我们再次看到他心上未曾愈合的疤痕。从这个角度来看，周国章难道不是已往年月里对于姜承先们命运的一个有形的“闯入者”吗?

相对北京土著而言，荆永鸣的《北京邻居》(《人民文学》，第 8 期)中的“闯入者”是主人公“我”——我和妻子从北方来北京打拼，小餐馆开在市中心的胡同里，因租房而跟大杂院中的老北京人做起了邻居，在柴米油盐的交往中，“我”与包括赵公安在内的几位邻居不打不相识，并结下了深厚的友谊。然而，天下没有不散的筵席，大杂院的拆迁使街坊邻居各奔东西，小说中有力的一笔是赵公安对旧宅的坚守：推土机山响，然而老人就是不搬。但一个老人哪里挡得住高楼林立？在追加赔偿的条件下他一家还是搬到了郊区。相反“我”这个外乡“闯入者”却在市区买了房子，成了市民。比“我”更强有力的“闯入者”是胡冬，这个当年租房被赵公安赶出来的人却摇身一变成了赵公安房子的“掘土人”。小说的结尾，“我”与赵公安在王府井相见，说完了话又各奔东西，在“我”眼里，赵公安的背影如同一个时代的背影，渐行渐远。

如果以为邻里散失之事仅发生于都市，那就错了。陈河的《西雁河》(《北京文学》，第 11 期)讲述了发生于 20 世纪 90 年代浙南山区的故事。20 世纪 90 年代虽距我们不远，但挡不住陈河开篇一句——这是一个过去了很多年的故事——的感叹。这个故事字面上只有 3 个人：叶文桂、白雨萍、吴印国。白雨萍被叶文桂带到西雁河与之分手，失恋的女子随即与叶的朋友吴印国同居以报复叶，叶与吴联手开发皮革厂，不仅抢了西雁河的原始资源与劳动力，而且使西雁河的山清水绿变成了雾气腾腾。字面上，这是一个爱情与故乡的故事，是一个创业致富的原始积累的过程。然而事情并不那么简单，还有一个人——吴双叔——隐现于故事深层，他藏身深山，含而不露，但他是山民传统价值观的代表，当山民利益与乡村伦理受到伤害时，他起到了“头人”的作用，从某种意义上来讲，他是山民们的精神父亲，同时，他也是吴印国——我们的主人公，我们的乡村伦理“背离者”的亲生父亲。那么问题来了，吴印国引入了叶文桂这个乡村文明外的“闯入者”，对山民的生存构成了威胁或是胁迫——山民们认为他们安静的日子一去不复返了。于是山民们打着火把成群结队地去找吴双叔要个说法，结局是一向沉默的父亲以枪声回应了乡亲们的诉求，血流一地的儿子成了这场争斗的牺牲品。故事完了吗？没有。皮革业的发展到败落就十几年工夫，山林又进入了另一个创业周期，房地产开发者用高科技手段治污成功并将之改造成西雁河别墅，还以非物质文化遗产的方式重建当年的造纸工艺，而量身定做的如瑞士阿尔卑斯小镇的拥有者是顶级富豪，西雁河的原居民和他们价值观的曾经两极的代表吴双叔与吴印国父子已然活在了故事里。陈河讲述了西雁河的“闯入者”，不是吴印国，不是叶文桂，不是某一个地产总裁，这个“闯入者”看不见，理还乱，更多时候，这个“闯入者”不是一个“人”，但它通过人来完成，它有着拟人的本领。这个闯身进入乡村、进入城市并参与改写历史的拟人的物，它的名字叫作——“资本”。

一个众声喧哗的时代。于是有沪上路南公寓开着纽扣店的欧伯伯、店外外省来的年轻保安、来自东北在上海贩衣服的女子六叶，王安忆的《众声喧哗》（《收获》，第6期）记录了都市的“闯入者”的时代已有年矣，用作者的话说，是“沉静中，却有一股子广大的喧嚣，从水泥路面下升起，布满，天地间都是喊喳声”。

这个时代，听者有心。有听者，则必有穿梭于听者之间的音响推广人，有一天，这个人不意闯入了一个小区的一家住户，他是来提供阿卡佩拉书架箱的，这个发烧友在一次次专业的调试中遇到了一场场匪夷所思的事，使他不经意闯入了另一家人的经济与情感生活，最终，他得到了卖音箱的26万元钱，而买家却隐身失踪。小说的主人公生活在一团混乱与困惑的头绪里，隐身或是双重的，但最终，他认可了这种生活状态，不再吹毛求疵、不再怨天尤人，“事若求全何所乐？”这是格非的《隐身衣》（《收获》，第3期）中“我”的生活观，这个叩门人式的闯入者隐身而退，由此找到了内心宁静的生活。

白头吟与无衣令

熟知汉乐府民歌的人都知《白头吟》，史传为卓文君所作，今人有计文君同题入文，成就了一部21世纪的《白头吟》（《人民文学》，第7期）。这部小说写了一个主人公女作家谈芳的生活，从她的写作生活到深入生活，最终落脚于她个人的情感生活，大幅篇章在写他人——周先生一家的生活——那是她写作的对象，然而给人印象深刻的却是这位女主人公自己的生活问题。结婚经年，起初的新鲜已变得老旧，或者说，其中的男知识者受到了来自他的知识内部的女性的诱惑，这种诱惑几乎是时时发生的，但一个家庭的走向恰也取决于男女双方对于其中一个所受诱惑的态度，小说称其为“白头吟事件”。最后当然一切平息，女主人公如那千年岁月中的另一个女子，表明“愿得一心人，白头不相离”，而男当事者也如李白诗中的感叹“宁同万死碎绮翼，不忍云间两分张”，两人和好如初，避免了“独坐长门愁日暮”的命运。身外与心内，这是计文君几年来一直关心的女性主题，岁月见长，她的笔触也日渐平和，已无“闻君有两意，故来相决绝”的烈性，而多了仁慈与宽恕。

爱到底比恨多，虽然有时也需要用恨去证明，界愚的《暗夜》（《人民文学》，第 4 期）把我们的视线拉至 20 世纪初期。瑞香的爱一直是被动的，12 岁时，她被饥饿的母亲变卖至金先生处学戏，又嫁给金的朋友唐汉庭，她的前半生都是被动的，直到日本人暗杀了她的丈夫，她的人生才被激发出另一番模样，这个一直沉浮于命运的漂泊女子，用了几乎半生去谋划复仇，她做到了。暗夜是如此长，不仅在那个时代，也在这位女子的心内，从儿时至暮年，她几乎都生活在贫困与仇恨里，最终，她用这恨完成了对于丈夫的爱，对于民族的爱。这是怎样的一曲白头吟，以怎样一种决绝的方式，然而，这是她想要的生活吗？彼时彼刻，她能够找到比之更好的生活吗？时光没有答案，时光最是无情。

蒋韵的《琉璃》（《人民文学》，第 4 期）写的是无情时光中的有情人，这时，这位女子换作了一个叫海棠的人。20 世纪 70 年代，海棠从她的北京表姐丽莎那里知道了还有一种与现实生存不同的生活，她的表姐因坚持这种与“小市民”划开界线的理想生活而割腕而死。海棠活下来的原因，不是个人认同了庸碌的生活原则，而是在困厄年代里，她和一个叫刘耘生的人有约在先，为了这个“十年之约”，海棠考学、工作，从北京到深圳，她虽早知刘耘生已婚，而自己也已是一个孩子的母亲了，然而心中的那个理想形象仍像风帆一样鼓动着她前行。直到有一天，她再次偶遇那个与之相约的人，两人对坐，寥寥数语，她已后悔命运的遇见——这个一直被她在心中爱着的人已不复往初，更可悲

的是，这个人正是丽莎用生命教会海棠去唾弃的那一种没有了理想的“小市民”。海棠梦醒，小说结尾，她扶在爱人的墓碑上流下了泪水，不只是为爱的相失，也为她心中理想的找回。

是啊，为了谁，为什么，我们守身如玉？阿袁的追问里虽有些许戏谑与侥幸，却直白地解答了女性心中的戒律，有些底线是不能碰的。岁月之中，才德兼备加之节烈忠贞，仍不能对付迎面而来的种种是非。即使心意烦乱、思绪万千，仁义道德却仍会在我们身上起作用，阿袁的《守身如玉》（《上海文学》，第6期）刻画的正是这样一种知识女性。阿袁与计文君，在我的阅读里，称之为南袁北计，一江西、一北京，两人近年完成的对于知识女性的精神内质与情感诉求的书写可谓矜持有致，两人文白相间的笔法、幽默智性的风格都有异曲同工之妙。对比她俩的作品，你会看到女性心灵深处的真正困境，然而解决困境的方法，在两位女作家笔下均是冲淡调和，不知这是一种智性的方法，还是无奈所至？

以上，还都是探讨不同时间段落中知识女性的命运，还有一大部分女性没有涉及，但是文学又何尝忘记？！刘庆邦的《东风嫁》（《十月》，第4期）记述了来自乡间的女子米东风的故事。米东风在城市靠出卖身体勉强维持生计，村人得知了她的底细。父亲张罗着为她定亲，不仅为收收她的心，而且要在村人心中有个着落、有个承认、有个对于门风的补救，他与村长最终说服王新开，与米东风结婚。嫁人只是开始，接下来王新开一家对她的羞辱，致使想安心过日子的米东风逃离而去。

付秀莹的《无衣令》（《芳草》，第4期）同样将视点对准以“米东风”为代表的特殊女性群体。从乡村来京打工的小让生计无着，便抵押青春的资本投靠报社社长老隋。老隋不可能离婚，而小让也是家中有人——青梅竹马的石宽仍在家乡等她。付秀莹一直擅写农村女性，她笔下的乡村女性也总是温婉可人，但这一次她的笔触进入了城市中的打工女性，对于她们的解读，这位年轻女作家又将得出怎样的结论呢？小说将小让写得柔肠百转，一边是给她足够生活享受的老隋，一边是给她精神尊严的石宽。最终，小让在回家过年的火车站候车室中找了个立足的地方，给伴随她成长的那个农村青年发了一条短信——“岂曰无衣？与子同袍”。这或许也是付秀莹给出的答案。

“岂曰无衣？与子同袍”，出自《诗经·秦风·无衣》。原诗像是记述战争，倒不在写男女之间的爱情，付秀莹转借了来写男女之间的情愫，或意味着爱之确认也需要一番心内的战争。当然，小说家最终让她的主人公小让赢得了这场战争，但是另一方面，生活或者生存的考验并没有结束，或者也才刚刚开始。《诗经》的文学作用自不待言，而“兴、观、群、怨”以观世相、解民风的确也是它的一大社会功用，小说在历史上也曾起到这样的“观察”作用。一位思想家说，一个民族的社会发展，可以通过这个社会的女性发展观察出来，如此，女性人格的文学重建工作，任重而道远。

温的血与凌波渡

在这个以速度求时间的年代，保持着娓娓道来从容风度的小说不多，但是遇见，便会静心地停下来，以致阅读变成了一种叙谈。阿成的《例行私事》（《芒种》，2012 年第 6 期）是这种风

度的一个具体体现，小说写雪中行车，腊月二十九，主人公“我”要一一看望自己的亲人，父母去世后，这种提前去兄妹家拜年的习惯已成“我”的例行私事。落雪中一条条绰约的人影在路上时隐时现，一代人滞留于新旧城市转换的空间里，然而纷乱的思绪与记忆却使雪中旅人跨越时空，已逝的父母、曾经的家族、干道、小街、大哥大嫂、二哥二嫂、二妹、小妹、大妹，分布于这座东北落雪的城市的各个角落的亲人和他们的后代，家族的血脉枝蔓，怀想、伤逝的调子，主人公想这样的例行私事也许就终结于“我”这一代了，而“我”也许就是这种例行私事的最后一个守望者吧，“我们为什么还在城市中行走？因为我们还没有到达自己的目的地”。小说写得如此温热，大雪天里，一个行人心中对于亲人好日子的呼喊和期盼，读之让人动容。尽管我知从小说观念上看，这部作品更加散文化，更像一部纪实，但其中的真情却动人心弦。

同样引人流泪的是徐虹的《温的血》（《延河》，2012 年第 12 期），小说开始于一些儿时片段，母亲、继父、父亲、哥哥、同母异父的弟、妹，岁月之网与血缘之网相互织就，“那时候 50 岁与 30 岁又有什么区别呢，所有的大人都是些老人”，小说从 20 世纪 70 年代军部大院的童年写到新世纪已成家立业疲于奔命的我们，其间有多少成长之痛，有多少从来秘不示人的爱与纠缠，有多少贫困日子里相濡以沫的记忆，小说仍是从容镇定，散文一样地往下走，走到你都不认为是小说了，但是你的心被撕扯进去，隐隐地疼，“那是上世纪 50 年代，他们年轻茁壮，优越又好强……那时世界对他们来说，每一天都是向上的，蓬勃的，饱满的。我们的生命就是那时候来的”，这种议论在小说中被认为是大忌，但为什么打动人心？“以前我以为 20 岁的人有多老呢，真正到了20岁才知道，原来简直就是孩子。到了30岁才知道，原来也是孩子。其实到了40岁，仍然还是个孩子——没有一件事是准备好了的”，这样的坦白与打开为什么在小说里又是这么有力？经历成家生子却又孑然一身的主人公“我”最终在母亲身边昏昏睡去，这个她只有在母亲身边才是安稳的，春节的热闹与寂寥一时与之无关了，小说中写，“我觉得自己和一个婴儿并无二致”，这样让人心疼的句子写下来，其中有着怎样的逝水年华可以将之承载？！

女性对于血缘也许都有天生的敏锐。张翎的《夏天》（《人民文学》，2012年第11期）写的也是年华逝水，五一与国庆这两个姐妹在“文革”期间一个夏天的经历，前者跟着外婆在乡村长大，后者跟着父母在城里，五一在4岁时被妈妈接回家才知道自己有个叫国庆的姐姐，在城里的院子里，五一以一个外来小女孩的视点结识了邻居，但也正是由于不谙世故而“出卖”了胡蝶，使得胡蝶阿姨受到胖老太的羞辱，但是，当胖老太的把柄握在胡蝶手中时，胡蝶不是报复致他人于死地，而是原谅与包容，她那样轻易地化解了别人心中的惊恐，并以这样的化解，告诉孩子还有另外一种人生与人性。经历了一个夏天，经历了姐姐的死、母亲的出走、父亲的耳光、胖老太的整人、胡蝶的原谅和母亲的归来，五一的人生从此不同。小说最后写道，五一心中有许多话涌上来，争先恐后地要找一个突破口，但最后却变作了一声啼哭。于此，我们眼见了成长，也眼见了一个时代中的也许是千千万万走过来的家庭。

陈谦的《繁枝》（《人民文学》，2012年第10期）距我们的时代更近，它几乎就是当下的。当然人物在记忆中保留着20

世纪 90 年代的创业者的面影，只是这创业的背景从美国硅谷又到中国广州。故事并不繁复，讲了两个姐妹、两个家庭，妹妹立蕙从小就一直以姐姐锦芯为榜样，但两人一直都只是秘而不宣地知道对方，她们是同父异母的姐妹，妹妹是因母亲对何叔叔的喜欢而越轨生出的孩子，小时候两人互相保护着对方，但由于母亲工作的调动，两家从此再无交往，只是何叔叔以叔叔的身份在立蕙上大学时去见过一面，送给她一只镯子，同样的镯子，锦芯那里也有一个。命运使然，两人都在美国留学安家，立蕙通过锦芯之母找到了这个同父的姐姐，虽然话都没有说开，但血缘之亲却使锦芯和盘托出自己婚姻的危机与不幸。小说直到写锦芯的讲述时，我们才真的沉醉于小说的叙说的魅力，原来一个人可以通过另一个人的话语而塑造成形。姐夫立达的形象让我们重温了留学创业的一代由农民、学生到科技精英蜕变的奇迹，同样我们也从亲人的讲述中听出了创业者成功背后的付出与苦痛。“繁枝”是我们在圣诞节时面对的那棵生机盎然的家庭树，同时，也是我们与过去、与时代、与亲人无法割舍的血缘关系。小说以锦芯的出走为结尾，她在周边人们的怀疑中写下了骆宾王《在狱咏蝉》诗中的最后两句，“无人信高洁，谁为表予心”，她在暗示什么，或是辩解什么，似乎已经都不重要了，重要的是，她去到了给她心理宁静的沙漠。而始终牵念她、理解她并承担了她的痛苦与愁绪的人，与她有着共同的胞血。

亲情的极端化显现在 2012 年的中篇小说里同样引人注目。余一鸣《愤怒的小鸟》（《人民文学》，2012 年第 6 期）、弋舟《等深》（《乌江》，2012 年第 5 期）从两个向度写了当下孩子的叛逆，两部小说的题目都与高科技有关，前者源自一个人气火爆的电子游戏，游戏内容是鸟儿为了报复偷走鸟蛋的肥猪，以自己的身体为武器，炮弹一样地攻击肥猪的堡垒，佘一鸣借此写下了金圣木一代对父辈的反叛。后者借海洋学术语“等深”，意在引出一个两代人的道德底线的故事。“等深流是由地球自转引起的，在大陆波下方平行于大陆边缘等深线的水流”，“是一种牵引流，沿大陆波的走向流动，流速较低，一般每秒 15 至 20 厘米，搬运量很大，沉积速率很高，是大陆坡的重要地质营力。有人认为等深流也属于就种底流”。三年前丈夫出走，三天前儿子出走。小说中的“我”是女主人公的初恋情人并一直还与之保持着若即若离的情感关系，“我”眼见一个 14 岁的孩子为母亲的尊严而去找欺辱他们一家的另一个男人并试图以血刃报仇的形式讨回公道，由此自省于自身的一代人的是非道义，故事充满了动作与张力，有些段落甚至再现了《史记》古风。但故事只是作家要说的更深广内容的水流的表层，“我”作为这场家庭危机的倾听者、参与者，或还是两代人精神疑难的见证人，在女主人公的儿子少年式的承担行为中醒悟到深刻的道理：一代人的失职会使另一代人付出血的代价。小说中对于代沟的书写，我以为已写到了海洋的深层：曾几何时，孩子对成人的警示与提醒，已被我们长久地忽略了。

当然，更多时刻，隔膜还不只在两代人之间发生，常常是亲人间的隔膜带来了刻骨铭心的剧痛。孙频的《凌波渡》（《钟山》，2012 年第 3 期）中的王林与陈芬园就是两个人生错位、对接困难的人，他们两人一个孤芳自赏，一个顾影自怜，虽然一度成为知己至交，但终还是相失交臂。小说写的是校园中的一代大学生，他们孤高自傲，却失去了爱的能力，甚至失去了为他人所理解的

能力。一方面，小说写出了这一代人如凌波仙子般的高雅绝俗、清香馥郁，陈芬园难道不是一个“水沉为骨玉为肌”的女子吗？另一方面，小说也写出了这一代人的致命之处，当然也是陈芬园自知的一点——“我让自己远离凡俗，远离平庸，却不知道那其实是走在水面上，其实不过是凌波虚步，一脚踩下去，下面是空的。”孙频是1983年生人，其对人物所代表的一代人的人格观察与自省所达到的深度，让我们惊喜。

写出人物形象背后的人格，之于作家而言，并不是一个难以完成的任务，但是，如何使这一人格能够代言一个时代，却是不易达到的标杆。小说的一大功能大约可以提供给我们一些人物，这些人物可以引发我们一些思考，这些思考可以匡正我们的一些人生。从人物角度而言，2012年叫人读来难忘的形象还有烈娃的《老子革命多年》（《上海文学》，2012年第8期）中13岁便参加南下的“老”革命舅舅宫音书，他南下、归乡、大起大落的一生让我们读出了堂·吉诃德式的悲怆；而滕肖澜的《规则人生》（《小说界》，2012年第5期）中刻画的上海女人朱玫心机重重，利益为重，在“规则”中游刃有余，到头来却仍是别人的一枚棋子，小说对利己主义的泛滥可谓批判有加，对于深陷其中的人们却也深怀悲悯与同情。

从小说艺术手法上来看，2012年有两部作品不能不提：一部，李亚的《武人列传》（《十月》，2012年第5期），写法上借用民间说书的形式，让人耳目一新；另一部，东君的《苏薏园先生年谱》（《人民文学》，2012年第11期），作品从1944年（甲申年）写到2011年（辛卯年），一个书家与动荡时代相遇的无奈与朴素人格的坚守写得能教人荡气回肠，其主要原因或在于它用了最为朴素、写实的方式——年谱。

日子总是过得快，五九六九，抬头看柳，一场瑞雪，进入癸巳年的日子屈指可数，新的一年，新的生活，新的人生一定会得到更新一代小说家的深情讲述。对于未来，我们满怀期待。

接天莲叶无穷碧，映日荷花别样红

——2013 年中篇小说扫描

用杨万里的诗句时，窗外晴空万里，是寒冷的冬季，心中却有暖意在，这暖意是 2013 年的中篇阅读带给我的。此时此刻心中跳出的这句诗，再恰切不过地说明了 2013 年中篇小说的整体气象。这是一个小说思索收获丰盈的年份，同时也展示了小说艺术的多样可能。

历史参照

蒋韵的《朗霞的西街》（《北京文学》，2013 年第 8 期）延续了蒋韵写作的一贯风格，将一个传奇色彩浓郁的故事讲述得冲淡平和，读过之后却能使人从中咂摸出不一样的韵味。谷城的一家住着朗霞、母亲马兰花和奶奶，却也秘密地住着朗霞一直以为故去的父亲，而这保存得很深的秘密终会面临“揭穿”的一天。这个“揭穿”的人正是马兰花像女儿一样疼爱有加的邻居吴锦梅，马兰花像母亲一样待她，然而这个女孩子却害得她失去亲人、失去生命，还背着窝藏犯的身份。朗霞最终离开了这个带给她破碎记忆的小城，而归来的一笔却有作者的亮色，仍有人看到过母亲在那个小院中不离不弃，那就是仍有人心中有着念想深情，而不是怨愤仇恨。小说的精彩之处在于写出了吴锦梅的出卖动机，不是别的，而是自己被逼上了心理的死角。她的恋爱秘密快要被揭穿，于是选择了说出邻家更大的秘密，希望以此掩盖自己的秘密，这是她由恋到罪的开始，而这种不自觉的自我保护却使别人生离死别、家破人散。小说旨在探讨人性中的幽暗之径，由此，历史的书写变作了背景，凸现的仍是人性破解的疑难。苏珊·桑塔格曾这样谈论作家，她认为，“一个坚守文学岗位的严肃小说家必然是一个实实在在思考道德问题的人。他们讲故事，他们叙述，他们在我们可以认同的作品中唤起我们的共同人性，尽管那些生命可能远离我们自己的生命。他们刺激我们的想象力，唤醒我们的同情心，培养我们的道德判断力”。小说最后，蒋韵仍然谅解了她的主人公，但这种被时间洗褪的思绪之中，仍保持着一个小说家对人性弱点质询的尖锐。

尤凤伟的《中山装》（《十月》，2013 年第 3 期）里，老将军的后代孟军作为一个成功商人回到父亲出生、工作、战斗的崮城，受到热情接待，但出人意料的是，当地冒出了一个自称是孟军哥哥的人，这让孟军心生怀疑，他找来律师展开调查。身经商海的老总或要对付一个冒牌平分财产的人？两兄弟见面的结果出人意料，老将军妻子的养子不过是要一套将军父亲曾穿过的正式的外衣，来与已故的母亲合葬，孟军以一套父亲生前穿过的中山装满足了他此前从未谋面的家乡哥哥的唯一心愿，但是当哥哥说出了这个心愿时，商人和他的律师仍是心中震动，钱，在哥哥的眼里，没有一件爹的衣裳重要，而让两位老人以这样的方式团聚，则是作为养子此生的最大念想。当然只是那么一震，此后的孟军如释重负，他仍然沉浮商海，戒心在怀。家乡之行画上句号之后，他惦记的不是这个相貌平常而内心高尚的兄长，不是埋在地下的父亲的中山装所代表的征战与荣誉，而是与他有过情感牵连的两个女人和一头混血的藏獒。作家的思索在现实与历史间跳跃，他的对于两位“继承人”的评判也由此可见一斑。

李佩甫的《寂寞许由》（《鸭绿江》，2013 年第 8 期）是其在完成“平原三部曲”尤其是长篇小说《生命册》之后重新写作的第一部作品，这部中篇小说仍然在探索平原性格，从某种程度而言，这部小说仍可读出《生命册》中对于平原农民人格思索的余韵。作者从上古尧舜时期的中原高士许由写起，为我们托出一个老郭，这个身高骨寡、袖手面寒的本是写诗的文化人，却与他的名字“守道”背离，走上了一条相反的路，靠着一个“合作”而来的科研发明到处找门子、找路子，甚至托到挂职天仓的作家副市长为其批条子、跑盖章，而到了“金钢国际”招商引资且资产评估超 37 亿时，他却因欠债引得心脏病突发而亡。与其说作者在探讨一个命运多舛、拼命“钻挤”的人的性格，莫如说他在思考平原产生这种人格的土壤。从积极的角度来看，一方面郭守道不认命，一直想在人前争面子，以致他虽活得挣扎，却也不能不说秉承的是一种积极入世的人生态度；另一方面，却也让作者感叹于平原上另一种传统的消失，淡泊的人生是寂寞的，寂寞的苦痛比起挣扎的烦恼更甚，所以，许由的寂寥可想而知。但是，当人们都秉承了这种出人头地的人生价值观时，也许我们失去的是更应珍视的人的多重选择。这才是作者的叹惋所在。

在这些历史对照的书写中，让人眼前一亮的还有刘鹏艳的《红星粮店》（《阳光》，2013 年第 5 期）。小说写的历史距我们不远，20 世纪 80 年代，正是计划经济向市场经济转型的时期，小丁高中毕业没考上大学便代替父亲老丁到粮店工作，从百无聊赖开始，直至粮店的员工为救他而伤残，激发出了小丁的集体荣誉感。当小丁像爱家一样地投入工作时，传统粮店在市场经济的一波波深入推进中渐次萎缩，改制过程中的小丁本来有更好的去处，但在感情上他已无法割舍，最终当粮店被征作地产而看在老朋友投资的份上只保留一间门面房时，坚守到最后的小丁仍然将新喷绘的“红星粮店”4 个大字做成横匾，为他个人的私营便利店命名。历史的前行与个人的眷恋之间，作家并非意在书写对计划经济的迷恋，而是试图在过往时代中找到一种仍然可贵的价值观。小说有两个道具值得注意，一个是使主人公油然而生肃穆的门匾，一个是师傅手中印有“职工代表大会”字样的大瓷缸。它们记录了历史过来的路径，支撑了一代人精神成长的历程。

现实关怀

方方的《涂自强的个人悲伤》（《十月》，2013 年第 2 期）给人印象深刻。方方这些年一直致力于对平民的研究。平民的命运与改变命运的个人奋斗是她近年小说最强有力的思考主题。这部小说也不例外，它写了一个从偏远山村考上大学的乡村青年的命运。这个青年从村庄一路走来，肩负着改变村庄、使家乡人过上好日子的使命，然而，在他大学毕业走上社会之后却被工作拖垮了，先垮下的是他的自尊，后是他的身体，直到生命。方方因对她的主人公爱到了极致，也将主人公的命运推到了极致，涂自强的理想就是这样被现实一点点地蚕食掉了，他刻苦、敏锐、聪慧、肯干，但却没能和城里的孩子站在同一起跑线上，他要面临个人生存的许多琐事，而这些琐事已将他的才智耗费殆尽。回乡的路是那么漫长，以致一个生命的消失引不起任何人的注目。较之于结局的灰暗，我看到的是作家对于社会公正的渴望，城乡差异，贫富差距，还有种种我们看不见的不平等，使满怀希望的涂自强变得连自我的命运也难以操控。这当然正是我们这个时代要改革的初衷。

陈应松的《去菰村的经历》（《上海文学》，2013 年第 1 期）是一部不可多得的小说。它的不可多得在于：一、写村民选举。二、写作家深入生活，与村民选举如何失之交臂。陈应松近年的小说关注现实，一直有一颗忧患之心。小说写一个作家到荒泽县去，当地领他参观养鳝、参观养猪……千方百计地阻挠他到菰村去，因为那里当天正进行着一场惊心动魄甚至是你死我活的村选。执意要连任村长的人的势力与怀有民愤的村民们、黑社会、基层政权，还有因维护村选而出动的公安等，都只是偶尔吹进作家耳朵的风语风言，他执意要去菰村看看，却在这一夜一天被热情有加地一再延宕。最终他什么也没看到，什么也不知道，回到书桌前能够写下的也只是这一个昼夜匪夷所思的经历。那个菰村，仍像卡夫卡的城堡一样，无法接近。由此，我们看到了一个关注现实的作家的窘境，同时也从这窘境中读到了一位有良知的作家的愤怒。小说中的荒诞与象征比比皆是，像是一个耐人寻味的寓言。

如此身不由己之经历，在杨晓升的《身不由己》（《芳草》，2013 年第 5 期）中也表现得淋漓尽致。小说写一个博士毕业的知识分子为了帮助家乡黄老板的集团公司上市，到处求门路、找关系，最终却以受骗告终，而这受骗还不能告知老父和委托人，只有自己吞咽苦果——老父还要在家乡人面前活得有尊严，并以他会办事、能办事、有关系、有人脉的北京儿子为骄傲。

以上 3 部小说都涉及一个若隐若现的乡村背景，人从乡村中走了出来，到了城市，但是乡村中的一切仍然活在走出来的人身上，乡村是一个巨大的现实，不仅牵绊着我们现代化各个层面的推进，也在提示着我们，在现代化的实现中仍有许多改革之初意想不到的问题需要我们逐一解决。

理想诉求

胡学文的《风止步》（《长江文艺》，2013 年第 9 期）为我们讲述了一个沉甸甸的故事。作者让城乡两条线交织在一个为受伤害的女性们寻找罪犯的调查上。然而这个调查却在乡村遭受了受伤害幼女的奶奶王美花的拼死抵制，最终王美花以私下解决掉施暴者与调查者的方式，来为她的孙女燕燕保守“清白”的秘密。这是一个法与情之间的悖论。如果找到犯罪者而将其绳之以法，会使受伤害的女性置身于落后文化观念所不容的境地，如果容忍犯罪人，女性受伤害的事件就会因得不到法律的及时惩治而更泛滥。王美花的选择是一个保全秘密却违背法律的选择，这种选择的背后是传统文化的封建性所造成的。小说中，“王法”与“江湖规则”的较量，前者不敌后者。作家深感于此，他呼吁文化的进步，诉求理想法则的实现，其拳拳之心跳跃于字里行间。

蔡东的《净尘山》（《当代》，2013 年第 6 期）则把视线拉至经济发达城市中收入丰厚的公司白领。从外部看她们的生活优裕，令人艳羡，但置身其中的人却不乏疲倦，每天的报表与日复一日机械的生活使张倩女患上了暴食症，她必须通过暴食才能平复每天的情绪波动。小说也写到了她在少年时，与唱着昆曲的父亲气定神闲地过着接地气的生活，但是那样的日子渐行渐远，当踏青、赏雪、垂钓、坐而论道变成了老年人生活标志的时候，一定是哪里出了问题。张倩女们毫无生趣地挣钱、挣房子，以致不仅忘了理想，也忘了生活本身的诸多意趣。小说的结尾是张倩女的母亲劳玉出走净尘山，而张倩女却面对阔大的天地，不知往哪里去。我想，这不只是张倩女一个人的困惑，她可以在爱情上妥协，却唯独在人生方向上不能迷离。蔡东是出生于 20 世纪 80 年代之后的青年作家，从这部小说中可见她对于一代人精神走向的关切。

理想诉求题下，值得注意的还有张炜的《小爱物》（《北京文学》，2013 年第 9 期）。小说写得如一部童话，足见作家的心性。果园的护园人与爱吃果子的孩子们之间的寻常故事，让张炜写来如此诗意。“见风倒”与“小爱物”之间的心有灵犀，是作家近年一直致力于大自然和谐观的文学体现。如何保有良好的生态，如何在人与动物之间保有相互的信任、沟通、爱护、友谊，如何使人与自然达到一种田园式的和谐、宁静、温馨，不仅是现代化发展中应实现的理想，而且也一直是致力于推动人类文明进步的文学家的人文梦想。

精神追问

弋舟的《而黑夜已至》（《十月》，2013年第5期）为我们掀开的是一个城市抑郁症患者的生活面纱。在政法大学教书的主人公患抑郁症有些时间了，不意被一位女大学生委托向已经成为亿万巨富的数年前一次车祸的肇事者追回自己父母因车祸双亡的赔偿费。主人公在整个事件中主持正义，老板也信守诺言如期交了赔付，但是获赔100万的女大学生次日却因车祸而亡，主人公认定这是一次谋杀，他找到了那个老板，却得知车祸只是一次意外，实际上，老板已得知女大学生并不是他数年前车祸受害人的女儿，尽管这样，他还是赔了款，因为这是了却他多年心债的一次机会；主人公通过调查得知，100万赔偿费一部分用于给女大学生的老师买房预付，一部分成为男友留学资金预付，而女大学生分文未取。小说写了一个精神上灰暗的人从冷寒之地走向光明的故事，这个故事中隐含着对于个人良知、羞耻之心等个体精神健康的追问。

刘永涛的《我们的秘密》（《西南军事文学》，2013年第2期）如一篇寓言。一个能猜出同事秘密的人先是引发同事的好奇最终招致同事们的抛弃，这个执拗于解说别人秘密的人，最终被同事们送进了精神病院。从某种角度上来讲，小说所写与隐私有关，一方面它提示我们人际交往总有界限，界限就是以尊重他者隐私为前提，但另一方面，它似乎仍有新的开掘，当一个人痴迷于猜测他人心理而不能自拔时，他距一个心理病态的人已经不远。但是，我们从中又看到了一个人因交流沟通的不善而不得不采取变异的“走入人心”或“与人交心”的方式，这种方式带来了更深的沟通和困难。我特别欣赏作者的写法，幽默和惊悚齐头并进，尤其结局与开始首尾相连，在刻画一个“异人”上面，这位 1972 年出生的作家才情斐然。

2013 年度对于病态人格的挖掘还有陈谦的《莲露》（《长江文艺》，2013 年第 5 期）。小说以一个在伯克利市开诊所的华裔心理医生的记述开始，展开他对一位曾医治过的女性移民的心理分析。小说写到了这位女性的身心创伤，她幼年时的家庭动荡、少年时来自亲戚的身体伤害、中年时的婚姻危机，种种源头都在于她少年时的身体伤害，并非处女之身的她虽当初得到了爱人的原谅，但时隔多年后仍然在婚姻中引爆。作者想写两种文化差异，或者性别不平等带来的文化观念。莲露本来已移居海外，她本来可以让伤口结痂过正常的日子，但是这伤口却不意间被爱人的一次出轨撕开。作为医生的主人公只能尽力保护与帮助病人，他试图让她明白，人类在漫长的进化过程中，以法律、道德、伦理来保证自身繁衍和生存的最优化。在这个框架内，乱伦、性侵给受害人带来的伤害不能低估。作者在小说中充满了救赎之心，其救赎的对象不止一个莲露，还包含着对于某种文化意识中的性别歧视的清理。

以另一种文明作为参照物的，还有陈河的《猹》(《人民文学》，2013 年第 7 期）。小说写移居多伦多的华人在一个春天发现浣熊在他家的阁楼上过了一个冬天之后，已将这里当作自己的家，但却给“我”一家带来诸多不便，“我”想出种种办法，如将它们一家送到 100 里以外的自然之中，但浣熊不干，它们仍恋着这个阁楼之家，它们一家千里迢迢回“家”之后却发现阁楼已被钉上了铁皮，不能进门，人与浣熊展开了斗智斗勇的过程。而后“我”了解到，其实是人侵犯了浣熊的领地，而浣熊并没有将人作为天敌。但是已“进化”为人的“我”早已不习惯于与动物共居一室，故而奋起捍卫“自己的”领地。当然这场纷争浣熊付出的代价惨重，而“我”也因用长矛击打浣熊而被警方带走。虽然浣熊从此再也不把此地当“家”了，但是作为“人”的“我”却在邻居情谊和社会声望上失去了众人的信任。当然，更大的代价一直存在着：唯我独尊的人类失去了与大自然中其他物种和平共处的机会。我感念于小说中的一句话，可以作为“我”代表人类的反思，“那段时间我和我妻子在精神层面上可能都是病人”。我们的“病”其实仍未痊愈。

艺术探寻

2013年的中篇小说创作中，我个人认为马金莲的《长河》(《民族文学》，2013年第9期）是在艺术探索中呈现出钻石光泽的作品。小说共分为4章，从秋天开始，春、夏、冬四季，分别写了青年伊哈、少女素福叶、壮年的母亲、暮年的穆萨爷爷四位主人公的无常。黄土高原就这样一年年地在岁月的长河中迎送着生命，这些曾经爱过也被爱过的亲人、曾经在泥土里劳作一生的人，最后仍在泥土中安睡，他们沉静、安稳、内敛，以一种宁静大美的心态面对死亡，由此使死亡显出它洁净而崇高的品质。“世界一片寂静，我看着暮色透过白雪缓缓降落，像一个女人的怀抱，用无尽苍茫把村庄包裹住拥进她宽阔温暖的胸膛”。马金莲的文字温暖而纯粹，富于神性，将人牵引到艺术的辽阔天地，那个我们可能在小说叙事中已经或多或少遗忘了的远方。

孙频的《月煞》（《上海文学》，2013年第2期）仍保持着孙频式的叙述特色，耐心、沉稳、神秘，有所不同的是她对于人物的倾心，从某种程度上盖过了她叙事中藏着的对于人性的读解。小说写了3个女人，也代表着3代女人：外婆张翠芬、母亲刘爱华、女儿刘水莲。外婆因反对母亲年轻时的爱情而铸成大错，母亲从疯到死，女儿都恍若梦境，她不是一个知情人，直到有一天，女儿考上了大学需要学费，那谜底才被层层揭开。在要钱的过程中，外婆一改平时的寡语而变得坚硬如铁。小说中的外婆形象，是我近年来读到的小说中最难忘的，她的哀哀无告一下子变作了一往无前，当她坐在欠债人门口六天六夜，当她啃着冷馒头铁下了心，当她用火炉子上的热水浇下自己的面目时，我的心为之震颤。这个人物让我想起鲁迅《铸剑》中的那个黑衣人，她要举起闸门，让孙女出去。1983年出生的女作家能如此从容地写出一个既有深度又有个性的人物，令人感叹。

张楚的《在云落》（《收获》，2013年第5期）为我们提供的文本如他以往的创作一样，挑战着读者的阅读能力。张楚总是在写小城，边远的、荒蛮的、远离尘嚣的；他也总是写到一个生病的、善良的、即将告别人世的女孩子，这些元素这部小说中都有，不一样的是小说中的人物苏恪已造成的某种阅读上的间离，这个人物，像是从《聊斋志异》中跑出来后到了小城，他的行为举止乃至情感思绪都让人觉得可疑，作者让主人公“我”与之毗邻，或者说他就是“我”的一部分，是一个不想承认死亡的鬼魂，总之，张楚在这部作品中想要探索的不是人物，而是由于这个“人”的存在，造成的叙述者与倾听者之间、书写者与阅读者之间相互补充的紧张关系，这种紧张关系让人轻松不得，你必须一行不落地和作者一样，在字里行间探寻某些事件的行踪，或者只是蛛丝马迹。悬念与鬼魅，就发生于细节点滴。这种半开合式的写作，其味无穷，但结果是，或者令人意兴阑珊，或者让人欲罢不能。这种只提供一半的书写所需要的，除了对于叙事技术的把握，还有对于命运存在的一种不可捉摸的感知，而参与者的深度介入，才促使这样一部开放式结构的小说得以最终完成。

当然，2013 年中篇小说的写作和它们所提供的话题、思索都比我的书写要丰富复杂得多，评论在某些方面也是一种邀请，是对于小说阅读的邀请；而小说家们在创作中埋下的线索、记下的感悟、说出的情感、表达的思想，对于我们的时代、人生、艺术而言都是值得倾听的。好的作家，就是勇于写出自己的想法，并找到恰切方式表达这种想法的人。

从这个方面而言，2013 年可圈可点的中篇小说还有程树榛的《塞北往事》、迟子建的《晚安玫瑰》、张策的《命运之魅》、蒋峰的《手语者》、徐虹的《暮色》、葛水平的《天下》、高君的《爱人》、滕肖澜的《去日留声》、计文君的《无家别》、张惠雯的《母亲的花园》、东紫的《正午》等。2013 年度内，叶辛、阿成、邓一光、范小青、李唯、吴克敬、杨少衡、赵德发、王松、徐坤、鲁敏、津子围、季栋梁、冯俊科、曾哲、李铁、郑局廷、纳张元、潘灵、陈继明、阿袁、薛舒、盛琼、黄咏梅、申剑、肖江虹、海飞、张鲁镭、小白、阿乙、周瑄璞、马拉、西元等均推出新作，他们对于现实与精神所展开的个人独特的思索，不仅是历史行进中复杂多样的现实生活的一份记录，更体现了在今天多元化的文化语境中文学存在的尊严与价值。

生命风景繁花满树

——我看第九届茅盾文学奖获奖作品

第九届茅盾文学奖评出，格非的《江南三部曲》、王蒙的《这边风景》、李佩甫的《生命册》、金宇澄的《繁花》、苏童的《黄雀记》五部作品上榜。五部作品从内容上看，既有对于中国近百年历史和知识分子心路历程的探索和精神图景的描摹，也有对于中国历史中特别时期的边疆风景和少数民族生存状况与情感生活的珍贵存影，既有对于改革开放以来30多年的农村变革和农民人格成长的剖析与思索，又有将一座城市作为观察对象，以与这座城市共生的方言而对位的种种繁复生活的描绘，还有对于少年成长中的不安不适与焦虑危机的探询和追问。

五部作品呈现出不同的艺术风貌，《这边风景》《生命册》以朴素但不俗的现实主义风格为主，无花活更无邀宠，而是脚踏实地、老老实实的，是从生活中来的现实主义，同时白描功底深厚，含而不露、耐得寂寞而又胸襟开放、充满睿智，并不是板结的现实主义，而是开放的或者是抒情的、理想的现实主义。同为抒情的、诗化的现实主义，《这边风景》要更浪漫些，有着与那个年代和那片风土相契相合的风格；相比之下，李佩甫的乡村叙事较沉重些，这个沉重也是中原水土或平原风物养成的。《江南三部曲》与《黄雀记》虽都致力于人物成长与人格生成的细部，但前者的风格更冷峻、沧桑，后者的叙事更猛烈、急促，与少年的心境有着文本的呼应。《繁花》在风格上是最具特色的，它的方言应用、话本传承，它的细碎的内核与看似琐屑外观的对位性，令人俯读之时更需要文学的耐心与美学的会心。

关于历史与个人的深切思考

《江南三部曲》由《人面桃花》《山河入梦》《春尽江南》三部构成。格非酝酿多年的雄心落在纸上，这部作品与以往读到的百年家族史的写法绝不相同，它抛弃了过于浓厚地将历史作为“历史”去写的兴趣。它的视点也在历史，只是在“历史中”的“人”的兴味，这个“人”不是英雄或创造伟绩的人，而是历史中的常人。格非选择了与自我身份对位的知识分子，正因如是，格非的选择有着自我印证或者自我反思的意味。所以，它进一步去除了大开大阖的某种历史的戏剧性，在这部写“江南”家族一代代人的精神成长的长卷中，看不到以往我们在家族百年史小说中习惯见到的某种闭合式结构，各有其名的小说人物也并不是连贯严谨的，而是保持着生活中常有的形态：松散、不突出，虽有血缘相系，但亲戚与传承的关系也并不紧密或丝丝入扣。人与人之间、今人与故人之间的这种散淡的关系，恰恰暗合了知识分子式的君子之交的常态。

这就是为什么在曾是先锋作家的格非这里看到的是苍茫。也正是这种苍茫，在为我们呈现一个“散文化”的格非，同时也隔开了他两个时期的写作，如果说前期的先锋写作，我们只见其尖锐还看不到如此寥廓的视野的话，那么“江南”时期的格非为我们呈现了他的历史的与众不同，这个历史的百年也有起伏跌宕，但并不是剧烈和猛然发生的，这种内在的起伏性的历史发现或可是格非由先锋作家成为一个作家的标志，这个“作家”没有前缀词，而是朴素真切地兴味于跌宕剧烈的历史后面和历史之中的不动声色地演变着的人。这个人，才是历史与写作的观察中心，这个人，在这三部曲中大都具有揽镜自照的意味。虽然第一部《人面桃花》写的是晚清末年、民国初年江南官宦小姐陆秀米与时代梦想、社会剧变相互纠缠的传奇人生，是因《桃源图》发疯而出走的父亲，是“表哥”、抱着“大同世界”梦想寄居在家的革命党人。第二部《山河入梦》为我们展示了20世纪五六十年代的江南，就任梅城县长的陆秀米之子谭功达的建设蓝图屡遭搁浅，下放到“花家舍”后，他在与姚佩佩的爱情磨难中渐渐领悟到自己梦寐以求的“桃花源”已然实现。在第三部《春尽江南》的主体故事和长达20年的叙事时空跳跃中，我们看到的是谭功达之子谭端午和庞家玉夫妻及其周边人群的人生际遇和精神衍变，但作为读者，当对于附着于革命、大同等精神意义上的历史遭到解构，或者建构历史的热情淡化以致消逝之时，个体在社会变迁中如何处理自我与历史之间的精神困境以及这困境如何获得解决的问题会不自觉地跃然纸上。

格非并非不自觉之作家，他的理性与认知支撑着一个作家兼理论家的思索，伴随这一思索的是作为一个曾深陷于现代主义的作家对于《红楼梦》式的中国传统叙事的悉心修复，作为一部向传统小说致敬的作品，格非现代叙事中对于明清白话小说典雅的语言风格的借鉴相当成功，历史于此不再只有一种简单的线性的维度，而呈现出原本广阔的立体空间和多维阐释的可能。当然，对于历史的兴衰成败，生命的波澜壮阔以及命运的纵横交错，大多数情况下我们的追问可能是无解的，困境永存，但我们欣慰地看到关于历史与个人的思考在文学的书写中向前迈了不止一步。

青铜年代里的“黄金”

个人就在历史之中，参与或创造着未来的历史。王蒙的《这边风景》为我们呈现出另一种寥廓，这种寥廓还不只是空间的、地理意义上的辽阔，而是从时间上看，时隔40年之后我们再回眸曾经走过的一段历史岁月时的寥廓。这种宽阔是新疆生活带给一位作家的，是一位汉族青年知识分子从新疆多民族尤其是维吾尔族、哈萨克族人民身上学习到的，这种辽阔进入了他在特殊年代的一段生命，并进入到他的性格，改变了他的认识，当然也为他的文字打上了烙印，文化的风景由此展开，呈现出与众不同的旖旎风情。

新疆对于王蒙的写作而言，不仅只是1963年到1979年的度过，也不仅只是见证了一个汉族青年知识分子生命中年轻而美好的岁月；不仅只是一个怀有诗情的青年人与维吾尔族等各族人“同室而眠，同桌而餐，有酒同歌，有诗同吟”而结下的“将心比心，相濡以沫，情同手足，感同一体”的深厚友谊。王蒙从新疆那里得到的不仅只是一个作家从不同民族的文化风习中获得了经验、灵感和启示，不仅只是在“文革”时的非正常岁月里，在边地，

在各族人民中获得的挚爱亲情，甚至不仅只是“第二故乡”的纪念、怀念、爱情、祝福和快乐，更不仅是“别一样山水，别一样歌弦，别一样礼节和风姿，别一样服饰，别一样民族，别一样语言”。新疆给予王蒙的更多，多到超出了一个作家的创作风貌和艺术品格。“除了北京，乌鲁木齐是我最熟悉的城市”；“新疆是我的第二故乡”，王蒙不止一次提到，“我爱听维吾尔语，我爱讲维吾尔语”，维吾尔语是“我的另一个舌头”。这些文字传递出的信息，都在告知和提醒我们，王蒙的创作中，新疆文化的影响，在于为我们呈现了儒家的仁爱、庄严以及道家的自由、旷达。同时，还有一个属于民间的、边地的、田野的，积极快乐、天真奔放的整体的王蒙。

《这边风景》为我们呈现的是这样一个王蒙，当我们读到爱弥拉、雪林姑丽，读到泰外库马车夫时，我们读到的是一位作家在人物身上寄寓的深情，这种深情是人民给予的。在这个意义上，“琐细得切肤的百姓的日子”里、“美丽得令人痴迷的土地”中，在“活泼的热腾腾的”人民身上，作家才说“我找到了，我发现了”。我们知道，作家的发现绝不止于一段过往的岁月或是青春的自我，而更是那些在困难的岁月中如“黑洞当中亮起了一盏光影错落的奇灯”的温暖的理想，这种理想和爱的信念是当地人民给他的，所以作家才会在叙事文本之后加入了形成对话的“小说人语”，其中写道，“我们有一个梦，它的名字叫做人民”，同时自思，“你聪明的，你爱人民吗？你爱新疆的各族人民、维吾尔族人民吗？你爱雪林姑丽们吗？”

无疑，王蒙是爱的，正如他 1985 年在散文《心声》里，针对维吾尔语言的学习写道，“这是一扇窗，打开了这扇窗便看到了又一个世界，特别是兄弟的维吾尔族人的内心世界。这是一条路，顺着这条路，你走进了边疆的古城、土屋、花坛、果园，进而走向中亚和西亚，走向世界。这是一座桥，连接着两个不同的民族，连接着你的心和我的心。这是一双眼睛，使你发现了少数民族的文化和历史。反转过来帮助你发现自身的文化和历史”；“这是耳朵……这是舌头……这是灵魂……这是信念、是胸怀，是一种开放得多的时代精神，使你更少偏见更多理解地走向边疆而且走向世界”。2001 年《祝福新疆》一文，他写道，“不同民族的友好相处，团结一心，这不仅是国家的统一、社会的安定的重要保证，也是一种心胸，一种智慧，一种活泼开放的学习与求进步的态度。没有比在与不同民族的同胞的往来中有所收获有所心得更令人快乐的了，八面来风，博采众长，兄弟情谊，解困济危，其乐也何如！”其乐也何如！这不仅是一种理性的认识或者文化的态度，而是在这认识与文化之上的一种兄弟式的情感往来和发自内心的真正的快乐。正是这种挚爱带来的乐观，才成就了《这边风景》中的人民性，并使之成为青铜年代里的“黄金”。

转型时期的人的“现代化”

李佩甫的《生命册》写的仍然是他写了 30 多年的平原。“我”从乡村走入城市，成为一名教师后又辞去工作而“下海”，“我”眼见“骆驼”在追逐金钱的过程中欲望与贪婪的膨胀而最终丢失了初心和理想，身陷囹圄，人财两空。但这只是小说的主干，小说的独到之处在于主干四周的旁枝，作家的笔在城与乡之间腾挪，但他的立意似乎并不在于乡村图景或城市风貌，而在于“平原”

土壤。可以说中国文学最有成就的部分正是以乡村为背景展开的叙事，如果抽掉了乡村叙事，我们的文学史就难以完整全面，乡村叙事的传统中，我们看到了鲁迅、沈从文，看到了赵树理、孙犁、柳青，看到了陈忠实、莫言、贾平凹等，在近年的关于乡村的书写中我们也看到了李佩甫的文字与思索，他的思索是厚实有力的，也是尖锐不安的。厚实是因为有扎实的来源于生活的底子，不安源于作为一个有良知的现实主义作家对于社会转型之时人格变化的记录的责任。

全面深化改革如何在乡村的层面上展开，农民距现代化还有多远，身为一个作家虽然并不会像社会学家那样具有解决问题的方案和能力，但并不意味着作家可以逃避时代与现实的追问。李佩甫是一个有使命感的作家，自《李氏家族的第十八代玄孙》《无边无际的早晨》开始，他的视线一直没有离开现实的乡村，乡村也在他的考察与注视下发生着剧烈的变化。如何呈现这样一种变化，如何为乡村文明形态作传，如何从中发现我们应该去除和留存的文化，是当今中国作家面临的最重要的问题之一。李佩甫的关注点在人格，在人与土地的关系，在现代化实现历程中的人的现代化、农民的现代化，所以，他的小说才会在生活中的许多疼痛与伤痕之后，想急切地“找到一个能‘让筷子竖起来’的方法”。也正是这一点，对于人心、人格的挖掘，使李佩甫的乡村小说续接了以鲁迅为源头的现代意义的乡村书写，并呈现出与以往的文学的乡村图景不一样的面貌。

城市经验的非凡书写

金宇澄的《繁花》与苏童的《黄雀记》为我们提供了当代文学书写中难能可贵的城市经验，尽管两者的叙述风格与美学意味各不相同，但是无论以上海为背景的大都市，还是更具普遍性的“香椿街”，其间人的生计、人的世相、人的境遇、人的创伤、人的记忆，都有着被作家唤醒并重新擦亮的可能，无论大城小城，我们看到的是乱花迷眼背后的个人的历史对大历史的补充与修正，是生活的无限丰富性和复杂性，是表面光鲜背后的深微的灵魂喟叹。

《繁花》为我们提供的书写方式是说书人式的，小说以三个不同家庭出身的人物贯穿全篇，资本家出身的阿宝、干部家庭出身的沪生、工人出身的小毛，并通过三人的社会关系辐射到上海诸色人等的“众生相”，一个万花筒一样的绚烂世界在传统的“说书”中次第展现、独树一帜。小说成功打破了欧式叙事的囚禁，复活般地改造了中国的话本传统，其间方言、对话，也将我们带入现代都市生活的现场、文化的地理记忆、日常生存的不屈以及生命本身的脆弱。《繁花》呈现了一个熟悉又陌生的上海，一个有无数谜底的纸上建筑的“城市”，风景甚为可观。

《黄雀记》讲述的是保润、柳生、仙女之间的爱恨纠缠，与《繁花》一样，这爱恨也在时间的跨度中行进沉淀，只是苏童的书写方式对位于少年思绪之绵密，当然也对应于对生命的深度痛惜，童年视角、少年创伤，一直是苏童小说关注的主题，这部小说以不断变换视点的交叉叙述，冲突与迷失、误会与猜忌、疯狂与理智、幽禁与出走，对位于一个荒诞故事中的真实情感，不遗余力地打

捞人性的幽深、人格的多面，显示出苏童一以贯之、不曾衰竭的文学先锋意识。

生命风景，繁花满树，我们在第九届茅盾文学奖五部获奖作品中看到了近年来中国作家在长篇小说创作领域探索的努力和取得的成绩，当然，创作思想性与艺术性相融并达到一定高度的作品依然是时代对于我们作家的要求。在中国当代文学前行的征途上，我们已经看到了繁花满树的生命风景，对于未来，我们有理由怀有更高的期待。

2015 年 9 月

引领风尚，迈向高峰

——第七届鲁迅文学奖述评

第七届鲁迅文学奖于2018年8月11日揭晓，9月20日在北京颁奖，《第七届鲁迅文学奖获奖作品》6卷本同期出版。作为具有国家荣誉的重要文学奖之一，鲁迅文学奖旨在奖励中篇小说、短篇小说、报告文学、诗歌、散文杂文、文学理论评论、文学作品的翻译中涌现的优秀作品，以推动当代文学事业的繁荣发展。第七届鲁迅文学奖，是党的十九大后举行的第一次全国性文学评奖，以习近平新时代中国特色社会主义思想为指导，深入贯彻落实习近平同志关于文艺工作的重要思想论述，发挥文学评奖工作的导向作用，把真正体现新时代中国文学思想高度和艺术水准的优秀作品遴选出来，是本届评奖工作的具体要求。

于此，在修订《鲁迅文学奖评奖条例》及《细则》的基础上，评奖办公室于3月15日，发布第七届鲁迅文学奖参评作品征集公告，经过公示和初步审核，计有1373篇（部）作品参评。中国作家协会聘请77名来自全国的作家、评论家及文学组织工作者，组成各奖项评奖委员会。6月15日，评委开始作品阅读。7月28日，

各评奖委员会集中评议，经过反复讨论和四轮投票，8 月 7 日产生七个奖项各 10 篇（部）提名作品。提名作品公示后，评奖办公室将收到的反馈意见提交各评委会，8 月 11 日，各评委会进行第五轮投票，评出第七届鲁迅文学奖七个奖项共 34 部获奖作品。经中国作协党组书记处会议批准，评奖结果发布后，即得到文学界和社会的广泛好评，大家一致认为，第七届鲁迅文学奖获奖作品，体现了新时代中国文学的生机与活力，同时也是习近平同志关于文艺工作的重要思想论述指引下文学由“高原”迈向“高峰”的重要见证。

现实题材的深入掘进

34 部获奖作品，总体反映了改革开放以来，尤其是党的十八大以来中国发生的日新月异的变化和广大人民丰富多彩的生活，表现了人民群众的主体地位，弘扬了社会主义核心价值观，是四年来我国文学创作、理论评论和文学翻译成果的一次检阅。获奖作品题材多样，主题鲜明，艺术风格上呈现出多元性，但在文学视野的广阔性和表现内容的丰富性同时，现实题材的深入掘进是本届鲁迅文学奖获奖作品的主要特征。李春雷的报告文学《朋友——习近平与贾大山交往纪事》，记述了国家领导人与作家之间的日常交往和真挚情谊，“同与不同，相互沟通，互通不同，通而后同”，朋友之间的两心如月，肝胆相照让人读来感念非常。《乡村国是》是纪红建行走上万公里，寻访 202 个村庄而对中国贫困地区脱贫攻坚故事的真切记录。书后附录遍及湖南、云南、宁夏、甘肃、新疆、贵州、广西、福建、重庆、四川、湖北、江西、安徽、西藏等地 202 个村庄的名单，读来让人肃然起敬，作者全景式的视野和带温度的报告，让我们看到 30 多年来在党中央关怀下脱贫之战与“精准脱贫”所取得的成果的同时，也看到了一个为写出现实生活的宏阔场景与鲜活质感的到火热的生活中去为人民的创造所动情的时代的记录者与忠实的报告人的作家形象。2014 年 6—8 月，应国家海洋局、中国大洋协会之邀，许晨随同我国深海潜水器“蛟龙”号前往太平洋进行科学考察，《第四极——中国“蛟龙”号挑战深海》是反映我国载人潜水器研发海试的报告文学，但又不是一般的工程报告，而是写出了人类对南极、北极以及世界第三极青藏高原之外的对数千里乃至上万米以下的海底——世界最深极的征服与探索，作为时代文明的记录者和推动者，作者以激情满怀、沉潜生活的文学书写，体会勇敢，感念崇高，以大量的事实细节书写改革开放后科技专家与技术人员的拼搏，以一种对奋进生命的歌颂传达出中国人民“胸怀大海、走向世界”的襟怀和胆魄。现实题材所关注的核心是人民，人民是文学的书写中心，弋舟《出警》写的是保卫普通人生活安宁的普通人的工作。李修文在其散文集《山河袈裟》自序中也记述自己在医院陪护亲人的经历，在开水房、注射室、天台上、水塔边、芭蕉树下与普通人的遭遇，让他立意继续写作并写下“我的同伴和亲人”正是人民，人民，在这里不是一个抽象的符号，而是“他们，门卫，小贩，修伞的，补锅的，快递员，清洁工”这样一个个有血有肉的人，“我曾经以为我不是他们，但实际上，我从来就是他们”，在“我”与“他们”之间找到血肉联系之后，作者感叹，“是的，人民，我一边写作，一边在寻找和赞美这个久违的词。就是这个词，让我重新做人，长出了新的筋骨和关节”。修文曾赶赴汶川地震现场参与救助，写汶川的篇什结语于“许我背靠一座不再摇晃的山岩；如果有可能，再许我风止雨歇，六畜安静；许我种瓜得瓜，种豆得豆”。这是惯常和微小的事物教会作家并最终完成了对作家个体的“救赎”的，那个文中一再出现的震后“一个孩子正捕捉萤火虫”的追逐光明的意象，不正是那句由来已久的诗句的呈现：“我怎么能制止我的灵魂，让它不向你的灵魂接触？我怎能让它越过你，向着其他的事物？”

历史溯源中的文化自信

文学对于新时代的多层次多侧面的表达，显示了作家在现实把握上的深入思考与艺术掘进。与此同时，文学还呈现出另一种面向历史、溯源传统时的高度的文化自信。首部赢得鲁迅文学奖的小小说作品冯骥才的《俗世奇人》（足本）以娓娓道来的文化耐心讲述了天津卫人的血性和一座城市的文化血脉的养成，城市是有灵魂的，城市的灵魂包含了这座城市的人的品行与人格，在对于文化人格的提炼中我们看到了一个个鲜活个性，而在鲜活个性中又有着与中国文化中的仁义传统的深在贯通。同样，《北京：城与年》中，宁肯以自己的儿时经历探讨一个人与一座城的关系。筒子河、城墙、角楼、胡同、会馆、夹道、防空洞一一复活，琉璃厂、荣宝斋、北京图书馆、美术馆、新华书店、红塔礼堂都与个体生命的成长发生着深在的联系，此种记忆考古，正如老舍所言：“每一小的事件中有一个我！”小白《封锁》讲述沦陷时期的上海。周详赅博的细节考据、重重镜像的风俗还原，使抗战时期的上海在沦陷与封锁的暗处迸发出民族大义的壮烈光芒。

肖江虹的中篇小说《傩面》书写傩村傩师的生活与情感，与之对应的是一位离乡失意的青年女性的对于生活和情感的自疑与再寻，一边是沉潜于古老民间文化的传承之中，而“看着矮凳上的人，又看着水缸里头的人，秦安顺不晓得到底哪个自己才是真的”的生命与传统的叠印；一边是“本来得意地认为，每天的恶言相向能将世间的温情痛快地杀死。渐渐发现，一切都是徒劳”的倦怠与无聊，作家不仅让我们看到了文化的力量是如何浸润和改造了我们的生活态度的，还以“各有各的秩序，各有各的经纬，不同时空在那一瞬被接通了”的叙事为我们展示出一个更大的宇宙空间。夏立君散文集《时间的压力》追溯屈原、李白、司马迁等文化人格，试图在历史的缝隙中找到人文精神的薪火传承，其中的文化自信是何等动人。丰收的《西长城》以40万字的体量全景展现了新疆兵团60年的壮丽历史，几代人屯垦戍边、建政维稳，修渠饮水，开荒造田，植棉种瓜，那是一种建设新生活保卫新生活的信念支撑起的长城，令人在历史的回溯中肃然起敬。历史有时并不距我们很远，它有时就在刚刚过去的昨天，黄咏梅《父亲的后视镜》、尹学芸《李海叔叔》都写到父辈，时间段都集中于改革开放初期至今，视角也都是作为女儿的观察和亲历，后者中父亲每年大年初一于河堤的暮霭中无数次接李海叔叔的情景和“我”作为联络王、李两家的纽带翻山越岭去给苦梨峪的李家送麦子的情节，读之令人动容。苦日子里的帮衬与救助，使得作家体悟到两代人的待人之道，“我们这代人，到底跟父辈有着不小的差距。他们能把友谊保持几十年，我们却要通过计算才能得到结论”。面对“这不只是心态问题，应该说，骨子里已经成了一种习惯”的反思，黄咏梅的“父亲”有着那代人的洒脱，这

个走过天路与共和国同龄的卡车司机，在生活中遇到挫折和欺骗时都能保持做人的从容和优雅，游泳的“他”和货船的交汇之后，“父亲又回到了河中央，他安详地仰躺着，闭上眼睛。父亲不需要感知方向，他驶向了远方，他的脚一用力，运河被他蹬在了身后，再一用力，整个城市都被他蹬在了身后”。这是何等的人生自信，而写出这般自信的又是何种文化自信在支撑着作家。文学理论评论中，白烨阐释习近平总书记关于文艺工作的重要论述的文集《文坛新观察》、陈思和的《有关20世纪中国文学史研究的几个问题》、王尧的《重读汪曾祺兼论当代文学相关问题》、黄发有的《中国当代文学传媒研究》、刘大先的《必须保卫历史》，均显现出文学理论评论界深入问题、尊重事实、捍卫历史的文化自信与理论创新。

日常生活中的诗性发现

“一缸浆水的馨香滋养两个家庭的日子又开始了”。马金莲的《1987年的浆水和酸菜》所述改革开放之初的贫困地区生活虽并不富裕，但人与人关系的质朴如浆水中的酸菜一样滋味绵长，亲情之中，是爷爷对生活的满足与自得，“放下筷子，朝阳的光从向东的窗口照进来，光斑洒了爷爷一脸，他一脸金黄，很快这层金色绽开了花，冰面破裂了”。石一枫的《世间已无陈金芳》写初中从外地转京读书的女同学的成长，就是在重重的生活压力之下，在一个人对抗一家人的叫喊、哀号与颤抖中，在做生意、投资被骗、割腕自残的人生的大起伏中，仍闪现着一个月夜中伫立在庭院里听小提琴倾诉的身影，一个一直想买一架钢琴的、热爱着世间一切美好事物的女孩子，她的理想就是“想活得有点人样”。朱辉的《七层宝塔》写城镇化进程中乡村文明的无可依傍，村子竖起来成了楼房，大地被大路小道画成了格子，宝塔被盗，邻里关系紧张，但“不知道怎么安置自己这个身子”的唐老爹仍坚韧地寻求着内心的安宁。这令人想起阿妈斯炯的哀伤，“我的蘑菇圈没有了”，那是守卫者的哀伤，阿来的《蘑菇圈》写一位女性对美好自然的守卫，他把她放在一个更大的天地里，“五月，或者六月”，“听见山林里传来这一年第一声清丽悠长的布谷鸟鸣时，人们会停下手里正做着的活，停下嘴里正说着的话，凝神谛听一阵”，这是日常生活中美的停顿，它庄重到“所有孪生、胎生，一切有想、非有想的生命都在谛听”。“一朵一朵的蘑菇上沾着新鲜的泥土、苔藓和栎树残缺的枯叶，正好在新劈开的木柴堆上一一晾开，它们散发出的香气和栎树香混在一起，满溢在整个院子”。这是饥荒年的日常，是困难时期人所感知的自然的能量。这种能量，陈先发的《九章》、胡弦的《沙漏》、汤养宗的《去人间》、张执浩的《高原上的野花》、杜涯的《落日与朝霞》中比比皆是。心灵与自然、生命与万物之间的微妙关联赋予了语言以新的面目。日常生活中的诗性发现，体现着一个时代的诗人与作家对生活的深在的热爱与真挚的信念。

自然关照中的浪漫情怀

布谷、画眉、噪鹃、血雉，覆盆子、蓝莓、沙棘果、蔓青，还有苦菜、鹿耳韭、牛蒡，我们的文学中有多久没有这些鲜活的景象了？法海说：“来世我不会变成一朵蘑菇吧？”斯炯：“没听说过有这样的转生啊。”法海：“蘑菇好啊，什么也不想，就静静地待在柳树阴凉下，也是一种自在啊。”我们的书写中从什么时候开始听不到这样的对话了？

阿来的《蘑菇圈》写的那为守卫者，换成真实的存在者的话，就是徐刚，这位30多年前写出《伐木者，醒来》的作家，是中国自然文学的当代重要的开创者，如今又以毕七年之功的《大森林》为我们奉献出他“内心的风景”。文学是人学，同时，文学还是包括人在内的自然之学。的确，《大森林》囊括了从史前至今森林草木体制沿革之种种文化流变，涉及植物、气象、地理、文史、考古、人类学等多学科的知识储备，可以想见作家年少时崇明岛荒野湿地的浸润对其全整的世界观的影响，而与草木之沉默与高贵的经年对话，又是如何使其感受到写作中“天地草木赐予的美妙感受”的“无可言喻”。诗性与史性，知性与神性，林木葱郁，芳草萋萋，光阴故事中生命的美好，都会叠印于一页页稿笺——那也是生命树——的自认。“心有风景”的人还有李娟，《遥远的向日葵地》是其继《羊道》《冬牧场》之后的最新长篇散文，在对置身阿勒泰戈壁草原的乌伦古河南岸耕作的母亲的叙事中，为我们展现了辛苦的劳作、内心的期冀，90亩耕地吗？把它们种满葵花！人与大地的对话刚刚开始，以种子，以秧苗，以开花，以残余的杆株和油渣，是啊，什么样的艰难都挡不住母亲眼中的“金光灿烂，无边喧哗”的葵花。

牛群、羊羔、白马、胡杨、星群、月光，鲍尔吉·原野的笔下永远有化解忧伤的沉静，那为6元稿费的领取《寻找鲍尔吉》中的幽默和善意，那与来客唱一个小时从《达古拉》唱到《诺恩吉亚》再唱《达那巴拉》《金珠尔玛》《万丽花》直唱到来人脸上红润沁汗的《我爸》，还有“对我爸而言，文化不是一个民族的花边而是它的筋骨血肉，它们是土地和呐喊，是奔流的大河与马的目光”的《胡四台的道路泥土芳香》，《蒙古民歌八首》更是情深意长，用蒙古女人名字命名的歌，其中《乌尤黛》唱尽爱情中的深情与相思，最美妙的是《月光下的白马》，月光下的马嗅“我”的手的当儿，让“我”回到了锡林郭勒——“一匹飞驰的白马背上有个小孩，敞开的红衣襟掠到后腰。马在一尺多高的绿草里飞奔，小孩像泥巴粘在马背上。那匹马又回到了眼前，在月光下如此安静”。而这一切的发生都是在寥廓的自然之中，一切的人的故事，无论少年还是老人，都呼吸于自然之中，自然，如我们的母亲，看待一切，原谅一切，原野说，“人的语言，在心爱的事物面前会谦卑地收拢翅膀”，了解了这个，你就会了解《流水似的走马》中的文字的背面的那一番沉着与冷静。

当然，为我们提供更多经验的还有更悠久年代或更遥远地域的人群，《贺拉斯诗全集》和《火的记忆 I：创世纪》以及《潜》《疯狂的罗兰》都是给我们珍珠般记忆的书籍，它们经由“白马”般的信使送到我们面前，让我们感受世界的广阔与人心的浩瀚。而这的确是任何东西都封锁不了的，这种打开，这种天地草木赐予的美妙感受，这种在自然之中与宇宙共生的生命的美好，都会叠印于一页页稿笺，文学因之而成为人类精神的生命树，它葳蕤葱茏，而又生生不息。

2018 年 9 月 18 日于北京

辑三

似 你 所 见

大音无声，万物有灵

1

不管摄影家自己承认不承认，今天他拍下的任何镜像中的事物必将成为一份对于后人的遗嘱，正像作家今天写下的一切文字，必将成为对于来世的一份遗言一样，尽管现在我们活着，尽管此生正是今生，但是拍下的照片中的一切，与写在纸上的生活录记一样，必将死去，它，它们，只活在我们好似握住它的短暂一瞬，而此后，连同记录它们的手都将凝固、僵硬、腐蚀、消亡。当然，我们拍摄和写作，不是要杀死生活，相反的，是让它，它们，让这个时刻的生活留下来，以这样一种特殊和无奈的方式，活着。

所以，以这样的角度观察一个持摄影机的人，一个日常以摄影机为伴、终生以摄影为业的人，犹如观察一个以人类存在为标本，以延伸人类的记忆为目的的线头。对于持有线索图记且不懈寻找并忠实录记的这个人，我关心的已不是他的作品分为几个阶段，几个时期，甚至每一阶段、哪一时期的创作又怎样与他的经历相叠，与他的心理相印，或者由此分类，着意于他对于中国摄影的贡献，那可能是专家的事。作为一个作家，我更关心围绕他的几个疑团，认识了这么多年，图像后面的作者仍然有种藏的感觉，可能不仅是与他的沉默有关，这些问题一直困扰着我这么多年，一定有着包括命运、包括人性在内的秘密，或者，它们只是包括了一个人的成长秘密，那么，哪怕只是一个个体人的秘密，也是值得探险的。

比如，这些问题包括，我们面前的这个人所从事的是以现代技术可谓相对最先进的机器和创作手段——从技术手法上讲，摄影比文学先进得多，但恰恰他用摄影执着和热诚地表现着与他的先进手段相距甚远的另一种手工文明或言农业文明，这种反差只是出于他生身于农业文明占主要地位的国度的原因么？而同时，摄影界的许多从业者不都已将焦点对准工业文明的都市发展，或者城市急速崛起中人的生存或精神状态么，或者又有一批人回归乡间，返身找寻另一种文明发展的基点，在以乡土与家族构筑的概念里寻求人的不被现代文明异化的本真生活状态，更或者以一种人类学家的胸怀与研究也罢猎奇也罢总之关怀的态度将一个个不为人重视或觉察的乡俗专题开发出来，以影像定格，加以解说；而我们面前的于德水仍然从始到终，一意孤行。他眼中的乡村是散漫的，是隐晦的，藏在雾霭之中，也不喊叫，更不观念，它一派从容沉默的样子，似乎正和于德水身上的淡淡忧郁相对应。由此看，这些年，许多艺术家的风格也随着时代的变动而几经变动，另一些艺术家更是深谙商业时代的艺术商品化不同层面的要求而量身定做，从而一开始就能游刃有余获取成功。然而于德水如一块水中的顽石，好像于远古的地质时代几经裂变，定型成了现在的样子，淡淡地立定激流，向缠绕周身的潮流投下淡泊一瞥，再

折身投入寂静的乡野。那么，这是哪里来的以一人来搏众数的定力？谁给了他这样不管不顾哪怕被大众认定的成功、轰动、效益、利润的滚滚车轮甩出去也在所不惜的勇气？或者他另有一份足够强大到支撑自己的艺术法则、创作定律，而使他不必在意世俗的利益法则，而能够使他可以悄然完成人生中慢慢浮现于内心中不能拒绝的东西？当然，我们面对的不是一个遁世的人，我也尽自己笔力不教人误会我图像中的镜头背后的人是一个拒绝现世的人，相反，他深入俗世，于各种事务间能够自行出入，这是一个人缘人气绝佳、朋友众多的人，但是他也小心护卫着个人艺术信仰的领地，这个领地，不以别数另类的艺术信仰领地作为对照而存在，它的自足与平等存在的状态，自然为他赢得了更多的尊重，某种程度上，河南众数艺术追索能够通行无阻而不受侵犯，与他的此种宽厚态度大有关系。当然，这个问题仍然不是我在此文中主要关心的，我关心的是围绕他的如下问题：

一个祖籍山西的人何以对河南风土如此感兴趣？

——这个问题不难回答。一是他生在河南，这是个人原因；一是山西与河南同属中原，两者文化上几乎不存在的差异。

那么，一个淮河流域出生的人何以对黄河流域的人事如此倾注精力？

——这个问题也不难找到答案。一是他出生的周口虽属淮河流域，但却属广袤的豫东平原，众所周知历史上的豫东平原正是黄河故道，而由于20世纪30年代的战争中人为造成的花园口黄河大堤被扒导致黄河河水冲决而下形成的历史上著名的“黄泛区”正包括这里；一是他大约20岁至今已30多年即至今为止的一半人生移居黄河南岸距花园口不远的郑州度过。

还有。一个城市出身成长的人何以在艺术中对村落不舍不弃？——对这个问题的解答就不那么容易，往往会生出猜测。或者在《知青归来》的影像中可以透露一二信息？但是于德水本人好像没有知青经历，当时的他只是一个仍处城市的工人；或者正如许多文化学者所认可的，我们每个人上溯三代或者五代，祖先都是农民？可是于德水的三代上数好像不是，山西商人落脚同是水运商埠之地的周口，在这样一个民国时期城市化程度已相当高的商业重镇发达生息，传达给于德水的基因记忆是与乡土村落的文化大相径庭的。或者，是他的于农业文明到工业文明发展中作为一名身处其中的知识分子的责任自任与文化使命使然？有时候，一种文化与风情的消逝会唤醒一些沉睡的意识，这是我们无论文学还是艺术都要面对的事，我们拍摄它，书写它，给它永恒，给它生命，是因为它正在我们眼前渐渐地消失。但是，那么多人知道它的消失的必然，眼见它正在消失的过程，为什么，这一个人会提起相机，奔赴乡里，浸泡于村落二三十年，为一个并不是他直接的生存地伤怀、痛惜？

这是这个教人猜测的问题引出的更多问题。而与之相关最紧密的问题是：

一个曾经的工人，一个现在的城市知识分子，一个以摄影为业的艺术家何以对农民如此不舍不弃？

他如此不懈不倦地记述，以致把生命的大部分时间放进去，那么，什么是他的起点与动机？

他放着渐渐热起来的事关乡村的人类学专题的近道与捷径不走，一年复一年地在乡间村落简直是无目的地

漫游，到底是一种抛弃理性无所用心的创作呢？还是路漫漫中自觉的上下求索呢？

这种梦游式的拍照似乎带来不了任何利益，那么这一种不与时代艺术同步的吃苦行为，其乐趣与支撑又在哪里？

更进一步，哪里，是他选择此行的目的地？

实话说，我对于以上问题的兴趣，大大超过对于一个摄影家的创作分期，于德水的摄影分为——自发的政治话语、自觉的历史话语、自觉的人文话语以及自然的人的话语——四个时期，这当然可以概括近三十年的于德水的作品，但是无法囊括他本人。而作家想描摹的恰是他本人，作家的取景器中，框中的是人物，是他何以如此，何以有这样而不是那样的附加在他身上，何以，他会诞生出不同于他人的图像，何以他会受这种风景而不是那种风景吸引？

作为一个人，他为什么总是接近身份与他迥异的人群，而在亲近的同时又谨慎地保持着尊重的距离？

这个人身上的谜，是作家要找的。

对这个人的书写，才是作家的作品。

这篇文字，会试着对这些疑问提供一份个人的求证。

2

但是一个人源头的勘探是何等不易。

真正结识于德水时，他 44 岁，刚要跨过青春的门槛，或者说一只脚已步入了中年。后来我读到了早此两三年出版的他的《中原土》，只是图像上对一个人的感知，但摄影集封面上的“捡麦穗的农妇”还是令人心中一震。记不清了因为什么相识，回想起来十年的行走，许多路是并肩而行的。记得最早一次，我们两三人在郑州经八路一家小酒店里，就着花生米、黄瓜和啤酒，说黄河一直到深夜，到小店老板连连哈欠，到街上的店都打烊了还是舍不得走，舍不得那个已经在眼前徐徐展开的画卷，那个已经可以伸手触到的河流，它在话语言谈中打开胸膛，而我们一伸手都可以触到那温热的心脏，说话者的心也跳得厉害，以致话语断续。文字跨栏一般地前行，四处冲撞。是呵，整十年前，我们约定，要为黄河，为这片土地写一部大书，由我文字，由他摄影。我们俩同时说，还没有一部书与这河相称，没有真正写出了它的精神的，我们受它养育，正值盛年，它的积淀，在等着记录它的人的内心积淀，我们作为它的子民，应该承担此任，而内心的热爱又是那么强烈，以致沉默到不愿轻易诉说。

1998 年初春，一次机会，于德水、我、李江树三人从三门峡走黄河，过神门、鬼门、人门沿大坝往下走，河水冲峡而下，峡底谷地开满了野油菜花，黄灿灿地灼人眼目，这是峡外人不知的三月河谷，以鲜花的绽放与崖上远古的漕运遗迹桥应答。走到狂口渡，河水扭转身体，忽而宽敞，几近 90 度的弯它摇曳而过，过了狂口，一河隔开的山西河南山峰并立，对峙无语，有渡船顺水，将人载向对岸，欲往山西的人站立在河中船上，渐渐地教人看不清面目。而我们脚下踏着的遍地瓦砾，是新安当地农民拆卸一地的煤窟的遗迹，红砖白墙，横竖在那里，将变作未来的河床——小浪底水库建成后，水位抬高，我们站立的地方再过一些日子，将是黄河的河底，河水，像抹平一切人事历史一样，将干净地擦去我们跋涉的足迹。晋豫峡谷的行走，虽然没有文字刊载于约我们的地理杂志上，却产生了《百姓黄河》的篇章，依然是我的文字，他的图像，发表于云南的《大家》上。

1999 年初夏，我在山东，一直想去黄河入海口。在青岛开完会打电话给于德水，约好在淄博会师，再一同去东营。他如约前来。由山东作家陪同，我们车行兼步行走到了距入海口六十里地的地方，那年大旱，黄河断流，六十里外河床裸露，细沙满鞋，走在干涸的河床上，眼见停滞不走深陷泥沙的铁皮船舶，眼见沉没于沙丘当中的空空的啤酒瓶，眼见一望无际的沙天一色，我们在曾是河岸的芦苇中沉默不语，穿行而过。

2000 年春节刚过，大约二三月份，我们从郑州出发，于三门峡小停，带一车出河南境，在去往晋陕峡谷的路上，沿河北上，到龙门，到韩城。记忆中的河之龙门，一水文站站在山崖上，与我们对望，而大河正结着厚冰，阳光打在上面反射着极地一般的光，刚刚有些想融化的样子么，或者已经有等不及季节的融化，水从冰缝中涌动出来，点点地闪烁，于德水提了相机下到河岸，记得柳树的干枝在他身后起伏，风大起来，我坐在高处与仨俩农民言谈间收入取景框的是一个人与一条河的背影。

我对于德水的认知也许正来源于这个以河作为底色的背影。

他的前 40 年生命，我不得而知，我只能通过阅读的背影得知。通过他用行走的背影换取的图像渐渐可以找到一些思想的点滴线索和来往路径。

20 世纪 80 年代初，于德水曾拍摄过一系列乡村人物，大多是农村孩子的脸庞，因为拍摄地域集中于家乡周口周边豫东平原，那个20世纪30年代历史上黄河造就的平原——黄泛区，我暂且称这一系列图像为——“黄泛区人”。这一组早期作品当时并没有拿出来发表，其原因我猜测大约有两方面：一是对于技术的不自信；一是对于这个系列他还有更多的话没有在现存的图像中表达出来。而后一种原因，可能更多一点。这组图像的主角是人，人是构图的中心，人的最突出部分——面部，是中心的中心，它几乎占据了整个画面。一张张脸，孩子的脸上也有岁月留下的斑痕，有贫困，有渴求，有喜欢，有愁苦，从一张张脸上可以想见一个个人，和这一个个人的生存环境，这些人的生存状态与文化精神都写在脸上，他们的面目简洁、朴素而单纯。由于《黄泛区人》没有见诸报刊，给于德水的研究者带来了一种误读，许多评论家认为他的起点在《大河万岁》，并视之为其早年创作的代表。实际上，于德水的话语一开始是讲人的，他对黄河的诉说开始于见到黄河之前，开始于平原之上，开始于生存着的人，开始于将生存的密码携带在脸上的乡土的农民。

这个起点，是我必须强调的。

这个界线，是1985年。

“记得第一次伫立在黄河岸边，久久凝望着滞重、沉浑、缓慢扭动的河水平静地流淌时，我惊异于她的安详、静谧。这竟是那条孕育了一个数千年历史文明民族的古老大河”，“……在看到那条大河以前，已是凭着突兀的热情在它肆情泛滥出的广袤的豫东平原上拼命地想把眼中的景象在胶片上肤浅地显现出光影来”。这是2006年——时隔21年后他的一本选入中国摄影家丛书的摄影集《于德水》中自述的句子。其中，可以注意到三个用词，

一、他称黄河为“大河”；二、他用了“她”这个称谓指代“大河”；三、他用了对自己旧作的评价——“肤浅”。我倒不以为然他的这第三个用词，但细品来不是自谦，我想他是指当时艺术处理方式或构图的直接简单，那些被删除掉的环境在以后的图像中获得了弥补。当然我对其前作相当喜欢，那些面貌与神情，不可重复。这是另外的话。接着上述，他的对语言的挑拣流露出的至深情感，以“大河”，以“她”来谈论黄河，以致以“万岁”来表达内心的惊呼，我想此后的创作在此已经有了某种伏笔和预言。

1985年，他带一支摄影队从花园口逆流沿黄河走到壶口。6月到达壶口，这是那张《大河万岁》的由来。河流给他带来了改变。32岁的他与中国新时期的“文艺复兴”一起，享受着青春的冲击，这时的河流与艺术共同被赋予着文化与时代的气息。关于这个时节的作品，评论界评说较多，我不赘言。此后，我想提醒注意的是他的两个随后的专题：一是《回家》，述写“知青归来”主题的；一是《矸工》，录记工人劳作形象的。两个系列专注动感，人体，人于劳作中的雕像感、动作的失衡感，就图像而言，走出了“大河”时期的理念与概括，而进入最具体的生存平面。使得人不再以局部——脸（《黄泛区人》），或者影子（《大河万岁》）呈现，而显影为全整的人生瞬间。前者跟踪拍摄一位女知青的再度下乡被当年房东接回家中的过程，后者同样跟踪展示一群以男性为主体的矸工一天的劳作生活，前者属于偶记、速写，后者则是对于常态人生的素描——这一点，对于理解他以后的创作视点相当重要。比较起来，我更喜欢《矸工》一些，《回家》虽是人文记录，但仍有时代新闻的痕迹，相对而言，不为人所重的《矸工》更因其跟拍的深入展示了劳动者的体魄与原生状态而有着更耐人寻味的深度。

两个专题的同时期出现，显影了于德水内心两个方向的矛盾。

然而，《回家》一题，也暗示出了某种归属。

我事后曾问，这个知青回到她插队的乡村是哪里？于德水的回答是：黄泛区。

我知道，那里，也是他的家。

这一次拍摄，在 1994 年。

同年，《中原土》摄影集出版。

我也曾问，封面的农妇是在哪里拍的？于德水回答：黄泛区。

他的知己，同是当代中国杰出摄影家的侯登科在《中原土》序言中说，“德水不再从泥土里发掘精神，不再从父老兄弟母亲姐妹身上提纯理想，那种悲壮昂扬的力度消退了，有的是土地的本来，这是一个由各种人生境遇、情感状态、生存空间和各种不同声音复合延宕的整体序列”。

捡麦穗的农妇，就站在他的乡土上面。一次访谈，他谈及这个被用于他的第一本摄影集封面的《捡麦穗的农妇》，深情地说，“那是我的‘母亲’。”

母亲，是我们的本来，是一切生命的所从来。她不须修饰，不需装点。

她是本来。

经由黄河——中国人心与文化中的“母亲河”，于德水重又找到了他的源。

或者说，不是找到，而是回到了源头。

这里，不妨借用历史学方法关注一下时间对于一个人的意义。

1985年，从第一次见到黄河到1994年出版个人第一部《中原土》摄影集，中间过了九年，换句话说，于德水用了九年时间将自己的创作思路进行了梳理，其间冲决迂回，急流险滩，到了《中原土》出手，见出了平阔舒缓的平原样子，见出了“土地的本来”。这种从中流急进到从容渐进的姿态，与黄河的冲出峡谷驰入平原的姿态有着叠印与对位。2003年，于德水第二部摄影集《黄河流年》问世，这一年，与1994年相隔又一个九年。这部作品，主观退得更远，封面即是开封东坝头段黄河渡船，一船的人在河中船上，姿态各异，神情各异，农具各异，渐行渐远，凝视时间长了，你会觉得那群人其实是一个人，于德水也在被渡的船上。1985年，1994年，2003年，两个九年，于德水完成了他艺术的泅渡，或者说，刚刚开始于源头下水，开始他艺术也是人生的泅渡。而这时的他，已人到中年，如黄河进入中游一样，真正进入了天宽地阔、豁然开朗的境界。

他强调着时间对个人的改变，他把改变称之为“流年”。

三个年份，犹如界碑，指示着一个人思想往复来去的路线。

而我需在这里强调的是，还有两个时间，应当提请研究者注意。一是1985年以前，1978他拿起相机那一天起到1985年的这一段落及其作品，这一点我已在上述文字中有所表述，作为作家，我看重他这一时期虽技术不高但关注于人的精神状态与生存状态的作品，在那些无名的农民及其后代的脸上，也许可以找到于德水拍摄的根源。一是2003年至今，标志作中国摄影家丛书《于德水》应引起重视，这部2006年出版的摄影集的封面，仍然是《捡麦穗的农妇》。2006年，距离第一部摄影集的出版已是十二年，十二年，是一个轮回，然而，两部摄影集的封面用的是同一幅图片，这是否包含着一种坚持，或者确认？而进一步考察，《捡麦穗的农妇》拍摄时间则是1980年，1980年到2006年，中间相隔则整整二十五年，二十五年，是一代人的时间，是一个人生命的四分之一。二十五年后，于德水仍然坚持用这个“她”，这个他亲称为“母亲”的女性作为自己的代表作品，这里面，是否也隐喻了一种思想，或者精神？

或者，隐喻了那个艺术之源与生命之源的交相叠印？

那么说，1998年之后的相知相识，我站立的地方，正是这个人上溯求索而至的源区。

3

《中原土》到《黄河流年》一段，对于德水而言，与其说走得艰辛，不如说走得散漫。

方向确认之后，于德水所需要的只是让人事物相于时间的流水冲洗中慢慢现身，这是一个等待思想自动呈现的缓慢显影过程。

因了共同的行走，有幸，我成为这个显像过程的见证人之一。

2000年，我们走过陕西、山西、河南、山东，这个区域，被文化地理学者概念为广义的中原。这里是中华民族的文化根脉所在。从冬到夏，行走串起来的地名叫起来一个个朗朗有声，这些足迹，后来，在我是《自巴颜喀拉》的长篇著作，在他是《黄河流年》的滞重凝练。我们各写各的，各拍各的，除了九年前第一次的《百姓黄河》的合作之外，文、图分离着，天地收入进去，人文收入进去，还有藏得很深的历史也收入进去，于此之上的，是我们都不能放弃的生存，大自然中人的生命状态收入进去，还

不够，我们各自述说，我把20万字的《自巴颜喀拉》只认作是一次土地河流对我完成的输血，它在我向往的黄河巨制中只能够算是一篇青春的序言，像他的那幅《大河万岁》；他把厚积薄发的《黄河流年》视作一次更远跋涉的开始，它在他的摄影创造中只算一幅对于乡土故里的中年认知的画卷。我们都没有再去轻易触碰十年前在经八路小酒馆中言及的黄河，我们各自积累，各自完成，好像是等待着一次真正长路的开篇。

有一次，我偶尔提到那次谈话，也许该有一个文本产生出来，不辜负了跑了那么多的路。他说，我们的题目已经被人用了。我问，谁？他讲到了一直拍黄河的另一位摄影同仁，朱宪民。后来，我专意找到了朱宪民的《黄河百姓》，确实不错，但也看过释然，确如他当时所说，我们的角度不一样，想传达的内容不会重复。所以仍然在等，等待中仍然各自完成着自己的路，在路上，他等着自己仍无法命名与把握的东西的自动呈现，我等着我尚在路上的思绪穿越尘土，也许会有一次相遇，会有一部长卷。

现在，转回头看，1998年，十年前，我们相遇时，他的艺术正处于从人文到人的转化阶段。如果说，《回家》是社会的，带有历史的印迹，《矸工》是人文的，带有人类学研究的视点，那么，到了《黄河流年》，则一点点地脱去了文化与学问，呵，我不是说于德水的摄影创作纯粹写实，但是，在写实这一点上，他做到了心灵的纯粹。他将一切让位于直觉，不事先设定，不提前设计，他抛开了也许经由思考得来的某个专题能够带来的成就与利益，依他的经验与技能，将自己艺术运作为焦点相当容易，何况他还具备管理与领袖的双重职位，然而，他轻轻推开了某种利益的最大化，他放弃了将农业文明、农民形象作为专题研究的捷径，这几乎等于放弃了一种现世的成功。他拒绝天才之路，因为他认定仍有一条路宽阔于此。

而同时，一些以农事乡土作为人类学研究的指向性明确的拍摄为新一代拍摄者赢得了声誉与注目。

仍有一条路宽阔于此。

在现世，他几乎是拒绝了成功。

如果艺术的成功损害了他的信仰，那么，他会放弃成功。如果艺术损害了信仰，同样，他几乎也会放弃艺术。对于后一点，我深信不疑。

他仍拍摄他想拍的，在拍摄中，他甚至忘了这是在拍摄。他同时忘掉他的所想。

他一路寻找，像一个沿路找家的人，进入镜头的，他的姐妹父兄，与之沉默沟通，牵引着他回家的路途。他一路走，几乎要贴着地面，他一次次地感知着原乡给予他的神圣肃穆，所以，如若真要拿了自己的亲人去换取别的什么，哪怕只是闪过这样的念头，他是会砸毁相机的。我如是相信。

这里，我注意到他的转型，摄影家的荣誉已经让位于对于被摄体——人的尊重。他也似乎意识到了个人的变化，他这样总结着他的"高原"与"平原"：

> 一次又一次地北上陕北高原，力图把认同土地的朴素情感在河流的上游更深的浸透，寻找文化根脉的来去。隆冬的无定河边，皑皑白雪把绵延无尽的黄土塬覆盖得苍莽一片。远处不时地飘来年关社火的喧闹声。跟着一溜儿影影绰绰的脚印，呼出一团团雾白的粗气，在厚厚

的雪地里跋涉着。冰冷的相机在失准的测光下不免总是过度地曝光。身上的行囊是减不去的负重。

放下负重的行囊，从高原回到了平原。摄影包不再有过多的承载。让拍摄还俗。意象和景象渐渐叠和为原生态，平和，亲切。

日久，摄影的方式已被形成一种行为的惯性，任由生活的水波逐流。被还原了的摄影还原了一个人的生性。用相机和眼睛或沉浸或游走于物态生活之中，用景象与人交往是一种至纯的朴素，心绪、精神完全是一种归零状态。

摄影不但给了他艺术，同时给了他人生。他在他镜中的人生中见到了自己的人生，他在被摄的农民身上见证了自己。

高原平原之外，我注意这句 2006 年《于德水》摄影集前的自述，用了两个动词，一个是“还原”，一个是“归零”。

归零，这就是二十年来他完成的工作。他祛除，他清理，他放弃，他将主观臆断与表现自己的欲望清除为零，他将俗世的成功与圈子的荣誉清除为零，而只服从他看到的，进入他眼帘的，并通过看实现个人内心声音的传递。

这声音在空旷的自然中，无言寡语。

如他所说：沿着这片土地走到它源生的大河岸边，看到黄河，我沉默了。

没有优越与权利。他删除着以往的自己。

他把自己也归零。重新确立一个艺术家更是一个人与他人、与自然界的位置。

这种归零，必然带来了技术的“归零”状态，平视的画面，平实的人，与其他猎奇的片子放在一起，也许不会引人注意，但是当期望引人注意的心态都归零时，创作者获得的就不只是方法，也不仅是态度，而实实在在是人格的实力。我以为，我们写下的每一行字，拍下的每一张图片，看似的艺术的高低，其内里包裹的其实是人格的成分显像为作品品质的高低。而人格问题在创作中评价的权重，在这个急功近利的艺术时代里被大大弱化了。

2007年春节，于德水约我一起到乡村去。正月十三我们在马街，在刚刚出青的麦子地里听农民艺人说书；正月十五、十六在浚县，庙会前夜我们走在已经不能平静的街道，穿梭于悸动的人群里，穿行在满天烟花的忽明忽暗的光影里；正月十八在瑕丘，先祖的纪念化作了摩肩接踵的集会，与身着黑棉服的农人们伫立一起，听旷野传来的古戏唱词；三月二、三，我们驱车赶往淮阳，我注意到他的“采风”方式，我注意到他对什么样的人什么样的对象慎重地举起相机，正如有论者所言，“我们从影像中看到了心平气静的目光，甚至是这目光散漫出来的一种恬美与舒坦，一种恒长持久的凝止，一种极其容易被忽略的丰富与细腻，一种平静隐忍的含辛茹苦……这是一个摄影家在镜头中找到的内心对应”。评论他的李媚以“大空间图示”为其近作特点加以命名。

大空间，当然来自胸怀的打开。

于德水言，一旦有了打开自己的感觉，实在是一种很惬意的事。

那次前往，我至今后悔没能在周口拜访他的父母，隔月我单独前往，问到他出生的油坊巷，路人讲已经扩路改建成了广场，广场过去，是著名的山陕会馆。眺望会馆方向，我突然好像被一种闪电击中——这个山西籍的人，这个来自大槐树下面的人，所要找的，只是一个建于异地的故乡。正像那些在异乡建筑会馆的人将建筑本身作为家乡象征一样，他须在工业文明到来的时间之上筑造或留存一方土地存放民族前进过程中不应被遗忘的精神矿藏。

说到底，某种意义上，我们都是无根的人，写作与拍摄，教我们一次次地寻根与归乡。正因为无根，我们尤其看重在纸上在取景框里建造的故乡，我们不敢造次，唯有以本色相衬，但是记录的人也会感慨，又一个千年开始，历史的节律，文化的演进，自然的凋亡，还有人的绝对的自信，时间的速度以外，仍有少数人，不为所动，或者是，深为所动，所以，他提起了相机，奔走乡间，将自己的生命叠压进去，以一颗古心，用久长与广静，融理天地，万物。以土，以水，以一腔热血，冲洗出一节民族的真正光影。

就这样，把自己全然托付。

生命苦短。

无悔无怨。

2007年6月26日凌晨2时初稿

2008年1月8日改定

建伟的画

建伟的画，属于很难诉诸文字的那种，倒不是他画中传递的艰涩，恰恰相反，是他笔触叙说的简单，有时候，它们简单到只是一两个音符，但好像要表现的心声又已全然托出，待坐下来想细细回味与捕捉时，它们又天籁一般，无迹可求。近年，这种神秘萦绕，虽然，建伟其人，一如既往地朴素，而他画中的人物，更是一天天地与他一起做着“减法”。羚羊挂角。是一种奇异的体验，教人欲辩忘言，而且，随着对他阅读的深入，会越发觉得叙述的难度。建伟的画，对传统评论构筑着考验。你必须找到一种与之对位的视线，才能解决语言不逮的困窘。换句话讲，你必须首先进入他的语境，才有可能真正触到他的内心。

1991 年，美院画廊曾办过正渠、建伟的二人展，引起不小震动。画的力量之外，原因之一还有它们携带的一种与当时艺术完全不同的创作风貌，距离“85 新潮”之后不过六年，而且大多作品恰恰创作于这新潮余波的六年，这两位段姓河南画家，正处青春喜新年龄，竟能全无潮流入身的印迹，在一片形式主义的旷野中，生生种出了打上自己胎记的高粱和玉米，着实让人暗暗吃惊。正是这次展览，使两位画家一扫当时的西风流行，而以清新泥土的乡气传递着油画这种西式烘焙表现出的中国味道，回望当时，他们也许并无后来评论总结出的更为清晰的意识，也不是为了反叛与清理的理念先行的创作，而是在河南——这块最深厚亦最古旧的文化土壤中浸泡得太久，从父兄到个人，从生身到前定，他们，无法不画出他们耳濡目染的风情，他们一下笔，那农民的叔叔、黄河的船夫就一跃而跳到了纸上，他们无法拒绝这种要求的表现，那亦是他们的一种内在本能。这种本色，被后来的评论放大为一种有意识的理念，并以“新乡土”画派冠名，我想，较之意识而为，两位更多是本心而动。只是他们拿出来的结果，给了众人如此的印象。这次规模并不大的画展，在他们创作中的界线意味，也是不经意中的，他们，避开了风行潮流的那个“艺术的大众”——无论是创作还是审美，而依从内心本能的指引，其结果是，他们的创作在当时有着另一种“出位”与“另类”，好像是事先谋划的“另辟蹊径”。无论如何，他们的画，展示了一种温和的勇敢，这种勇敢，就是，他们把自己从潮流里面“摘”了出来。昭示世人，还有另外一种思想，一种与坊间关于艺术的观念不同的方向。当然，一切艺术上追寻个性的画家都会或早或晚地做这样一次“减法”。十七年前，建伟四十岁，这种减法，不早不晚。

这次联袂，使建伟、正渠各获感知的同时，也被画界此后以“二段”相称。当然，这个命名绝非表现手法和绘画风格的相似，而指他们拥有的理想、深入的土壤的一致。虽然这个命名客观上一定程度地抹去了两个人的界线。这还不是最重要的，重要的是，这两个人刚刚摆脱要裹挟他们进去的艺术风尚时代激流，却不意撞上了另一冰山，一时间，乡土、农民、风俗、质朴，以及与之有关的一切词汇一股脑地盖在头顶，这样一摞帽子戴起来是很暖和的，给人以昏昏然的感觉，但是冰山坚硬，它们已经有很长的历史了，里面封存、凝固着纪念与文物，很多人——许多起初有个性的艺术家都乐于这样的高帽定位，它们暗含着一种艺术的至高承认，甚至是一种历史的权威证明。“新乡土”，给人的诱惑巨大而暧昧，一方面，它与历史的乡土派相连，这是正宗的、经典的、本土的、主流的一系列话语系统的创新性延续；一方面，它又于前人深耕的厚土之上赋予了一切艺术与生活的传统以前沿的、新颖的、创造的、个性的空间。这是一种承前启后的评价，而这个前后新旧的接点上，站着的正是这两个渴望开天辟地的年轻人。难道，你会舍得甩了那帽子吗？现在想来，他们确实勇敢，是以一种温和的方式，他们没有摘了那帽子，而是顶着帽子前行，一方面不致被那赞誉压垮和圈囿了，一方面提醒与警惕于那出于好意的赞赏后来的类型化的暗示。反类型，是他们创作的初衷，既然他们肯将自己从“类”的新潮艺术时尚中“摘”出来，必定，他们也须将自己从“类”的经典艺术历史中“摘”出来。他们果然做到了。1993 年的四人展，如果说还是一部分沿着 1991 年的路数给予放大的话，那么，到了 1996 年的“中间地带”联展上，建伟、正渠都拿出了自己不同以往的画风。

不做风尚艺术家，其进一步的坚定性还在于：亦不做风俗艺术家。

两场减法做下来，那么，什么，谁，是建伟想要、想成为的？

自己。

只是自己吗？

不！

“一个荷锄者从身边走过，直直地就盯了你，远处坡上的渡

槽，在坡顶形成了一个向上的突起，当我被其吸引心生敬慕和庄严的时刻，一队形神兼备的小猪直扑跟前，不由你就发笑了。”

形神兼备。是他习惯的幽默。

“在巩县鲁庄后林的一个坡道上，迎面一个吃力地推着自行车的少年的目光与我不期而遇，让我蓦然觉得这个陌生的生命和我有着某种神秘的联系。我的眼睛曾经被木偶戏前台的热闹所吸引，却没想到过那双诡秘灵巧的手。一些儿时生活的片断，我无法逃脱的血脉，那些特定的时刻和景致，都一下子清楚地和眼前的东西重叠起来。我重复着别人的提问：你为什么画农民。你为什么画农民。我就又一次口吃了。迎面一个农民伸出右手接过我递过去的一根烟。生命的本质几乎就写在这张脸上。它笑着，我迅速被它感染着。这种生命的活力我在别处见过，在一棵树身上，一个湿漉漉的土坡上，一两声鸣叫中，一个动作中，一句省略了的话语中，鲜活自然，直接而有力。我看重这些平淡，世俗生活中的日常景色和几乎无法辨认的表情。我快要看到那双手了，诡秘而灵巧。我被这些平淡的生活吸引。被它的捉摸不定和模糊的含意吸引。我揣摸着和领悟着，有点犹豫地向前迈了一步。我逐渐成为他们的一部分。我用这样的语汇去诉说，他们就用这样的语汇和眼神来回应我。这像是一桩秘密交易，我得到了我要的东西。”

诡秘灵巧。是他追溯的庄严。

两段引文出自建伟本人的《回望乡土》。这部辽宁美术出版社出版的画家画语藏着建伟于交错路径中自我选择的秘密。那成画前的草图与速写单纯直接，一只手，一个拿烟的动作，一张脸，一种不易觉察的笑意，均简要明了。与溢出线条与墨碳的少许文字一起勾画着当时的心绪。这部不足100页的小册子，出版于2000年，而其中的草图多为1996年，于此推测，文字写作的时间在1996年至1999年之间。那一节，真的是对乡土自己的回望了。这回望的咀嚼，当然包括对此前——1991年的乡土画作的反刍。

至少，1996年，是一个拐点。记不得是“敞开的壁炉”——-河南青年油画家提名展还是“中间地带”联展，已不止四人，曹新林是策展主持人，关键不在人的众寡，而在，建伟当时参展的画，叫人吃惊。河南画院展厅，一进大门，展厅左手，是两幅顶天立地的巨人，农民子弟，少年到青年的脸上满是稚气，两幅画上各有一人，一人拿唐诗，一人拿宋词，漫卷诗书，却没有欣喜若狂的样子，或者是一人拿了一把扇子，两个人对称地站着，像两个门神，唐诗、宋词或者可能就是扇子在各人手里也对称着，两幅画，两个人，像两个对联，一左一右。我不禁愕然，建伟的加减如此神速，但是那画中增加的因素却是我不习惯的，也很难说上喜欢，当时我只觉得是一种观念跃出了画中，破坏了由《抱玉米》《大风景》《指天》《花鞋垫》《队长》《抢救》《打狗》以及《麦客到来》建立起来的自然，犹如正在行进的田园乐曲，突然闯进来了一个不和谐的音符，将整个前行的阵脚改变了。同时期，扇子好像还发展为一个“扇子系列”，教人瞠目。和谐不见了。道具的滥用让人忽而陌生。我第二次在他的画里看到了破坏。——第一次是他80年代的作品，那幅画了穿着四兜中山装的《父亲》。记得我正在那幅画下碰上也在端详那幅画的他的农民作家父亲，两个“父亲”在同一个地点，一个站在一个的前面，有一种文字难以描述的诙谐在里面，如画里的温和与反叛。然而这次，建伟通过古书与扇子这样一些传统文化符号想传达的东西，却不甚温和，它有了锋芒，它想说明的东西，也许是，你们不都当我是一个擅画农民的画家吗，我其实并不如你们想象与定位的那样，你们不都认为农民就是“日出而作，日落而息”的自然状态吗，农民也未必如你们想象与评说的那样。这个变奏，及藏卧其中的急促与傲气，我起初不以为然。而同室展出的正渠的画却动人心魂，《英雄远去》华章一般的再现，那些荒芜的废墟、大地撕开的伤口，那些没有人作为主体的断壁残垣，却处处聚着哀伤悼念，在一个巨人留下的硕大背影面前，无由地不被它吸引、指引，以致久久不能将心平息。这是正渠的一次减法，他把人抽象了出去，已不见陕北的高亢激越，却以另一种酷烈冰凝住了他想表现的如铁意境。比较起来，建伟的转身寂寞沉静。而这一点，建伟了如指掌，此后不久，我读到了他为正渠画册写的题为《英雄远去》的前言，他娓娓道来，从容梳理，那些文字，我以为画出了正渠的灵魂。文如其人。长久以来，我思忖着建伟的改变，他变了吗？以往我们熟悉的画中人，他们变了吗？现在回眸，我把1993年的《唐诗》《宋词》和1994年的“扇子系列”视为回水。反题材，是他不甚成功但苦心可鉴的一次试验。也许，建伟只是用了加法的形式再做一次筛减，从别人也许是他自己要把他放在一种贴了标签的“箩筐”里的筛减。我不在这儿。这个“箩筐”不是我的终点。

那么，“我”在哪儿？

观摩1996年的画或可找到一把钥匙。我说过，1996年，是一个拐点。就在“扇子”的同期创作偏后。建伟很快抹去了文化符号学的“入侵”——也许更多是有意为之的“反动”，重新步入乡野。

这一次，铅华洗却。

但就是这一阶段，建伟仍然是犹豫的。一方面，他重拾1991年至1994年集中于《抱玉米》《花鞋垫》《队长》《抢救》《打狗》《麦客到来》中或隐或显的叙事性，画出了1995年《雪原》之后的《换面》《放炮》《发烧》和《亲爱的叔叔》，它们延续着自《抱玉米》《抢救》开始的农业情景，那些生根于土必将回归于土的农民，他们简单的家事生活，从打猎到庆典，从家族子裔的天伦之乐到平日生计的柴米油盐，一切都错落有致，井然有序，俨然是他记忆中或理想里的乡村，这些姑且算作文化叙事学的画，连同自1991年以来的一系列乡村景致，都带有这种梦想冥思的色彩，它们不是现实的镜子，更非生活的写实，这些乡土新吗？好像再原始不过，古往今来，他们，人，就是这样一个样子。这些乡土不是实实在在的吗？好像再真切不过，人，我们，难道不是长着与他们一样的面容，拥有着与他们一样的诚实？那么，建伟是不是回到了从前，不全是，较之《大风景》中的人，人放大了，风景变小了，人的顶天立地性在这时发挥到了极致。这还是其次，画中的人更加结实，色彩也渐渐浓郁，人的肌理感得到的强调，前所未有，在他，这是某种自信的宣谕。另一方面，他试图放下自1991年始以《花鞋垫》《抢救》等为他创作起到奠基作用也成为他艺术代表符号的人文叙事性，画出了向1994年他自己作品《红衣少年》致敬的《读书少年》《靠墙少年》《行走少年》。这一年，1996年刚过，1997年来临，建伟站在画布前，左右地看着他的时光与记忆，景致万物向后退去，同时，不知是谁的手将犹豫的他有力地向前推，就这样，他站在了自己前面，而那童年的“我”的面影也在时间的幕布上悄然展现。这一年，是画者于而立走向不惑路上的一个本命年。

细心的话，可以看出，"少年"系列并不孤立，他们很久地沉睡、隐藏于成人后面。1993 年《眉清目秀》里那个手牵大人但直视画面的小男孩，1995 年《教育》里那个侧跪在拿着擀面杖要对子女实施教育的父亲面前认错的儿子，1995 年《父子》里那个自豪地坐在父亲肩膀上手执纸叠的飞机把村庄远远甩在后面的男孩，他们，在成人世界中，一直做着配角的角色，一直在与成人的关系中确立着自己的位置，有时候教人觉得，一旦失去了某种承启的关系，他们会一下子坠入真空，而找不到纵横坐标中的自己。那么，建伟就是让这些未成人的"人"走上前台，他祛除了叙事，他抽掉了用以证明他们存在的坐标，他甚至到了最后将那隐隐的村落背景也涂改成了黑灰，1996 年，我们还能看到一群少年走在《夜行》中的乡村路上，我们还可以凭借时间地点与环境这些画面信息猜测他们或许是在去看夜戏或是走在露天电影散后回家的路上，但是此后，这一场景越来越少，几近终止。

1996 年，是他创作最具爆破也沉潜到最深海域的一年。这一年，犹如协奏曲中的两个调式，它们争夺着发出高音，又如两个音色绝佳难分伯仲的乐器，它们在争夺着演奏者的手势。一时间，建伟的画面出现了难见的胶着与矛盾，但很快，交锋之上的新的和谐到来了。他服从了。与其说，他驾驭了乐器，不如说，场景让位于生命，形象让位于性情，本能战胜了意识。1996 年是一个埋在心底的界碑。这个界碑，或者就是 1996 年那幅《小孩》。这个小孩，已不再是情景中的配角，而站成了一个顶天立地的正面，他凝视着你，表情稚拙而平静，然而那平漠里又有一种难以祛除的决心。他的后面，是已沉入黑灰暮霭的村庄，或者山脉，已不重要，他穿着20世纪70年代儿童常穿的三个纽扣的衣裳和系带的老式鞋子，也不重要，他来自哪一个具体的省份具体的村子具体的农家，或者他本人就是一个城市的孩子，他是不是正是画者自己，也不重要了，重要的是，这个孩子，左手插兜，站在画面上，他的嘴角隐忍，那里将要盛满生活的苦，他的眼睛坚定，那里已贮藏了迎对人生的信念。此后的作品，我们清楚地看到了他对战场的打扫——对叙事的清理。

反叙事，也许，有得有失。

但是，画者已无法控制。

本命年后，建伟与他的童年不期而遇。这个成人，无法拒绝孩子的召唤。

十年后，2006年上海书画出版社出版了他的《小孩》，里面的作品竟近百幅。无论是在中国油画创作史还是他个人创作史上，这种取材以及他执拗地要表现的东西，都不可思议。一个画家用了创作生命最壮实的十年，只干了一件事，近百幅画，好像只在画一个小孩，这个画家不是疯了，就是受了更具疯狂力的某种指引。我深知后者的力量。

谁知道他赌的是"命"呢？

或者根本什么也不是，只是"命"教它完成的篇章。

一个艺术家，真正遇到了自己的宿命，并将它通过自己表达出来，我知其难，但我更知遇到的人无路可退。

从《大风景》到《麦客到来》到《亲爱的叔叔》再到《靠墙少年》，到《小孩》，画面上的人越来越少，背影、侧影直到正面，再到只剩了人的肖像，与之同时，建伟减去了乡土绘画的类型、农民题材的定位，直到减去了乡村母题的叙事，这样一路下来，由反类型到反题材到反叙事，他同时规避着朝他扔来的圈索和他本人已掌握娴熟的处理，以致在一个大的空间领域好像他的画没什么突变，实际上那来自内里的变化已经悄然奠基。反类型，反题材，反叙事，他一层层地脱掉了外罩、棉袄和夹袄，从成人到少年再到小孩，他又同时一层层脱掉了时间加于生命之上的毛衣、秋衣，与他以往创作的反摄影反写实以致反正常人物比例反审美习惯一起，诸多减法，已使他走到名副其实的“裸泳”境地。

小孩于画面上真切地看着他。

注目于他从繁复到单纯、从艰辛到从容的“泅渡”。

从那清澈的目光里，他似乎得到了某种鼓励。不然不会反复于画布上，篇篇针脚细密。这是一种什么样的求证，又有什么力量，他几乎只在完成一个孩子的面容头像！小孩大一点，小一点，年纪上，小孩读书、朗诵、行走、伫立和冥想，小孩按照自己的法则活着，时而多思，时而沉静，那个成人无法进入的世界，有着无限的生长的可能。

后路切断。

这是一段祛魅的历程。

那来自世俗与艺术的双重诱惑。

向内掘进，他几乎以此拒绝了现世的成功。

其实，如果深入建伟创作，他的小孩并非降自空中。1996年再往前推，真正的诞生也不在《眉清目秀》与《父子》。1991年，正是与他的《大风景》《贵香》《春耕》同时，有一幅画不应被时间和评论湮没了，它高125，宽106，以厘米算，和横幅的《大风景》不差毫厘。然而它的方向却在另一条路。它是此后十年的深深伏笔。它的名字是《盲童》。画面上，一个孩子站立于他的村庄之上，村子、山脉只是他的一个远远的背景。他站着，正面于画面犹如正面于人生，我不知道这是不是建伟第一次让小孩成为顶天立地的主角，但是站立着的这个孩子，虽然脚旁的野花与头顶的浮云，于他都不可见，然而却绝非无关，这个失明的孩子，右手拄木棍为拐，左手有着微微向前触摸的手势。他双目紧闭，两耳前后一开一合，嘴角是我们熟悉的隐忍，全身心感知着这个盛放着他的世界。毋庸隐讳，这是让我流泪的一幅画。我深深地感动于画者向往传达的一种精神。这种精神，既非农业，也非城市，它高于它们，这些具象与物质。然而它又深深植根于它们，有着可触的实体与大地。这是世上罕见却一直存在的火。我以为，这幅画，就是建伟的心象本人。

自此再过五年，十年，十五年，二十年，由“盲童”牵来的小孩可能更聪慧内敛，清健有为，但是我无法不惦念这完美的开端。

诗篇早已开始。

那发自内心的赞美。

这第一句诗。第一个字。第一次坦露的诚实。

叫人想起张承志对额吉的不倦书写，他重复地将她写进《黑骏马》《金牧场》，以致《黑山羊谣》连他自己也困惑于这样的书写，为什么，长达十年，“为什么我要一年复一年地描写一个蒙古老太婆描写了那么久那么多页纸手都写酸了心都写累了但是我还顽固地写着呢？”这种超越自我的灵的吸引正是他生命之弦断裂仍能不舍不弃追随美的法律、焦渴疲惫憔悴仍能坚忍穿越沙漠的东西，这是一种原型、一种感应、一种大地——母亲向他源源不断输送的血液。异曲同工。建伟在对小孩长达十多年的刻画，在评论家可能的误读与不解中，在对以往熟悉的技艺、题材和表现方法的牺牲与放下后，重拾陌生，重回源头，重把自己“归零”。这其中必然藏着他不能不如此做的缘由。一种在工业发展、时代变迁、技术进步中沉淀出来的高贵、宽厚、温柔、善意、单纯和坚毅；一种沉静柔弱，却又不折不挠；一种坚定忍耐，却又仁义深厚；一种天真，却有着支撑它的成熟；一种平实，却有着充盈于内的圣洁，这是与生俱来的本能，是不可抵御的神启，是一个民族，不，是曾像“盲童”一般的人类整体穿越黑夜走到今天的最初记忆。

1999 年初冬，建伟、正渠、瑞欣、王顼、唐亚、丁昆六人曾赴济南举办“6 人”展，我曾为之作序。那时，建伟拿出的画已清一色的小孩，记得一幅手肘扶着山梁的小孩，教人忽而安静，是地气血脉贯通后的平和安宁，一边是光怪陆离声响噪乱欲望高涨，一边是观念更迭思想演进潮派日新，两间一卒，建伟能够不动声色，不狂躁，不凄怨，亦不颓废，不清谈，这番定力之下的删繁就简，使他减除情节动作表情后的画，获得兼容能力，亦有消薄气派。

一切并不复杂。

神性的谜团就在我们自己里。

“我的眼睛曾经被木偶戏前台的热闹所吸引，却没想到过那双诡秘灵巧的手。”

反类型，反题材，反叙事——姑且这么说——而至的“裸泳”使他置于自由与尴尬的双重境地。——是呵，我们交换眼色，像是完成一件秘密的交易，我得到了我想要的东西。同时，也使他必须以臻于完善的严谨和能量来构筑补充他因故事、环境、背景诸多人文因素的抹去而留下的空白。

这是一片难以伪装的裸露地带。

把心剖开。在时尚变幻的今天，他把自己变成了一个真正的异数。

画神容易画人难，画人容易画魂难。毫无修饰，绝无添加，一脸诚实的“小孩”成了他绘画的检验与考量。

1997 年之后的创作，“小孩”的队伍不断壮大。然而，你会发现，除了少数孩子譬如《送菜》《杀鸡少年》《水库少年》仍然延续着原有的最少量的故事信息外，以《靠墙少年》开始的《蹲的小孩》《月光少年》以及两幅不同姿态的《飞》，均有着一种梦幻冥想的色彩。他们无所事事，保持着与年龄对称的心境，他们若有所思的神情，从某些方面又大大超过了他们的年龄，他们像一个个哲学家那样，煞有介事，或蹲或站，或立或行，在一片空茫的世界上，一边打量，一边梦想。而夹在这两种作品之间的，是 1997 年的《守卫》，1998 年的《持剑者》《吹号者》，2002 年的两幅姿态各异的《朗诵》，以及 2004 年的《刻字》。画面上的人年龄不等，从两岁、五岁到十岁都有，他们手里握着的是他们不等年龄里的各自梦想：是刷了红漆的木刀——他想做一个勇士，守卫国土或者占山为王；是同样刷着红漆的木剑——他想持剑行侠，成为英雄；吹号的小孩，眼睛乜斜，尽管手中的号角是暂时的塑料玩具，他仍在企盼求证是不是自己能够胜任一个将领；还有那手持书本的默念或诵读的孩子，或为济世，或者只为做一个合格的书生。当然，还有也许什么都不想做的孩子，既不想做英雄也不想当将领。他的梦想就是爱一个人，将她的名字深深地刻入成长的生命。在叙事与梦想之间，建伟并未彻底拒绝道具，但是他让那道具成为“无用”，成为只在预设的场景与梦境中才能实现的象征。

反功用，建伟脱掉了最后一件背心。

这里，有一幅《手指受伤》，诞生于2002年。我将之视为十一年后向1991年《盲童》致敬的作品。画面上，少年左手大拇指受伤，整个左臂被吊在脖颈系着木板的布绳上，但仍有右手揣兜的自在与从容，他一脸淡漠，满眼忧伤，而他身后的平原与村庄不见了，只是一片广漠如浪的灰色山脉，远远地，衬托着这个孩子柔弱的刚强。

这幅画中，集中了建伟早期的幽默和庄严，随着岁月的加减，他在这幅画中还郑重植入了疼惜与神性。或者这么说，是疼惜与神性自己长在了他的画中。

由民走向人，由人走向“我”。民和人都包容在“我”里。将“神”请到人间。用心传递日常生活中的神性。也许所有的磨炼，都为迎接这一刻的降临。这时的画，梦幻幽冥，宏广神秘，优雅而宁馨，充满自然的暗示与隐喻，又同时深具神性的平实与率真。这时的画者，已不属于任何一派，他深居无法定义与命名的地段，他跳脱于史、论之外，他就是他自己。

他自己，站在画面上。

是一个孩子的形象。

温柔敦厚。圆通自足。

也许，他想通过这个孩子，来验证自己的童心。那通向深广人性的真正启程。

这可能正是他的画，虽不宏大，却有着慑人的力量。

也许，他想通过一群孩子，来考量人间的耐心。日常生活中的神性就隐藏在这最柔弱亦最刚强的眼神与手势的微妙传递中。

这可能正是他的画，始终做到了，乐而不淫，哀而不伤。

也许，他想通过孩子，对自己的人生做一清理。那包括生命自我的一种艺术达成。

这可能正是他的画，有着羔羊的品质。我想说的是，他试图恢复与返归某种生命中幽冥的本能，不独只是画面人物脸部表情呈现的动物性。

动物性？是呵，也许我们所从本来，就是这个样子。

这样阴沉的卓越，像是天堂。

“我快要看到那双手了。”

没有事件，没有哲理，没有指向，没有秩序、必然与规律，没有范畴、节次与等级，它只是一种或然，像生命原来不被涂抹的样子。在生命面前，事件、哲理、秩序都会暗淡，因为生命是一种或然，它超出规律，越过等级，甚至否定必然，我们关于人生及与之相关的任何成型的理论，梳理，已知与结论，比起生命而言，都是暂时，都是截断，只言片语，只有生命本身，它依照着自己的节奏，向前递进。只有或然，永恒于我们的所能找到的一切表达的语言。

万物有灵。只是我们羞于承认。

建伟平视着他们，如尊重掂量着自己的内心。

全新的圣洁
平凡的光
而且陌生
自我乡愁的眼中

这时的乡愁，已经跨越了河南、中原、农民、乡村，跨越了地域与具象的疆土，向无边的内心延展。

这时的画面，已经路过了墨西哥、法国、意大利，路过了卢梭、弗朗西斯卡、乔托，诸多民间与大师伫立着的不同地段，有着更为深广的神性。

天地有大美而不言。

听从内在的指令，只有心要到达的地方，值得我们抛却一切，奋然前行。

“我揣摸着和领悟着，有点犹豫地向前迈了一步。我逐渐成为他们的一部分。”

万籁俱寂。四野肃穆。

久长与广静的平原。

一个孩子站立于他的村庄之上，山脉只是他的一个远景。他双目紧闭，两耳开合，左手微微触摸向前，嘴角是茹苦的隐忍，表情喜悦而新鲜，全身心感知着这个对他开放的世界。

那颗赤子之心，是他向这世界郑重交付的礼物。

他站着，不发一言。正面于人生犹如正面于画面。

2008年2月11—17日于郑州

神的灵运行在水面上

与正渠的相识，已记不起年月，从最初读他的画到如今十多年过去了，也已记不得与他的哪一幅画是最早的见面。只有一些混响在脑海里，一些片段，犹如一部交响的旋律，缠绕着，却强烈。黑与红，是冶炼后又在水中淬过一遍的。青黑与族红，燃烧得超过了自身的承受范围，竟透着褚与白。是无声的大音，却撞击着，溅起千重巨浪，而落下时，又保持着优雅郑重，并未让现实磨得糙砺。音乐没有变做呐喊，而是犹如深水中的火焰，将烈性与韧性胶着在一起，却又笔笔凝练，经络分明。

尽管不少理论家习惯将一位成熟艺术家进行分期研究，按照风格读解一位创造者的创造，渐渐地将那创造替换或改写成为定型化的模具，不少艺术家也乐于沿着这样一个成长的思路，自愿或者自觉地钻进去，不问是不是圈套，将那大忌当作捷径，以致误了正道与才情，但正渠不是，他的作品从来难用圈索限量。从开始到现在，其间许多人事经历了，有大起大伏的人生在里吗？也不。但是进出与加减是有的，是不可见的内心的起伏，自觉到的命定的运数，自我的，他人的，画中人的，画前人的。那些硬骨一样的笔触里，不可能不透出一二信息，然而，却是不可复制的，他人，自己。这个人拒绝重复，所以同时他排斥分类。那个将创新类型化普及化的风格么——唔，也是必须放弃和警惕的，当然它往往披着成功的华彩外衣。但是正渠要的，何止只是成功的衣服，那双包裹雄心又深藏不露的眼睛最不屑的正是这无用的衣物。这意味着一位艺术家对所谓成功的放弃，世俗的与业界的喝彩在某种频率上达到一致的地方，正是他背身的时刻。因此，他的地理一开始就放在了内部，那个托意麻黄梁、大沟、榆林、三边的一个个远方，是和这个内部对位的。

在这个内部，他用的是叙事的语言。比如《出门》《灯泡》《黄河鲤鱼》《借猫》，无怪乎只是新媳妇骑驴出门，妇人在窑洞炕上换灯泡，少年抓住了一条黄河鲤鱼以及邻家大婶借猫捉鼠的日常，情节在此是中断的，只是一个个瞬间的场景，但是人与场景的比例却是不一样的，欣慰知足而又气定神闲的表情，使这一种常见的语言，在个性的他的笔下变得陌生。某种意义上说，正渠的画不是从线条和色彩开始的，他的画开始于声音，声音变做了声响，继而变做音乐，再后变做交响。在这一演变过程中，线条和色彩始终充当着载体的角色，传输与运送着那些音符，从一两个试音到一发不可收的激越，再到稍稍内敛的过渡，直至第四乐章的安详神秘，一切都畅通无阻，水到渠成。最早的声音，有两个，一是河的响声，一是与河的响声纠绞在一起的山歌。两者都是属于黄土高坡的，但是远离了20世纪80年代中的寻根与90年代初的怀旧，两个思潮之外，他也避开了90年代中的猎奇。只是一种直觉，叫他无法仅从思想进入而不依从泥土，叫他无法舍弃内心而屈从潮流。《山歌》《红崖圪岔山曲曲》《东方红》不单舍了潮派和流行诸种外在，而且内里，还舍了主流、现实和风俗。这种千里走单骑的行为不能说不具极大的冒险性，尤其对于一个出道较早的画家来讲，这种选择要么败走麦城要么寂寞终生。可是正渠还是凭借勇力闯出了新路。这条路的得来，一如他一篇《自述》中讲："晚上在壶口护桥老人的屋里住下，闷雷一样的涛声就从床下传来，震得人惊心动魄。"这种声音的挥之不去，以致壶口这个地方每每在影像中出现时会生出很"行"的感觉，然而声音留了下来，在灵魂中骇人地搅动。同样留下来的声音是窑洞酒后的农民扯着喉咙唱的酸曲儿，他述说"激动得我热泪长流"，再后来去得多听得多了，歌子已不重要，印在记忆的是"佶屈聱牙的嗓音"和"凄厉激越的歌声"。这一时期，画中的人物无论个体还是群像，一律大声歌唱。直到 1999 年的《歌唱者》，仍然是一副不管不顾、随心尽意的歌者形象。

很有意思，正渠讲到的这两种声音，一种天籁，一种人声，无论人的还是自然的，都发生在晚上，而正渠的大量绘画，几乎全部作品所表现的场景也都发生于晚上。也许夜给人的宁静使那声音得以放大，得以醇厚，得以空灵，得以意味深长。"把黑线减弱，把边线和形体糅合在一起，少罩染而增加直接性笔触。"这种黑和浓重是过滤了的粗朴与苍茫。"四周漆黑，没车没店，走得筋疲力尽，会突然听到一两句歌声，就那么凄厉了一下就消失了；有时会发现远处山梁背后有一块莫名其妙的光亮，光从何处来？光亮旁边还有什么东西？""我常常一人坐在画室里冥想。"冥想的结果是那歌声与光亮都成为通向人的引子，环境被过滤了，背景淡化了，生存处境也成了放在远处隐在的东西，画面上只剩了人，天真性情，顶天立地。于是有了《夜行》《夜路》《寒夜》和《星空》。总之有一个人，他有一个要去往的地方，他在路途中与画者遭遇，画者是隐在的，画者只是观者，或者干脆就是装在那个人的身躯里的人，他（们）一同走在路上，往一个去往的地方，这个地方是哪里并不重要，也不注明，有一个远方，在那里，有一些事，单纯地等候，需要赶路的这个去完成。这就够了。但是正渠并不止于这样的瞬间，虽然他每每迷恋于这样瞬间中人的状态。他还要往前推进一步，他要走到那光亮里，呈现出夜色的另一种侧影。以至近期，1999 年之后，他的画作与以往的自己有了一些难以觉察的不同，人仍然顶天立地，浑然天成，可是那光直接出现了，再不是隐在的风景，而是手执的明灯。2000 年的《持灯少年》《持灯者》，到了 2001 年，那灯变成了火，《火堆》中的人再不是一个，而是一群取暖的人，围着燃烧的红，黝黑辛劳的脸上也被照亮了，是 2002 年的《火盆》，那人说不清是借还是送人火盆以取暖，她双手捧着那在雪夜里冒着白气的炭火盆，全身映照得像穿了一件红袄，同年《夜行》，骑驴的女人左手执一马灯，双目如炬，两幅画中女人的面目淡定坚毅，一如《圣经》中走出的人物。2004 年的《夜裹麻黄梁》有着三年前《火堆》的影子，或者十一年前的《北方》，只是火更旺了，人还是如旧的肃穆，但是天上多了一弯弦月，围火的人手中多了一盏马灯。这盏马灯反复出现，以至同年《麻黄梁上》这盏马灯又挪至另一人手中，被这个冬夜里揣手的人轻轻放在了雪地上。光的出现也总变更着方式，在《手电》里，那是女人夜行时带着惊惶与好奇的手中电棒直射过去的光，山川大地在那束光的映衬下变得幽远神秘，《星空》中的却直白而幽默，父亲颈上的孩子遥指东南，一个宇宙便成了他的江山，父亲脸上的豪气真是精彩。2003 年到 2004 年这两年，可以见出正渠的迟疑：一方面，他画了大量表现家庭的日常生活的作品，《家》《儿子》《玩艺儿》《牙》《演义》这样一些固定场景中人的常态，但是常态生活里他还是放了心理进去，比如《兔子死了》那个盯着兔子看的桌边小孩，他的心理是画面延伸出去的部分，正是这一点使正渠的画有着浓厚的人文性。这些画，像尺牍，从多半发生于灯下的夜里截下一块，定格于此，然而心理的容量又跃出了画布，另一个空间被接通了。另一方面，他 2003 年后的《远望》系列应该重视，那个不同的白衣少年放一本书在山梁上，在四边闪着亮光的山峦之上，或蹲坐或伫立，他的双手举着一个可以望远的筒镜，更可能是用书本卷起来的，他用书本卷起的望远筒对着眼睛，寻找着他的远方。这个景象是画者内心的，他就是那个时而蹲伏时而站立的少年，他还向往着与家的安定有着完全不同的风景的远方，这个远方只能是站在高处才可见的，而且绝对，它是私人的，只可一个人躲在筒镜后面细细独享。叙事就是在这里置换做了象征。描写也由此置换做了自白与倾诉，只是低语呢喃的，是冥想深思的，那种静，与同期《大鱼》系列中那个怀抱大鱼的水边少年的恣意鲜活形成对仗。然而，这还只是正渠的一部分。是他试图在筒镜中找到自己的一部分。他的最重要的作品在冷峻背面，是扯破嗓子，动地撼天的。

这是《英雄远去》。无论对于画界还是对于正渠自己，这一系列都是一个“异类”。是他追求的洪钟大吕到了一定音调，高得叫他自己啼出了血，原定八幅的大画，只完成了四幅，原因大约也是如此。是一种苍茫的无处置放，一种热血冷凝后的景观。镇北台，长城的残垣断壁，统万城，一个王朝的兴衰遗迹，或者还有隐约的兵马俑，那墓葬中裹藏的皇权的威仪，或者还有殷墟，王孙与百姓终化为一堆白骨的平等。但是画面上什么都不是具象的，不是现实的镇北台或者统万城，它是多种意象的综合，你无法找到一个词去概括它，因为它本身就是一种概括。仍记得第一次面对这四幅画的震撼，在展览厅它正对着大门，铺天盖地，疮痍满目，心被敲了一下，撞击着，轰轰隆隆的，人有些立不稳了。它竟用了硬实的直线，是相对乡土俚语白话的另一篇文言，这种文言在正渠的画作中少之又少。可是却是他本身的而不是如前者追根溯源来的东西。这种本真是结实厚重的，是有冲击力的，藏在这巨大冲击力后面的是一种对生命的大失落。正渠是有历史感的画家，但是他的历史感不是观念的，不是王朝的兴替或者进化的人文，他原始地从人作为出发点，以人的生命状态作为基点，他说：

> 我明白了多少年来我一直被什么所迷恋。
> 我看到了真实的人。
> 我懂得了该如何去歌唱。

正渠是有古心的人。在这一个已变得闹市般的艺术时代，他完好亦顽固地保存着的这一点，正是他的画作古朴单纯、庄严雄浑的来源。

如果单纯只是北方陕北，所成就的也就是一个热情火烈的段正渠，尽管他知道这火烈的灼人，试图以黑以夜来掩盖，以平衡那种当然也灼到自己的焚心烈焰。他自觉不自觉地让它燃得低一些，再低一些，直到冰凝为星宿，置换为马灯和手电。但是那心中的火又何尝受得了这压抑，这理性的认识又如何能替代他与生俱来的命运！所以有《英雄远去》。如果只是单纯的《英雄远去》，所成就的也不过是英雄情结中带着忧伤苦痛而心性高贵的段正渠，尽管他知道这高贵的代价，试图以人以家来修饰，以平复自己那种心向高原活在别处的信念。他自觉不自觉地讲述人事，讲述世俗中会发生的一些场景，一些温存，那些带着体温的东西，但是那信念何尝能够只满足于现世，这流程一般的时间又如何能磨平他内心另一处高地！于是，那些捧着火盆，举着马灯，打着手电的人，那些深夜里聚拢在一起烤火的人，在引领人，通过人，完成着某种行为与使命，而画前心绪难宁的段正渠，无疑，也是这行为与使命中的一部分。

所以，会有十多年不倦的“黄河”出手，不如此无法排出他胸中的万顷波涛。从《水路》（1996）、《黄河之七》（1999）、《夏日黄河》（2000）、《千年黄河》（2001）、《黄河船夫》（2002），直到《七月黄河之三》（2004），这是他的命！这一系列不知道现在已经画了多少张，只知道没有人不会好生对待自己的命。与局部与瞬间的剪裁不同，除《黄河船夫》外，一致全景拉开，再拉开，只到那弓满到提拉不动，这是他拼了命要表现的民族，篇篇歌唱，是最终成章的史诗；壮阔波澜，是由渡他完成的自渡。这场共渡仪式中，有人永不衰竭的意志，有人从不妥协的生命，有人无所畏惧的信仰，有人血气方刚的想象，人的一切，天的一切，于此交锋，于此相融。

于此交融呵，神的灵运行在水面上。

抟黄土塑苍生

广美毕业那年，曹新林曾以《湖南农民》交卷，不但封存了他的湖广岁月，而且封存了他的南方印象，此后，对于他跨长江而至黄河选择北方农民作为他画中形象的一生根据地的做法坊间有过种种猜想，大抵一致的说法是他深受当时《红旗谱》中农民形象塑造的影响，或者更准确地说，他深为英雄而丰富的中国农民的品格德行所吸引。这种灵魂的感召是每位真正的艺术家一生都至少要经历一次的。“这一次”之于曹新林，其结果是，水土大换。

我多次面对《湖南农民》而辗转思量，这幅画于1964年的写生已经达到了某个高峰，这是一个头上围着黑巾的农民侧像，我这个年龄的人对这个形象更早得来的印象来源于小说，来源于起义的历史、不羁的风土、刚烈的传承，湖南人的热度与赤诚于这仅是侧面的面孔上亦表露无遗，半眯的眼，噘起的嘴，直挺的鼻，以及侧面腮帮骨的硬度，扭挣的脖子所朝的画外令人神仪的方向，都不言自明。他血气方刚，直截了当，与粗粝生蛮的笔触、与二十几岁画家的心性均成对仗。如今，时隔45年光阴，直面于他，我仍能感到画家的激情，扑面而来，热浪灼人。是的，他大笔挥挥，便完成了民族一段大开大阖的历史，正如寥寥数语，便作结了自己从生身到长成的一节南方人生。

这个湖南人毅然北上。黄河黄土打开的调色板上，有了不同的人与风景。

真正的画作开始于20世纪80年代。1981年、1982年的《八旬老翁》《白头巾老人》虽仍属写生，但已超出一般写实，或者是将写实写到了骨子里，从人的脸上你能捕捉到另种东西，它稍纵即逝，却绝不刻意。将《八旬老翁》与《湖南农民》对比着读，你会颇有深意地发现，人为同一侧面，只是年龄长幼不同，还有黑巾换了白巾，这已是北方农民的地道装扮，最不同的是人的神情，壮年脸上的刚勇到了老人脸上有着沧海历尽的从容。这一神貌传递暗喻了画家艺术深在的什么信号呢？

以《八旬老翁》开始，或许，是有深意的。

北方中原，在我们的阅读中好像从未年轻。

苍生的系列就此打开，老人缓缓步入，在一片苍茫厚朴的背景下，人渐次显影。

第一个十年的画作中，有《呐喊》（1983）、《粉笔生涯》（1984）、《守护神》（1987）代表，优秀的还有《茶滩》（1984）、《集上午餐》（1987），他试图以场景的加入状写不同年代、不同环境、不同职责的农民肖像，其中作为自我精神写照的《粉笔生涯》获得了全国美术作品展览银奖。但是镜头拉远了看，这十年之作，我更深爱的一幅是《挂烟斗的老人》（1989），这幅画画于这十年画作的末期，可视为某种摸索的梳理总结，作为总结，它是概要简洁的，他几乎没有任何旁白修饰，就是这么一个直面于画的人，他读着他的画者，也为画者读了十年而显身出现。

画家显然没有辜负“他”的到来。

第二个十年的画作的一开端，便出手不凡。

《持白条的老人》(1991)、《豫西老人》(1991)、《马车夫》(1992)堪称这一个十年也是他农民肖像系列的精品。当然此后，1992年他有《褪色的年画》，1993年有《倚门老人》《俯视老人》，1996年有《抬头望柳》，1997年有《黑土》《人群》《冬至》。但前述三者却为后来不可企及。尽管后来加入了场景、背景，或者试图以之扩大着它人文的成分，但仍不及前三幅画作那三张脸的分量。我注意到，《持白条的老人》仍是那一个十年前的侧面，或者从画作而言，《八旬老翁》是它的前身，或者更早，《湖南农民》是它的前身，那一个侧面，尽诉含辛茹苦、忍辱负重。没有多余的话，它与一直沉默、隐忍的群体保持着一致，怨而不怒、哀而不伤，仿佛又说尽了该说的话。《豫西老人》《马车夫》是同一种修辞，但更见力道，它将来历、背景、历史寻根、现实关照诸种统统减去，只留下删减不去的人，只是人占据着整个画面，于画面正中，向你递过目光，同时也接过你递去的询问。他不语。他没有答案。生活本身会给出一切，正如他已从命运中领悟到的那些，他的不是你的，因此他不会轻率断言。

这个十年，对于曹新林而言，意义非凡。作为画家，他并未置身艺术之变革的时代之外，相反由于他所担任的画院院长职务而要时时与艺术之变保持着近距的接触，其间，他做了许多如“中间地带”等有着深远观念背景的著名展览，也同时躬身探索着马蒂斯、莫迪利阿尼等人的画风，于此，人体、风景于他的笔下有了疯狂的变形，那种扭曲、挤压可见几分试验的发泄挣扎，但曹新林是一个一直没有放弃理论探索与质疑的画家，于众数试验之外，他有着难得的自省，在九十年代中期，一篇谈及“手工劳作与写实绘画”的论文里，他开宗明义地自认仁者乐山，倾向肃穆崇高，“他们习惯于深沉地审视和思索，其貌木讷”，我以为，这个“他们”并不只指创造家，还隐喻了他画中的对象，这种状态与“天生不善言辞，不善交际，好认死理”的画家有着某种心灵感应。这可能就是朱熹讲的安于义理、厚重不迁。而这一品性恰也是他弃南方而入北方的深层原因。曹新林的画中很难找到动荡，虽然他一个时期想以动荡与疯狂来演绎激情．可是内心的音符每每出来，如一曲交响的主旋，将他拉了回来，这是他的本色，犹如那个画面中的人，他一语不发，淡泊笃定，没有什么披挂与文身，但是画中的人，就是人文本身。

是这个画中人帮助他扬弃与走出了艺术的外露与短命。“相比之下，伦勃朗那老头子的形象则令人感到更加神秘莫测，更加凝练，更为内含，他什么都没说，他什么都说了，因此，更加不朽！更为永恒！”如他的老农一样，寥寥如语，却发自肺腑。我也曾想，艺术上，到了一定的时候，真的有新、旧么？或者，对错、新旧真的如人所想那么重要么？对一个真正与时间对话的艺术家而言，难道他看重的不一直是美、劣之分么？如此，探讨新、旧的意义又在哪里呢？所以，我欣赏画家的抛开与祛除，世界之大，需要掌握它的人直奔主题。

古今成大业者，都是一意孤行的人物。

于是有了第三个十年的喷涌而出。《划火柴的老人》（2000）、《老前辈》（2000）、《世纪老人》（2000）几乎一年完成。屏息静读，会为画中人的庄严、高贵、克己、审慎，会为与之同时传达出的画本身的沉思、忧郁、洗练、凝重而深深感动。那是我们熟悉的脸，农民的脸，他们涌动在我们周围，他们坚强、沉默而富于韧性，他们背后，是生生不息、百折不挠的民族长河，与这长长的民族历史相比之下，其对象被表现的艺术长河却总是屡屡削弱和忽视了他们。对此，他们仍然不言不语，这是一个什么样的民族！这是一颗什么样的心！步入了21世纪的民族，步入了六十而耳顺的画家，却沉静至底，返虚入浑，这个有着湖南刚烈心跳与河南黏稠血液的画家，一直在找的东西，其实一直在伴随着他的寻找，积健为雄，原只源于对自我生身的确认，刻骨铭心，只因于狂野与严谨中始终不弃的艺术之真。《吸烟的老人》（2003）、《福贵》（2008）几可视作时间的礼物，大道打开，天地豁然。

这个十年，曹新林遭遇了“井喷”。他的农民肖像系列画作数量于这一时段，竟是前两个十年的总和。

这一个十年的农民形象谱系之中，他仍坚持着场景的引入，力图将对生活情状的绘写展示在《日落而息》（2002）、《雨后黄昏》（2003）、《一方水土》（2006）、《一只羊》（2007）、《腊八——世纪的记忆》（2008）之中。但毋庸讳言，较之农村情状的描摹，他的《老会计》（2005）、《街头盲艺》（2006）、《林州老太太》（2006）这些农民现实形象更感染人，而较之这些现实的形象，那些我前面提到的《划火柴的老人》《老前辈》《世纪老人》《吸烟的老人》《福贵》这些人的脸则走得更为深远。你尽可以长久地与这些脸对视，你看到了什么？只是一人，一个民族么？或者，只是一个伦勃朗，一个巴巴，一个曹新林？或者，你看到的只是一个17世纪，一个19世纪，一个20世纪，一场不可想见的未来，与早已消逝的过去？不，不！镜头拉开，长江、黄河都已变得那么小，你看到了什么？

退后一步，天空海阔。

于是，有1993年画到2006年一直不弃的《夜归》。

那个老农手执书本，向光而行。

那脸上有千秋万代经过！

这是我心中的绝品。

然而，你看到了什么？

是八分之一亮部，八分之一暗部？

是暗而不死？

是“人们可能抓住那厚涂部分的笔触块把画举起来”？

不，不全是。

是贫困不屈，不从媚俗。

是与子同袍，生死契阔。

这是血脉打通后的气象！

画家笔笔虔诚，借助神力与人对话，同时借了人像与神对话。画布之前，凝神伫听，仍然寥寥数语，但是已传达了艺术最深层的秘密。由之，三十年中大量的人体、风景，只是他的路过，而这张脸上讲述的，才是他的魂魄。

黄土为之聚合。

这张脸上的一切苍生，是时间中的神，是这个车轮滚滚、红尘沸扬的现实中关于人的不朽的造像。

2009年4月25—26日于北京

一边是灵魂，一边是肉身

——代后记

1. 朝夕

20世纪一位中国诗人在他的诗句中这样写道，“一万年太久，只争朝夕”。而这句诗在21世纪被许多阅读者改写为，“一年太久，只争朝夕”。我说的改写不是字面上的，而是人的心态变了，这种改写在更深的层面展开，人生加速度地要去完成一项任务，人们的生活节奏，已似乎等不了“一万年”那么久，而只觉得“一年”都有些长了。速度，成为现代人追逐的目标，而那个在远方的真正的目的地，却是离人们越来越远，也在速度的挤压下，变得愈来愈模糊了。

“一万年”也好，“一年”也好，对于一个诗人而言，又有什么不同？或者，换种思路，诗句中的“一万年”也好，人生的“一百年”也好，生命中的“一年”也好，只不过是个时间的概念，当这个空洞的时间并没有被注入“诗意”的内容的时候，它仍是不须诗人关切的，从时间上来看，只是长短，在质地上并无不同，那么，它至多是历史学家考证的事；如此看来，诗中的“只争”，应是经济学家兴味的事情；那么，诗人关注什么，什么应该是诗人关心的事物，我想，就是诗句中的那两个被我们一再忽略的字——“朝夕”。

朝夕，太普通了，是不是？是的，它就是我们的日常。它很短，具体可说只是一天的时间，从太阳初升到暮色苍茫，谁不天天与它擦肩而过？比起“一万年”，甚至“一年”，它都是一个小概念，从历史学家的时间上计算，它更是小数点的后面可以忽略不计的那一部分。但一万年与一年，是时间概念，朝夕不是，朝夕，是什么？它实在就是你我心中的一方幽深、微妙的天地。

2015 年深秋在琼海，一个下午，朋友来短信，问要不要下楼去外面看看，我回信，“去看看太阳落山？”便下楼去。一辆车就等在那里，朋友，还有朋友的朋友，我们坐车去追落日，一直追到东屿岛的山上，而太阳早已入海。朋友指着天上的一道东西横贯的青光，讲必是有贵人到了；仰望天空的我，心里想，这是太阳走过的履迹。生日那天清晨，拉开窗帘，初升的太阳在云层里，但它的光芒已照亮了整个大海，我站在阳台上等它的出现，海水和我一起，被它的不同的光线映出不同的颜色，那时心中的感动真是难言。我想，这就是朝夕吧。朝与夕，不过就是太阳落山，明朝升起。但是比起一万年而言，又是谁更恒久？

朝夕，是如何在时间之外，在心内活着，面对着这同一个景象，已有多少人如我发出感叹，但朝夕仍然在。在我之前，在我之后。正如一位作家小说中所言，你我之后还有你我。

不知道还能有什么时间，能比“朝夕”更久远？

2. 一切刚开始时的样子

某种意义上说，《青衿》这部诗集是一次对自己30年来诗歌创作的捡拾或回眸。或者叫它“出土”也好。一切都是原来的样子，一切刚开始时的样子。一字未动。就是想让时光重现，看看以前。20年前，曾经有一次机会出版这部诗集，后因因缘未到，就搁置了下来。21世纪轰然而至也已十有五年，有高校学术机构已将新世纪文学十五年作为选题研究了。可见时光的迅疾和无情。某天，因准备搬家，我整理抽屉，发现有那么一个牛皮纸袋子，在最里层，落满了灰，灰尘下面的牛皮纸上写着：诗集。两个字也褪了色，抽出来，是300字的稿纸——那种80年代最常见的带有浅绿方格子的稿纸，稿纸正中，手写两字：苍白。这个书名，一看就是当年的英雄蓝黑墨水钢笔写的，而不是今天随处可见的水笔。说实话，我对着这叠诗稿有些不知所措，岁月里，这些诗，沉睡的时间真的太久。也许到了唤醒它的时候了。所以诗集的序和诗，一切都保留着原来的样子。1993年写的序言，我只字未动，我知道，这些文字距今已经22年——想一想都觉得时光流逝的凶猛可怕。但心里坦然的是，对于这些好似“冬眠”的文字而言，不管它是天真的、单纯的，还是简洁的、晦涩的，除了当年的“苍白”书题，这次出版前我改为“青衿”之外，对于全书中的诗题及诗句，我绝不修改，正是在这个意义上来讲，诗集自序中第一句，便是：“诗歌犹如我的编年，我是把诗作为日记写的。”日记无法涂改，正因无法涂改，它才可能是原先真实的自我的样子。

3. 诗是深水火焰，诗是春光乍现

诗，是置于深水还能燃烧的一种蓝色火焰。写作于我，无论诗、文或其他，都无法违背当时的这种初心。这种初心，正如诗集的名字——《青衿》。也如诗集中的《蓝色变奏》式的间奏，是青涩的，也是忧郁的，像蓝调一般，覆盖着80年代时的青春。约瑟夫·布罗茨基在《文明的孩子》中曾说："任何一首诗，无论其主题如何——本身就是一个爱的举动，这与其说是作者对其主题的爱，不如说是语言对现实的爱。如果说这常常带有哀歌的意味，带有怜悯的音调，那也是因为，这是一种伟大对弱小、永恒对短暂的爱。"这部诗集当然出于爱，写的也是爱，但更像是一种弱小的、短暂的、易逝的爱，像青春的转瞬间。把握不住，但又偏要去抓住的感觉。这种"哀歌"的意味，也使我的诗无可挽回地走入内心，走向封闭。一些好心也好奇的朋友在谈论我的诗时总是不解，拿它来与我的尖锐、激烈甚至有些老辣、泼皮的评论对比，我想这不解已经有了几分不屑在里面。然而，我还是较为看重我的诗，它免除了几分职业的关系，与我的心靠得很近。

诗是深水火焰，诗是春光乍现。什么意思？是说在所有以语言为载体的表达里，诗的表达最不可思议，也最转瞬即逝。这种特点是由诗的性质决定的。正如我说过的，把诗作为心灵成长的一面镜子，而不是其他别种镜子，是难的。难在在一个陌生的氛围里不恐惧地解剖自己，而且要假以时日。刀便变成了锉，再以后，是打磨灵魂的锯齿。

然而，理性的切断，又常常使我不能彻底。这一点，友人们是对的。在我的诗里，确实难以找到近年诗潮的形式或观念滑过

的痕迹，同时也因了性格，而变成一种自语，或自娱。历史就是这样不可修订，本色地保留下来，当然也源于与诗同样重要的诚实。

单纯是另一种苍白。

今天，我不想掩盖。

春光乍现。还有一层，就是青春再无可能在人生中第二次浮现，而留住青春的唯一的方式就是经由文字，将终将逝去的它牢牢地铭刻下来。别无他法。“青青子衿，悠悠我心”，从两千年前到今天，都是如此。如果不是这些诗的存在，我们可能根本不知晓古人与我们一样，也有着与我们相像的青春的感悟吧。“青衿”字面意思为汉族传统服饰，在《诗经·郑风·子衿》中表示男子思念情人。原诗第一章的四句是：“青青子衿，悠悠我心。纵我不往，子宁不嗣音？”译成现代诗就是，你那青青的衣领，深深萦绕在我的心间。虽然我不能去找你，你为什么不主动给我音信？也有解释说，把“青衿”作为春天颜色的象征，诗是用呼唤的口吻表达少女盼望春神来临的心情。从诗中看，我以为是写少女的爱情的，是少女在思念着如春天般青春挺拔的恋人。

或者可以这么看，两千年前的那位男子在吟着“青青子衿，悠悠我心”的诗句，表达着对他爱着的少女的思念，而这诗句穿透了两千年的光阴，来到一个出生于古“郑国”的少女的心底，她的回答是《青衿》。我与你虽然时隔千年，但万山无阻的却是这样一种心心相印。“纵我不往，子宁不嗣音？”哪里会不回答？哪里会不给你答案？哪里会让你的“音”断掉并从此消逝？诗之回应也正如朝夕。爱情虽和青春一样，是深水火焰，是春光乍现，可遇而不可求，诗也正是在这层面上与之对位，与之谐音，但一切美好的心愿，终会在迢遥的时光中找到那个应答的人。

4. 大约总有些水，溅在水渠以外

谈这部诗集，话题自然离不开20世纪80年代，这几乎是我们谈论同时也正是新时期文学的真正起点。80年代，构筑了新时期文学的基石，许多对于今天文学发展影响深广的理论与观念都始自80年代，所以，80年代能够看作是新时期文学的主体部分——注意，它不是萌芽，或者幼儿部分，80年代的文学一出手就是青壮年的，它在六七十年代时就已完成了精神的婴幼儿期，到了80年代，那些作家一上来的面目就是成熟的，甚至有些少年老成的样子。就是今天看，我们的文学能够有今天的模样，直接得益于80年代，可以断言，如果没有80年代的小说、诗歌和理论，今天的文学的整体面貌将是另外一番景象。打个比喻，如果没有80年代的青年王安忆、韩少功、莫言、铁凝、路遥、张炜、张承志、史铁生，就不可能有今天的这个在世界文学格局中日益强大的中国文学阵容。

诗歌，在80年代同样是功不可没的。这个结论，已有文学史定评，我不在此赘言。但是有一点，我想放在这里说一下。文学的有意思之处，除了它是我们人在一定历史阶段中对“我们”的发现之外——新时期文学的立意和贡献我以为就是建立在对于这个“我们”进行再发现的基础上的，建立在对于“人”的发现基础上的对于“我”——“个人”的发现，在这之外，还有意义吗？有，文学史只是记录了当时的“共识”，这共识形成“公知”，在历史阶段中凝结、固化而为“知识”。这“知识”就是我们现在普遍认同的文学史。但时间中，总会有一些，甚至是更多的漏项，不止新时期，文学自有“史”以来，都避免不了。这一点我

们必须承认，不然不会有今天，我们不会有对食指的认识，也不会有“地下诗歌”或者“抽屉文学”“潜在写作”的概念和研究，时间中总会有“漏下”的部分，我们每一代都不能够说我们的文学史已臻完善，如果完善达成的话，我们就没有去重写文学史的必要了。但事实上，文学是一直在“被”重写着，这个道理已是理论界的共识。这可能就是当代文学的特点，或者魅力所在。它有不确定性。它是变动不居的。其实，不仅是当代文学，现代文学也是如此，甚至，我以为，古典文学也存在着这种可能。

我说这些，并不是想说被遗漏的文字有多重要，但是被遗漏的文字的存在构成了文学的丰富性，同时也说明了文学史的复杂性。我说这些是想强调我们面对的是永动的时间之上的人类的情感，后者也是永动的，它从不固定，而且不会停止不前。我们每个个体——无论作者，还是读者，都处在这样一个永动的而不是僵直的时空中，所以从广义的角度而言，了解自我都是一个新的课题，更遑论概述一整部文学史。

同样，从这一角度来看，《青衿》是我重新面对这个时空时，对自我的一次认定和检视。大约总有些水，溅出在水渠以外。从我本人的角度来讲，也是这样。我的这多年的对外“形象”，或者说是界内认定的话，总是一个评论家的形象，大多数人知道我写散文，不知道我写诗，更不知道我八九十年代就一直以笔名发诗，那时在《诗刊》《十月》都发过诗。很多人看了我最近在《上海文学》《十月》《人民文学》发的诗，见面说：“你开始写诗了啊？”其实，写诗，量不多，大多时候一年也就十几二十首，产量很少，但一直也没停过。以后也不会停下来了。放在这里的，不足十分之一，且都是旧作。

108首诗，与岁月一起浮现出来。108，依老说法，有人解释为人类经历的百种劫难，如佛家人手中的念珠，可以计出劫难的数目。1990年，去五台山，得了一串桃核的念珠，就一直放在匣中。今年去海南，又得了一串砗磲的念珠，108颗小小的凝固的瞬间，就这样隔了近30年，又放回在了苍白的纸上。

只有这些了。

但不是一切。

可以为证的，只是白发暗生。衣襟青浅。仿佛是在印证，劳累的、不朽的青春，你度我，我们，选择了怎样苛刻的方式。

5. 什么是灵魂，什么是肉身

我在这里所说的灵魂与肉身，没有任何褒贬意味。生活本身就是“肉身”的形态，相比之下，文学是“灵魂”，而文学中如果再分，从语言呈现的形态而言，小说像肉身，诗歌是灵魂，这并不是说小说就不呈现灵魂，但小说呈现的方式是借助了更多的生活原有的形态，比如人物、事件，种种。这么比喻，我也不认为灵魂就比肉身高一等级，我只是从语言的提炼，或者诗歌不同于其他体裁尤其是我们更多人阅读的小说的性质来看，小说无论体积还是重量而言，都远远大于或重于诗歌，它的内藏的丰富性和复杂性，它的体量，它的对于人物、事件、历史、现实等的叙事和对于心灵、人格、伦理、思想的借由人、事的诉说，都远大于和多于诗歌。诗歌也有人物或事件，但它是片段的，并不一定要将整个来龙去脉交代清楚，它的这一刻与另一刻，也是可以跳跃着走的，但小说就不同了，跳得太快的话，会让读者摸不着头脑，可能还会造成叙事硬伤。这是诗歌比小说自由的地方。小说无法逃离它的肉身，小说自身就是一个肉身的存在，这个存在里装了器官，还有供给它们生存的血液循环系统，缺一不可，它是一个系统工程。当然偶有小说也写得如诗一般，并不讲求小说做法。但相对于小说法则而言，诗化小说仍是少见。诗歌不然，它像灵魂一样，或只有“21 克”，可以不那么“实”，更多时候它是一种“灵”的呼吸。它可以暂时逃脱烟火气，而不通过过于具体的人、事言说存在，就是说，它所言的存在可以跨过大量生存的事实而直接言说。而我做当代评论和自身写作，就如厕身于两者之间，一边是肉身，一边是灵魂。有人问我你不分裂吗？灵与肉的关系其实并不是分裂的，小说给我们认识，诗歌教会我们爱。爱必基于认识才可能真实和持久。其实这才是常态，灵魂与肉身俱在，文学与生活共存。甚至是，文学依生活而存。

文学不等同生活，正如诗不等同于“艺”一样。敬文东曾在一篇文章中引用过诗人 T.S · 艾略特的一个观点，艾略特的目标是要写出一种本质是诗而不徒具诗貌的诗。他说，诗要透彻到我们看之不见诗，而见着诗欲呈现的东西，诗要透彻到我们在阅读时心不在诗，而在诗之指向——跃出诗外，一如贝多芬晚年的作品“跃出音乐之外”。而那“跃出诗外”，则是对于灵的触摸。虽然诗人知道大多数时间这种“触摸”也是一种心存的可能，并不能够抵达得到。

关于“灵”之所在，每个写诗的人都有个人见解。我曾在一次国内诗歌节上借朗诵自己一首新诗做过表达，诗名是《此刻》：

此刻地铁 / 灯光转暗 / 车厢沉寂 / 突然来临的 / 静

默／好似时间／被谁裁掉／此刻／被拿去的／这个瞬间／你不坐在我的／对面／你在／哪里

此刻深夜／我对人生的／奥秘／并不全然／了解／比如／血与钙／骨／密度／爱或／苦／此刻三行／南京合肥／膝上纸笺／已缀满／抵达的／珍珠／此刻夏至／字句汹涌／繁华无尽／此刻／你不在／我的／纸上／你在哪里／隐身

这首诗写于南京至合肥的高铁上，其中深夜、地铁言说的是具体的时间、地点，但是那个反复出现的不在场的“你”，却是抽象的，“你”的抽象不在于所指的“不在场”，而在于这个“你”，是一个在所有时间地点中闪现的“光”，它不落定，它总在别处，它是一个乌托邦式的存在，是一个指向未来、不确定但也不虚无的“实在体”。

叙利亚诗人阿多尼斯在他的短章中，曾写下这样的诗句：

每一个瞬间／灰烬都在证明它是／未来的宫殿

这个意义上讲，那个“你”的不存在或许是现实的，但是对于那个“你”的呼唤的确是必要的。

与小说家不同，大多数时间，诗人言说的不尽是一种现实，传递给我们的更多偏向于真理。战火纷飞的灰烬，身体躯壳的灰烬，日常生活的灰烬，生存磨折的灰烬，它们本不具备诗意，它们甚至在诗意的反面，是对立于诗的“物体”，但诗人的心仍对其保有怀想和信念，这些人类制造的灰烬，它们的指向并不是坟

墓，不，它并不指向死亡和掩埋，而是成就着未来的宫殿。

这就是诗歌，于荏苒时光和日常生活的“灰烬”中证明，活着之上，仍有一个宫殿。小说家当然也造屋，但我以为，小说是在现世世界造的房子，而诗人，更像是被“上帝”选中的人，在世界不断的破坏和有序的更迭中，他们重任在肩，身负使命，在现世之上，要造一个“天堂”出来。

这样理解，诗人的写作，正是借助生活中的最具体的“灰烬”，而呈现远在天边的神秘之城，那个“海市蜃楼”一般的“宫殿”；它虽遥远，看不分明，但却在你我的书写中渐次成形，真实存在。诗歌是什么？要我看，就是借由沉溺的日子、混沌的景色、绝望的气氛、滚动的海滩，借由流沙、坚石和水，借由轻的回忆，重的思想，惆怅、孤独和伤痛，而打开一颗颗封闭的、幽深的、隔膜的、“囚室”一般的心，在这座心的宫殿里，点上一盏灯，拢上一把微火，备上一些取暖的劈柴，让整个心房，像宫殿一样亮起来。

正如现在，在我们的言说中、书写中，在我们的讨论中、朗诵中，在我们的心跳中、呼吸中，大殿正在搭建，正在筑成。它植根于大地之上，完工于一代代前赴后继的“我们”手中。

在这一点，我赞同约瑟夫·布罗茨基《悲伤与理智》中的观点，“就人类学的意义而言，我再重复一遍，人首先是一种美学的生物，其次才是伦理的生物。因此，艺术，其中包括文学，并非人类发展的副产品，而恰恰相反，人类才是艺术的副产品。如果说有什么东西使我们有别于动物王国的其他代表，那便是语言，也就是文学，其中包括诗歌，诗歌作为语言的最高形式，说句唐突一点的话，它就是我们整个物种的目标”。

诗歌，正居于由语言搭建的未来宫殿的最高层。正如布罗茨基更为诗意的表达——诗歌作为语言的最高形式，它是我们整个物种的目标。

此刻，我想，因了这个目标，这最顶层的未来宫殿，我们今天，以语言为生存方式也视其为生命的人，才会对之顶礼膜拜，不懈不倦，躬身前行。

2015 年 8 月写，12 月改定